웃는 남자 1

웃는 남자 1

The Man Who Laughs

빅토르 위고 지음 | 백연주 옮김

더클래식

차례

제1편 바다와 밤

| 일러두기 |

※ 인명, 지명 등은 옮긴이가 번역한 대로 현지 발음을 기준으로 삼아 표기했습니다.

제1편
바다와 밤

예비 이야기

1. 우르수스

*

우르수스와 호모는 깊은 우정으로 맺어진 관계다. 우르수스는 사람, 호모는 늑대였다. 그들은 서로 기질이 잘 맞았다. 우르수스가 늑대의 이름을 지었다. 늑대에게는 호모가, 자기에게는 우르수스라는 이름이 잘 어울린다고 생각해서 그는 아마 자신의 이름도 스스로 선택했을 것*이다. 사람과 늑대는 함께 장터나 지방 축제, 사람들이 몰려드는 거리 모퉁이를 다니며 어디에서든 하찮은 이야기를 듣고 싶어 하고 엉터리 묘약을 구입하려는 사람들의 충동을 이용해 돈을 벌었다. 늑대는 온순하고 우아하여 구경꾼들의 호감을 샀다.

---

* 'Ursus'는 곰, 'Homo'는 인간이라는 뜻이다.

길들이기를 구경하는 것은 흥미로운 일이다. 다양한 종류의 지배를 바라보는 것이 우리에게는 최상의 즐거움이다. 왕이 행차할 때 수많은 사람이 몰려드는 것도 그런 이유에서다. 우르수스와 호모는, 이 사거리에서 저 사거리로, 애버리스트위스 광장에서 예드버그 광장으로, 이 고장에서 저 고장으로, 이 백작령(領)에서 저 백작령으로, 이 도시에서 저 도시로 함께 떠돌곤 했다. 장이 섰다가 끝나면 다른 장터를 찾아 움직였다. 우르수스는 바퀴 달린 오두막에서 살았는데, 낮에는 훈련이 잘 된 호모가 그것을 끌고 다녔고 밤에는 보초를 섰다. 험하고 비탈진 길이나, 홈이 너무 깊거나, 진흙이 너무 많을 때는 우르수스도 멜빵을 목덜미에 걸고 늑대와 나란히 서서 사이좋게 끌기도 했다. 그렇게 둘은 함께 늙어 갔다. 그들은 황무지나 숲속의 빈터, 도로가 교차하는 분기점, 작은 마을 입구, 읍내로 들어가는 길목, 장터, 산책로, 공원 변두리, 교회 앞뜰 등 어디서나 야영을 했다. 작은 마차가 장터에 멈춰 서고 눈을 크게 뜬 아낙네들이 달려오거나 호기심 많은 사람들이 주변을 둥그렇게 둘러싸면, 우르수스는 침을 튀기며 연설했다. 호모는 그것에 동조하면서 작은 쪽박 하나를 물고 공손히 사람들 앞을 지나가며 동냥했다. 그들은 그렇게 생계를 유지했다. 늑대도 사람도 교양이 있었다. 사람에 의해 길들여진 것인지 아니면 스스로 길들었는지 늑대의 친절함은 돈을 버는 데 도움이 되었다.

"절대 인간으로 퇴화하지는 마라."

친구는 늑대에게 이런 말을 했다.

호모는 절대 누구도 물지 않았지만, 우르수스는 가끔 물곤 했다. 적어도 무는 것이 우르수스의 특권이었다. 우르수스는 인간 혐오자였으며 그것을 강조하기 위해 곡예사가 되었다. 생계 탓이기도 했다. 먹고사는 일이 사람의 신분을 결정짓기도 하는 법이다. 게다가 인간 혐오자인 곡예사는 자신을 더 복잡하게 만들기 위해 혹은 자신을 완성시키기 위해 의사 노릇도 했다. 하지만 의사 노릇쯤은 아무것도 아니었다. 우르수스는 복화술을 할 줄 알았다. 사람들은 그가 입술을 움직이지 않고 말하는 것을 종종 볼 수 있었다. 그는 누구의 억양이나 발음이라도 완벽하게 흉내 내서 듣는 사람을 착각하게 만들었다. 그가 누구의 목소리를 흉내 내든 그 사람이 직접 말하는 것 같았다. 그는 혼자서도 군중의 웅성거리는 소리를 흉내 낼 수 있었기 때문에 그에게 앙가스트리미트*라는 칭호를 붙일 만했고 그는 그 칭호를 받아들였다. 그는 지빠귀, 발구지, 흔히 꾀꼬리라고도 부르는 수다꾼 종달새, 흰 가슴 티티새 등 자기처럼 계절 따라 이동하는 온갖 새들의 소리를 흉내 냈으며 가끔 사람들의 웅성거림이 가득한 광장이나, 초원에서 들려오는 짐승들의 울부짖음을

* 입 대신 배로 말하는 사람, 즉 복화술사라는 뜻이다.

사람들에게 들려주곤 했다. 그 소리는 거대한 군중처럼 소란스럽기도 했고 때로는 새벽녘처럼 차분하고 평온했다. 아주 드물긴 하지만 그런 재능을 가진 사람들이 실제로 존재한다. 전세기에 투젤이라는 사람은 사람과 짐승이 뒤섞여 내는 요란한 소음과 모든 짐승의 울부짖는 소리를 흉내 낼 수 있었다.

그는 뷔퐁* 밑에서 동물 사육장 관리원으로 일했다. 우르수스는 예민하고 독특했다. 호기심이 많고 우리가 흔히 우화라고 부르는 괴이한 이야기를 좋아했으며 그것을 믿는 척했다. 그런 뻔뻔스러움조차 그가 즐기는 장난의 하나였다. 그는 사람들의 손금을 신중하게 살펴보고 책 몇 권을 뒤적거리고는 결론을 얻은 것처럼 점괘를 알려 주었다. 그의 점괘란 예를 들어 검은 암말을 보게 되면 위험한 일이 닥친다거나, 혹은 여행을 떠나는 순간에 목적지를 모르는 이가 자신을 부르는 소리가 들리면 재앙이 닥칠 것이라는 따위의 예언이었다. 그는 스스로를 '미신의 장사꾼'이라고 칭했다. 그는 자주 이런 말도 했다. "캔터베리 대주교와 나 사이에는 다른 점이 딱 하나 있다. 나는 자백한다." 이에 분노한 대주교는 그를 소환했다. 그러나 영리한 우르수스는 자신이 지은 성탄절에 관한 강론을 읊조렸고 그 강론에 매혹된 대주교는 그것을 암기해 두었다가 마치 자기 것처럼 강

* 자연 연구가이자 문필가다.

단에서 널리 퍼뜨렸다. 그 덕분에 그는 용서를 받았다.

우르수스는 이유와 상관없이 사람들을 치료했다. 그는 능숙하게 약초를 사용했다. 개암나무 순이나 흰 갈매나무, 아르도, 가막살나무, 가시갈매나무, 사위질빵, 흑갈매나무 등 하찮은 식물 속에 있는 오묘한 효능을 이용했다. 그는 끈끈이주걱으로 폐병을 다스렸는데, 줄기 아래쪽에서 딴 잎은 하제(下劑)작용에, 위쪽에서 딴 잎은 토사제로 사용했다. 보통 '유대인의 귀'라고 부르는 나무의 혹으로 인후 통증을 잡았고, 어떤 골풀로 소의 병을 고치는지, 어떤 종류의 박하로 말의 병을 고치는지도 잘 알았다. 그는 양성을 지닌 맨드레이크의 아름다움과 효능 등 그 외에도 많은 비결을 알고 있었다. 불도마뱀의 털로 화상을 치료하기도 했는데, 플리니우스의 말에 의하면, 네로는 그 털로 만든 수건을 가지고 있었다고 한다. 우르수스는 증류기와 목이 긴 유리 플라스크를 사용해 물질의 성질을 마음대로 바꾸어 만병통치약을 만들어서 팔았다. 오래전에 그가 베들램 정신병원에 잠시 유폐된 적이 있다는 소문도 있었다. 그를 정신 이상자로 보았으나 그저 시인에 불과한 것을 안 뒤로 즉시 풀어주었다고 하는데 이 이야기는 아마 사실이 아닐 것이다. 우리는 누구나 스스로 감내하는 전설들을 가지고 있다.

분명한 것은 우르수스가 현학자에, 고상한 취향을 가진 늙은 라틴 시인이었다는 사실이다. 그는 히포크라테스와 핀다로스에 조예가 깊었다. 라팽이나 비다 등과도 능히 겨룰 만큼 허풍을 떨었고 부우르 신부에 견줄 만큼 의기양양하게 예수회 양식풍의 비극 작품도 쓸 수 있을 것이다. 옛사람들의 존경할 만한 리듬과 운율에 익숙해진 탓에 그는 고유한 이미지와 고전적 은유를 갖게 되었다. 그리하여 어머니가 딸 둘을 앞세우고 가는 모습을 가리켜 닥틸로스, 아버지 뒤를 두 아들이 따르는 모습은 아나파이스토스 그리고 어린아이가 할아버지와 할머니 사이에 서서 걷는 모습은 암피마크로스라고 했다.* 이토록 풍부한 학식은 굶주림으로만 얻을 수 있었다. 살레르노 의학전문학교에서는 '조금씩 자주 먹어라'라고 말하지만 우르수스는 조금씩 가끔 먹으며 가르침의 반만 따랐다. 하지만 그것은 꾸준히 몰려오지도 않고 물건을 자주 사지도 않는 구경꾼들의 잘못이었다. 우르수스는 이렇게 말하곤 했다.

"말 한마디를 뱉으면 마음이 진정된다. 늑대는 울부짖음으로, 양은 털로, 숲은 꾀꼬리로, 여인은 사랑으로, 철학자는 감탄적 종결어로 위안을 삼는다."

우르수스는 필요할 때면 손수 희극 몇 편을 써서 대충 공연도 했는데 그것은 약을 파는 데 도움이 되었다. 그런 작품을 쓰는 와중에도 1608년에 런던으로 호수를 끌어온 기사 휴 미들

---

* 닥틸로스, 아나파이스토스, 암피마크로스는 모두 고대 운율학 용어다.

턴을 찬양하는 영웅적 목가 한 수를 지었다. 런던에서 95킬로미터쯤 떨어진 하트포드 백작령에서 평화롭게 흐르고 있던 호수에 미들턴 기사가 삽과 곡괭이로 무장한 사나이 600여 명을 이끌고 와서는 땅을 뒤집어엎어 어떤 곳은 깊게 파고 어떤 곳은 들어 올렸다. 지형에 따라 6미터 정도 높이로 올리기도 하고 9미터 정도로 깊이 파기도 했다. 그러고 난 후 허공에 목제 수로를 설치하고, 돌과 벽돌과 두꺼운 널판으로 여기저기에 다리 800개를 놓았다. 그렇게 어느 날 갑자기 항상 물 부족에 시달리던 런던에 호수가 생겨났다. 우르수스는 그 평범한 이야기를 템스강과 서펜타인 호수의 사랑 이야기인 것처럼 아름다운 목가로 바꾸어 놓았다. 서펜타인 호수를 자기 집으로 초대한 템스강이 침대를 권하며 "나는 여인의 마음에 들기에는 너무 늙었다오. 하지만 부자라서 돈을 주고 살 수는 있소"라고 말했다는 것이다. 휴 미들턴 경이 모든 공사 비용을 자신의 돈으로 부담했다는 뜻이 담긴 독특하고 대담한 문장이었다.

우르수스는 독백에 뛰어났다. 비사교적이지만 수다스러운 기질을 타고나, 아무도 만나기 싫어하면서도 누군가에게 말을 하고 싶어 했기 때문에 자기에게 말을 하는 것으로 욕구를 충족시켰다. 누구든지 혼자서 살아 본 사람이라면 독백이 얼마나 자연스러운 것인지를 안다. 자기 내면의 말은 못 견딜 정도로 근질거린다. 허공을 향해 말을 내뱉는 것이 곧 배출이다. 큰 소리로 혼자 말하는 것은 자신의 내면에 있는 신과 대화하는 것 같은 효과를 낸다. 다 알고 있겠지만 그것은 소크라테스의 버릇이었다. 소크라테스는 거드름을 피우며 떠들곤 했다. 루터 역시 마찬가지였다. 우르수스는 그 위인들과 비슷했다. 그는 자신의 청중이 되는 양성적 능력을 가지고 있었다. 자신에게 질문을 던지고 스스로 대답하는가 하면, 자신을 치켜세우다가도 욕설을 퍼부었다. 그가 오두막 안에서 혼자 떠드는 소리는 길에서도 들렸다. 각기 자기들만의 방식으로 사상가들을 평가하던 행인들은 그를 두고 이렇게 말했다.

"저런 얼간이!"

조금 전에 말한 것처럼, 그는 가끔 자신에게 욕을 하기도 했지만 자신이 옳다고 인정할 때도 있었다. 어느 날, 평소와 다름없이 자신에게 연설을 하던 그의 목소리가 순간 높아졌다.

"나는 식물의 줄기, 싹, 꽃받침, 꽃잎, 수술, 심피, 배젖, 자낭, 홀씨주머니, 지의류 등 모든 비밀을 연구했지. 또 크로마티코스, 오스모스, 키모스를 연구했다고. 다시 말하면 색깔과 냄새와 맛의 형성 과정을 세밀하게 연구한 거야."

우르수스가 스스로에게 발급한 자격증에는 물론 자만이 약간 섞여 있었다. 크로마티코스, 오스모스, 키모스를 모르는 사람들은 그를 비난했다.

다행히 우르수스는 네덜란드에는 한 번도 가 본 적이 없었다. 만약 그곳에 갔다면, 네덜란드인들은 그가 표준 체중인지 확인하기 위해 저울에 달았을 것이다. 그곳은 표준 체중을 초과하거나 미달하면 마법사로 간주하는 곳이다. 표준 체중은 분별 있게 법으로 정해져 있었는데, 그것보다 더 간단하고 독창적인 것은 없었다. 일종의 확인 절차였는데 사람을 저울 위에 올려놓는 순간 균형이 깨지면 진실이 분명하게 드러났다. 체중이 초과되면 교수형으로, 미달인 경우는 불에 태워 죽였다. 요즘도 오우데바테르에 가면 마법사들의 체중을 달던 저울을 볼 수 있는데, 지금은 치즈 무게를 다는 용도로 사용한다. 종교가 그만큼 쇠퇴한 것이다! 우르수스도 틀림없이 그 저울과 한바탕 싸워야만 했을 것이다. 그는 떠돌아다니면서도 네덜란드에 가는 것만은 조심했다. 잘한 일이었다. 게다가 그는 그레이트브리튼 밖으로 나간 적이 없는 것으로 알려져 있다.

아무튼 몹시 가난하고 성품도 괴팍한 그는 어느 숲속에서 호모와 사귀게 된 후로 떠돌이 생활에 대한 취미가 생겼다. 그는 늑대를 동업자로 삼고 함께 정해진 곳 없이 떠돌면서 자유로운 공기 속에서 운명에 삶을 맡긴 채 살았다. 그는 재능이 많았고 모든 일에서 뛰어난 솜씨를 보여, 치유하거나 수술을 하는 것으로 사람들을 병고에서 구해 내는 등 놀랍고 특이한 일들을 해 냈다. 사람들은 그를 착한 곡예사이자 훌륭한 의사로 생각했다. 또한 마법사로 여기기도 했다. 하지만 그 시절에는 악마의 친구로 여겨지는 것이 해로웠기 때문에 드러내지는 않았다.

사실 우르수스는 좋은 약을 만드는 것에 열중하고 식물을 사랑한 탓에 자신을 위태로운 처지에 빠지게 만들었다. 그는 풀을 뜯기 위해 루시퍼의 샐러드가 있는 거친 숲속으로 자주 들어갔다. 고등법원 판사 드 랑크르의 말에 의하면, 저녁 무렵 안개가 짙을 때 나온다는 '오른쪽 눈이 먼 애꾸눈에 외투도 없이, 허리에 검을 차고, 맨발에 샌들을 신은 남자'와 마주칠 위험이 있었다. 하지만 우르수스는, 비록 괴상한 행동을 하고 성질은 기이해도 매우 점잖은 사람이었기 때문에, 우박이 쏟아지다가 멈추게 한다든지, 유령들을 나타나게 한다든지, 어떤 남자를 지나치게 춤추게 만들어 죽음으로 몰아넣는다든지, 선명하고 구슬프며 공포로 가득한 꿈을 꾸게 한다든지, 혹은 날개 넷 달린 수탉이 태어나게 하는 등의 짓은 하지 않았다. 그에게는 그런 짓을 할 만한 나쁜 의도 따위는 없었다. 특히 몇 가지 혐오스러운 짓은 결코 저지를 수 없었다. 예를 들면, 독일어나 히브리어 혹은 그리스어를 전혀 배운 적이 없음에도 유창하게 말하는 행위는 저주받을 악행의 징후이거나, 어떤 우울한 기분에서 비롯된 자연적인 질병의 표시다. 물론 우르수스는 라틴어를 말할 수 있었지만 그것은 그가 라틴어를 알고 있었기 때문이다. 그는 결코 시리아 말을 하려 하지 않았을 것이다. 그 말을 몰랐기도 했지만 마녀 집회의 언어라는 것이 확인되었기 때문이다. 의학에서는 카르다노*보다 갈레노스를 선호했다. 카르다노도 유식하기는 했으나, 갈레노스에 비하면 보잘것없었기 때문이다. 요컨대 우르수스는 경찰 때문에 불안해할 이유가 없는 사람이었다. 그의 오두막 안은 상당히 넓어서 수수한 누더기들이 담긴 큰 궤짝을 들여놓고, 그 위에 누워 자기에 충분했다. 그는 초롱 하나와 가발 몇 개 그리고 식기 몇 개를 가지고 있었다. 식기들은 벽에 못을 박아 걸어 두었고, 그것들 사이에 악기들도 함께 걸어 두었다. 그 밖에 곰 모피도 가지고 있었는데, 그는 큰 공연이 있는 날에는 그것을 두르면서 정장을 차려입는다고 했다.

그는 "나에게는 껍데기가 둘 있는데 이것이 내 진짜 껍데기지"라고 말하면서 곰 모피를 보여 주었다. 바퀴 달린 오두막은 그와 늑대의 공동 소유물이었다. 오두막과 증류기 그리고 늑대 말고도 그에게는 플루트와 비올라 다 감바** 하나가 있었으며 그것을 듣기 좋게 연주했다. 그는 필요한 영약(靈藥)들을 직접 만들었다. 가끔 솜씨를 발휘해서 야식을 만들기도 했다. 오두막 천장에 난 구멍으로 궤짝 옆에 놓인 주물(鑄物) 난로 연통을 뽑았는데 그것이 궤짝을 그을리게 만들었다. 난로는 두 칸으로 나뉘어 있었다. 한쪽에서는 연금술을 했고 다른 한쪽에서는 감

---

* 16세기 이탈리아의 철학자이자 의사다.

** 첼로의 전신이다.

자를 삶았다. 늑대는 밤이 되면 다정하게 사슬에 묶인 채 오두막 밑에서 잤다. 호모의 털은 검은색, 우르수스의 털은 회색이었다. 우르수스의 나이는 아직 예순이 되지 않았으니 쉰쯤이었다. 그는 인간의 운명을 받아들이며 앞에서 본 것처럼 감자로 끼니를 때웠다. 돼지나 도형수에게 주는 쓰레기였다. 그는 분노하고 체념하면서 그것을 먹었다. 그는 크지 않은 키에 그저 길쭉하기만 했다. 그는 이미 구부정하고 우울해 보였다. 노인의 구부러진 몸은 삶의 무게에 짓눌린 것을 상징한다. 그는 천성적으로 슬픈 사람이었다. 그는 웃는 것이 굉장히 어려웠고, 우는 것도 역시 불가능했다. 그에게는 눈물이라는 위안도, 즐거움이라는 일시적인 방법도 없었다. 늙은이란 생각하는 폐허인데 우르수스는 바로 그런 폐허였다. 돌팔이의 수다스러움과 선지자의 야윔, 초조한 얼굴의 조급함 등이 우르수스였다. 젊은 시절에는 어느 귀족 가문의 철학자로 있었다.

지금으로부터 180년 전, 사람들이 지금보다 조금 더 늑대 같던 시절의 이야기이다.

하지만 아주 많이 늑대 같은 것은 아니었다.

*

호모는 흔히 볼 수 있는 늑대가 아니었다. 서양 모과와 사과를 달게 먹는 것을 볼 때는 초원의 늑대와 같았고, 색이 짙은 털은 리카온을 연상시켰으며, 조심스럽게 울부짖는 걸 들으면 쿨페오 같기도 했다. 하지만 아직까지 아무도 쿨페오의 동공을 충분히 관찰하지 못했기 때문에 쿨페오가 여우가 아니라는 확신은 없다. 그러므로 호모는 진정한 늑대였다. 몸길이는 1미터 50센티미터 정도 되었는데 그 정도면 리투아니아에서도 큰 늑대 축에 들 것이다. 힘은 무척 센 편이었으며 눈은 사시였지만 그게 호모의 탓은 아니었다. 호모는 혀가 매우 부드러웠고 가끔 부드러운 혀로 우르수스를 핥았다. 등줄기 털은 짧고 촘촘했으며, 숲속에 사는 늑대처럼 몸이 말랐다. 우르수스를 만나서 마차를 끄는 일을 하기 전에는 하룻밤에 400리 정도는 가뿐하게 달리곤 했다. 우르수스는 늑대를 총림에서 만났는데 맑은 물이 흐르는 냇가에서 지혜롭고 신중하게 가재를 잡는 것을 보고 호감을 느꼈고, 그가 게잡이 개의 일종인 정직하고 진정한 쿠파라 늑대라는 것을 알았다.

우르수스는 당나귀보다는 호모를 선호했다. 당나귀에게 자신의 오두막을 끌게 하는 것은 혐오스러운 일이었다. 그런 일을 시키기에 그는 당나귀를 매우 존경했다. 그는 사람들에게 별로 이해받지 못하는 네 발 달린 몽상가인 당나귀가 철학자들이 어리석은 말을 할 때마다 불안한 듯 이따금 귀를 쫑긋 세우곤 하는 것을 이미 본 적이 있었다. 일상생활에서 당나귀는 우리와 우리의 생각 사이에 끼어 있는 제삼자로 매우 거북한 존재이다. 우르수스는 개보다도 호모를 더 좋아했는데 늑대가 우정을 찾아 더 먼 곳에서 왔다고 생각했기 때문이다.

그런 이유 탓에 우르수스는 호모로 만족했다. 호모는 우르수스에게 동료 이상의 존재, 그의 상사체(相似體)였다. 우르수스는 호모의 홀쭉한 옆구리를 툭툭 치며 말하곤 했다.

"또 다른 나를 찾은 거야."

또 이렇게 말하기도 했다.

"내가 죽은 다음에 내가 궁금한 사람들은 호모를 연구하면 될 거야. 내가 그를 분신으로 남길 테니까."

숲에 사는 짐승들에게 별로 애정이 없는 영국의 법이 호모에게 싸움을 걸거나 거리낌 없이 여러 도시를 어슬렁거리는 늑대의 대담성을 트집 잡을 수도 있었을 테지만 호모는 에드워드 4세가 '하인들에게' 부여한 불가침권의 혜택을 이용했다.

"주인을 받드는 하인은 누구든 자유롭게 왕래할 수 있다."

게다가 스튜어트 왕조 말기에 궁정 여인들이 비싼 값을 주고 아시아에서 들여온 아디브라고도 하는 고양이 크기의 코르삭 늑대를 개 대신 데리고 다니던 유행이 있었기에 늑대에 대한 통제 또한 제법 느슨했다.

우르수스는 호모에게 두 다리로 서기, 노여움을 불쾌감으로 완화시키기, 울부짖는 대신 투덜대기 등 자신의 재능 일부를 전수해 주었고, 늑대는 사람에게 지붕과 빵, 불 없이도 견디는 일, 궁궐 속에서의 노예 생활을 하느니 숲속에서의 배고픔을 택하는 법 등을 가르쳐 주었다.

온갖 이정표를 따라 다니면서도, 영국과 스코틀랜드를 결코 벗어나지 않던 오두막 겸 마차에는 네 개의 바퀴와 늑대를 위한 들것 하나 그리고 사람을 위한 가로장 하나가 있었다. 가로장은 험한 길을 대비한 것이었다. 벽 속의 간주(間柱)처럼 얇은 널빤지로 만들었지만 오두막은 튼튼했다. 오두막 앞쪽에는 유리를 끼운 문과 연설할 때 사용하는 작은 발코니 하나가 있었는데 계단석과 강단을 절충한 것이었다. 그리고 오두막 뒤쪽에는 여닫는 창문이 뚫린 문이 있었다. 그 뒤로 경첩을 달아 문 뒤로 걷어 올린 세 계단 디딤대를 내려 그것을 발판 삼아 오두막 안으로 들어가게 되어 있었다. 밤이면 빗장과 자물쇠를 이용해서 문을 단단히 잠갔다. 오두막 위로 많은 비와 눈이 지나갔다. 분명히 색칠을 한 적이 있지만 더는 무슨 색인지조차 분간하기 어려웠다. 마차들에게 계절의 변화라는 것은 궁정인들에게 닥치는 통치의 변화와 매한가지이기 때문이다. 옛날에는 마차 앞쪽 바깥 정면에 간판처럼 붙인 얇은 판자에서 흰색 바탕에 검은색 글씨로 쓴 다음 구절을 읽을 수 있었지만 지금은 글자가 조금씩 뒤섞여 흐릿해져 있었다.

금은 매년 마찰 때문에 부피의 100분의 14를 잃는다. 흔히 마손(磨損)이라 부르는 것이 바로 그것이다. 따라서 이 지구상에 1,400만의 금이 유통 중이라면 그중 100만이 해마다 없어진다. 이 금 100만은 먼지가 되어 둥둥 떠다니다가 원자 상태로 변해 호흡으로 들이마실 수 있고, 무게가 실리고, 쌓이고, 의식을 무겁게 만든다. 부자들의 영혼과 섞이면 그들을 오만하게 만들고, 가난한 자들의 영혼과 섞이면 그들을 사납게 만든다.

비와 신의 선한 마음으로 지워지고 없어진 그 문구는 다행히 더는 읽을 수 없었다. 수수께끼 같으면서도 솔직한 이 금의 철학은 보안관, 관료 또는 법관, 경찰 간부 등 법조인들의 취향에는 맞지 않았다. 영국의 법은 농담이라는 것을 몰랐고 툭하면 반역자로 몰렸다. 사법관들은 전통에 따라 가차 없었고 잔혹함이 관례였다. 종교 재판관처럼 엄밀히 조사하는 판사들이 넘쳐났다. 제프리스*가 이미 새끼를 친 것이다.

*

오두막 안에도 다른 두 종류의 문구가 있었다. 석회수를 바른 궤짝 위쪽 판자벽에서는 잉크로 쓴 다음 문구를 읽을 수 있었다.

---

* 억압 정치로 악명이 높은 영국의 고관이다.

알아야 할 유일한 것들

- 영국 귀족 중에 남작인 사람은 진주가 여섯 개 박힌 남작 관을 쓴다.
- 관은 자작부터 쓴다.
- 자작의 관은 진주의 수를 따로 정하지 않는다. 백작의 관은 끝부분에 진주를 장식하며 아래쪽에는 딸기나무의 잎을 섞는다. 후작은 진주와 잎이 같은 높이로 배치된 관을 쓴다. 공작의 관에는 진주는 없고 꽃 장식만 있다. 왕족인 공작은 십자가와 백합으로 관 둘레를 장식한다. 웨일스 대공*은 왕관과 비슷하지만 닫히지 않은 관을 쓴다.
- 공작은 '대단히 높고 대단히 세력 있는 왕족'이다. 후작과 백작은 '대단히 고귀하며 세력 있는 영주'이다. 자작은 '고귀하며 세력 있는 영주'이다. 남작은 '진정한 영주'이다.
- 공작은 폐하라 칭하고 나머지 다른 중신들은 각하라 부른다.
- 귀족은 신성하다.
- 귀족은 의회이며 조정(朝廷)이다. 콩실리엄 에 퀴리아(concilium et curia), 다른 말로 입법과 사법이다.
- 모스트 오너러블은 라이트 오너러블보다 높다.**

---

* 영국의 황태자다.

** 'most honorable'은 후작 및 훈위를 가진 사람에 대한 존칭, 'right honorable'은 정부 각료, 추밀 고문관, 후작 이하 귀족에 쓰이는 경칭이다.

- 상원은 '정당한 귀족', 상원이 아닌 귀족은 '의례적 귀족'일 뿐이니 중신만이 귀족이다.
- 귀족은 국왕 앞에서도 사법 앞에서도 결코 선서하지 않는다. 그저 '나의 명예를 걸고'라는 말로 충분하다.
- 하원 의원은 평민으로, 상원 의원의 부름을 받을 경우 모자를 쓴 귀족 앞에서 공손히 모자를 벗어야 한다.
- 하원은 의원 40인을 통해 상원에 법안을 전달하며 깊숙이 허리 숙여 세 번 예를 갖추어야 한다.
- 상원은 평범한 서기 한 사람을 통해 하원에 법안을 전달한다.
- 대립이 생길 때 상원과 하원 의원은 채색된 홀에 모여 상의하는데, 귀족은 모자를 쓴 채 앉아서 말하고 평민은 모자를 벗고 서서 말한다.
- 에드워드 6세가 내린 법령에 따라 귀족은 단순한 살인에 대한 혜택을 받는다. 누군가를 단순히 죽인 귀족은 체포당하지 않는다.
- 남작은 주교와 같은 서열이다.
- 상원의 남작이 되려면 남작령 전부를 국왕에게 예속시켜야 한다.
- 남작령은 13과 4분의 1개의 봉토이며, 각 봉토의 조세가 20파운드이니 모두 400마르크이다.
- 남작의 지위는 상속권에 따라 지배되는 성채(城砦)이다. 즉

아들이 없을 경우에만 맏딸에게 귀속된다.(다른 딸들에게는 형편에 따라 마련해 준다. 우르수스가 벽 여백에 써 놓은 주석이다.)

- 남작은 로드(lord)의 자격을 가진다. 로드는 색슨어로 laford, 고전 라틴어로 dominus, 후기 라틴어로 lordus이다.
- 자작과 남작의 장자와 차자는 모두 왕국의 예비 기사이다.
- 상원의 장자는 가터 훈장을 받은 기사보다 우위에 서지만 차자는 아니다.
- 자작의 장자는 행렬에서 모든 남작의 뒤에, 모든 준남작의 앞에 선다.
- 귀족의 딸은 모두 레이디라 부르며 평범한 영국의 딸들은 모두 미스이다.
- 모든 판사는 상원 의원보다 하위이다. 집달리(執達吏)는 어린 양의 모피로 만든 두건을, 판사는 다람쥐 모피로 만든 두건을 쓰며 흰 담비를 제외한 모든 종류의 작은 백색 모피를 가질 수 있다. 흰 담비는 상원과 왕만이 가질 수 있다.
- 귀족을 때릴 수 없다.
- 귀족의 신체적 자유는 구속될 수 없다. 런던탑에 갇히는 경우만 예외이다.
- 귀족은 왕의 초대를 받았을 때 왕의 사냥터에서 흰 점박이 사슴 한두 마리를 죽일 수 있다.

- 귀족은 자신의 성에서 제후 회의를 열 수 있다.
- 귀족이 외투를 입고 하인 둘만 뒤따르게 한 채 거리를 활보하는 것은 체통에 어울리지 않는다. 다수의 개인 시종들과 함께할 때만 사람들에게 모습을 보일 수 있다.
- 상원 의원은 화려한 사륜마차를 타고 행렬을 따라 의회에 간다. 평민들(하원 의원들)은 그러지 못한다. 몇몇 의원들은 웨스트민스터에 갈 때, 바퀴 넷 달린 가마를 탄다. 가문의 문장과 왕관이 장식된 가마와 사륜마차는 오직 귀족만 탈 수 있고, 이것은 권위의 일부이다.
- 귀족은 오직 귀족에 의해서만 벌금형에 처할 수 있으나 액수는 5실링을 초과하지 못한다. 공작은 예외로 10실링까지 부과할 수 있다.
- 귀족은 집에 외국인 여섯 사람을, 다른 모든 영국 사람은 그 수를 넷으로 한정하여 유숙시킬 수 있다.
- 귀족은 포도주 여덟 통까지 면세로 구입할 수 있다.
- 오직 귀족만이 순회 집정관 앞에 출두할 의무를 가지지 않는다.
- 전쟁 비용을 충당시키기 위해 귀족에게 세금을 부과할 수 없다. 아솔 공작과 해밀턴 공작, 노섬벌랜드 공작 등이 그랬듯이 귀족은 원할 때 병력 일개 연대를 일으켜 국왕에게 바칠 수 있다.

- 귀족은 오직 귀족에게만 의존한다.
- 귀족은 민사 재판에서 재판관 중 기사가 단 한 명도 없을 경우 사건을 다른 법원으로 이송해 달라고 요청할 수 있다.
- 귀족은 자신의 전속 사제를 지명한다.
- 남작은 전속 사제 세 명, 자작은 네 명, 백작과 후작은 다섯 명, 공작은 여섯 명을 임명할 수 있다.
- 귀족은 대역죄의 혐의가 있어도 고문당하지 않는다.
- 귀족을 손가락으로 가리킬 수 없다.
- 귀족은 글을 몰라도 식자(識者)다. 아는 것은 귀족의 당연한 권리다.
- 공작은 국왕이 없는 곳이면 어디든지 닫집을 대동할 수 있다. 자작은 저택에 닫집 하나를 소유할 수 있다. 남작은 임시 뚜껑 하나를 가질 수 있고, 술을 마시는 동안 술잔을 받쳐 드는 시중을 받을 수 있다. 남작 부인은 자작 부인 앞에서 드레스 뒷자락을 남자에게 받쳐 들게 할 권리를 갖는다.
- 귀족이나 귀족의 장자 86명이 식탁 86개를 주관하고, 각 식탁마다 500명이 식사를 할 수 있는데, 국왕 폐하를 위해 차리는 식사 비용은 행궁 근처 지역에서 치른다.
- 평민이 귀족을 공격하면 손목을 자른다.
- 귀족은 국왕에 버금간다.
- 국왕은 신에 버금간다.

- 땅은 귀족의 통치 아래에 있다.
- 영국 사람들은 신을 마이로드*라고 부른다.

이 맞은편에 같은 방식으로 쓴 두 번째 문구가 있었는데, 내용은 다음과 같다.

가진 것 없는 이들을 충족시킬 만한 보상

- 그랜섬의 백작으로, 상원 회의실에서 저지 백작과 그리니치 백작 사이에 앉는 헨리 오버쿼크의 임대료 수입은 10만 파운드이다. 그의 소유인 그랜섬 테라스 궁은 대리석으로 지었으며 사람들이 복도의 미로라고 부르는 곳을 통해 널리 알려졌다. 호기심을 자극하는 그곳에는 사란콜린 대리석으로 장식한 선홍색 복도, 아스트라칸의 루마첼라 대리석으로 장식한 갈색 복도, 라니의 대리석으로 장식한 흰색 복도, 알라반다의 대리석으로 장식한 검은색 복도, 스타렘마의 대리석으로 장식한 회색 복도, 헤세의 대리석으로 장식한 노란색 복도, 티롤의 대리석으로 장식한 초록색 복도, 보헤미아의 적색 대리석과 코르도바의 루마첼라 대리석으로 반반 장식한 붉은색 복도, 제노바의 백문 청대리석으로

---

* milord, 프랑스식 발음은 밀로르이며 경, 각하라는 뜻이다.

장식한 파란색 복도, 카탈루냐의 화강암으로 장식한 보라색 복도, 무르비에드로 편암(片岩)으로 장식해 흰색과 검은색 결이 교차로 보이는 음산한 복도, 알프스의 운모 대리석으로 장식한 분홍색 복도, 노네트의 루마첼라 대리석으로 장식한 진주빛 복도 그리고 마름모꼴 각력암(角礫岩)으로 장식하여 일명 조신(朝臣)의 복도라고 불리는 다양한 색깔을 가진 복도가 있다.

- 론즈데일 자작인 리처드 로더는 웨스트멀랜드에 로더 궁을 가지고 있는데, 주변이 화려해서 현관 앞 층계는 왕들을 부르는 것 같다.
- 스카버러의 백작, 럼리 자작이자 남작, 아일랜드 워터퍼드의 자작 노섬벌랜드와 더럼의 백작령에서 주지사이며 해군부제독이기도 한 리처드는, 고색창연하면서도 근대적인 스댄스티드 성을 가지고 있는데, 그곳에는 반원형의 아름다운 철책으로 둘러싸인 무엇과도 비교할 수 없는 분수가 있다. 그는 이에 더해 럼리 성까지 소유하고 있다.
- 홀더니스에 영지를 가지고 있는 백작 로버트 다르시는 조망탑들과 끝이 보이지 않는 프랑스풍 정원을 소유하고 있다. 그는 말 여섯 필이 끄는 화려한 사륜마차를 타고 정원을 둘러보는데, 말 탄 하인 둘이 앞에서 길을 열어 준다. 이것은 잉글랜드의 상원 의원에게 어울리는 일이다.

- 세인트앨번스 공작이며 버퍼드 백작, 헤딩턴 남작인 찰스 보클러크는 잉글랜드 왕실의 매사냥을 관장하는 관리인데 윈저에 저택을 가지고 있다. 왕궁 근처에 있으며 왕궁 못지 않다.
- 트루로 남작이며 바드민 자작인 로발리 경 찰스 보드빌은 케임브리지에 윔플 궁을 가지고 있는데 세 개의 전각을 갖췄으며, 그중 한 전각의 전면은 활처럼 휘었고, 다른 둘은 삼각형이다. 궁 입구에는 네 줄로 나무를 심었다.
- 매우 고귀하고 매우 세력 있는 필립 허버트 경은 카디프 자작, 몽고메리 백작, 펨브룩 백작인데, 캔들, 마미온, 세인트 퀸틴, 슈어랜드의 사나운 영주이자, 코르누아이와 데본 백작령의 주석 도금소 관리인, 예수회 학교의 세습 감독관이다. 그가 소유한 놀라우리만큼 아름다운 윌턴 정원에는 분수를 갖춘 두 개의 연못이 있는데 기독교의 영향을 받았던 루이 14세의 베르사유보다 더 아름답다.
- 서머셋 공작인 찰스 시모어가 소유한 템스강의 서머셋 하우스는 로마의 빌라 팜필리에 맞먹는다. 커다란 벽난로 위에 놓여 있는 중국 원(元)왕조 시대의 커다란 자기 항아리 두 개의 가격만도 50만 프랑이 넘는다.
- 어윈 자작인 잉그램 경 아서는 요크셔에 템플 뉴섬 궁을 가지고 있는데 입구는 개선문 형태이며 평평하고 넓은 지붕

은 모리스코식 테라스와 비슷하다.

- 차틀리, 바우처, 루베인의 영주인 페러스 경 로버트는 레스터셔에 스턴튼 해럴드 궁을 가지고 있는데, 그 실측도는 사원 모양을 닮았다. 연못 앞에 있는 정방형 종각을 갖춘 거대한 교회당도 그의 소유이다.
- 선덜랜드 백작이며 국왕 폐하의 고문 중 한 명인 찰스 스펜서는 상단에 군상(群像)을 조각한 대리석 기둥 넷이 서 있는 쇠창살 대문을 통해 들어갈 수 있는 앨스로프 궁을 소유하고 있다.
- 로체스터 백작 로렌스 하이드는 서리에 뉴파크 궁을 가지고 있는데, 아름답게 조각된 아크로테리온(받침돌), 나무로 둘러싸인 잔디밭, 그 바깥쪽으로 이어지는 숲 등이 어울려 더욱 근사하다. 숲 끝에는 예술적으로 둥글게 만든 것 같은 작은 동산 하나가 있고, 그 정상에는 멀리서도 잘 보이는 커다란 떡갈나무 한 그루가 서 있다.
- 체스터필드 백작 필립 스탠호프는 더비셔에 브렛비 궁을 가지고 있다. 그 궁에는 화려한 시계탑, 매 조련사들, 사냥용 토끼 사육장, 사각형이나 타원형의 긴 연못들이 있는데 그중 거울 모양 연못에는 아주 높게 치솟아 오르는 분수가 두 개 있다.
- 아이 남작 콘월리스 경은 14세기의 궁궐인 브롬 홀을 가지

고 있다.

- 몰던 자작, 에식스 백작인 지극히 고귀한 앨저넌 카펠은 하트퍼드셔에 사냥감이 풍부한 사냥터가 구비된 커다란 H자 형태의 캐시오베리 궁을 가지고 있다.
- 오술스턴 경 찰스는 미들섹스에 이탈리아풍 정원을 통해 들어가는 단리 궁을 가지고 있다.
- 샐리스버리 백작 제임스 세실은 런던에서 70리 떨어진 곳에 해트필드 하우스를 가지고 있다. 영주의 거처로 사용되는 전각 네 개와, 생제르맹 궁처럼 중앙에 망루 및 바닥을 검은색과 흰색 포석으로 깐 안뜰이 있다. 전면 폭이 80여 미터 정도 되는 그 궁은 제임스 1세 때 영국 왕실 재정관이 지었는데 그 재정관은 현 백작의 증조부이다. 그 궁에는 역대 샐리스버리 백작 부인 중 한 사람이 쓰던 침대가 있고 그 가격은 어마어마하며, 독사들에게 물렸을 경우 특효가 있다는 브라질산 나무로 만들었는데, 그 독사를 가리켜 흔히들 남자 1,000명이라는 뜻을 가진 밀옴브레스라 부른다. 침대에는 황금 글자로 다음과 같은 문구가 적혀 있다.

  "사념(邪念)을 품은 자에게 화가 있을지어다."
- 워릭과 홀런드의 백작 에드워드 리치는 벽난로에 떡갈나무 한 그루가 통째로 들어가는 워릭 성을 가지고 있다.
- 벅허스트 남작, 크랜필드 자작, 도셋과 미들섹스의 백작인

찰스 색빌은 세븐오크스 교궤 노올 궁을 가지고 있다. 그 궁은 도시처럼 크고 보병 대원들처럼 꼬리를 물고 늘어서 있는 전각 세 개로 구성되어 있다. 정면에는 계단형 합각머리 열 개가 있고, 네 개의 탑으로 구성된 망루 아래에는 문이 있다.

- 웨이머스 자작이자 워민스터 남작인 토머스 사인은 롱리트 궁을 가지고 있는데, 그곳에는 국왕 소유인 프랑스 샹보르 성에 버금가는 많은 굴뚝과 정탑(頂搭), 정각, 원추형의 망루, 별채, 작은 탑들이 있다.
- 서펙 백작 헨리 하워드는 런던에서 120리 떨어진 미들섹스에 크기나 웅장함으로 볼 때 스페인 왕이 소유한 에스코리알 궁에 뒤지지 않는 오들리 궁을 가지고 있다.
- 전체가 해자와 성벽으로 둘러싸여 있고 숲과 개천과 동산을 두루 갖추고 있는 베드퍼드셔의 레스트 하우스 앤드 파크는 켄트 후작인 헨리의 소유이다.
- 망루가 튼튼하고 감시구가 잘 뚫려 있으며 연못 한 개가 그 정원과 둘레의 숲을 갈라놓고 있는 헤리퍼드셔의 햄프턴 코트 궁은 코닝스비 경인 토머스의 소유이다.
- 방패꼴로 장식된 높은 망루, 정원과 늪과 꿩 사육장, 양 우리, 잔디밭, 주사위의 5점 눈 모양으로 나무를 심은 산책로와 큰 나무숲, 꽃으로 네모꼴과 마름모꼴 수를 놓아 커다란

융단처럼 보이는 화단, 경마장용 풀밭, 사륜마차가 궁으로 들어가기 전에 한 바퀴 돌아야 하는 거대한 원형 광장 등을 갖춘 링컨셔의 그림소프 궁은 월샘숲의 세습 영주이며 린지 백작인 로버트의 소유이다.

- 잘 어우러지는 두 개의 전각과 안뜰 양쪽에 망루가 배치된 서섹스의 업 파크는 글렌데일 자작이며 탱커빌 백작인 명예로운 그레인 경, 포드의 소유이다.
- 사각형의 양어장과 네 폭의 색 유리창을 끼운 합각머리를 갖추고 있는 워릭셔의 뉴냄 패독스 궁은 독일에서는 라인펠멘 백작으로 알려진 벤비 백작의 소유이다.
- 버크 백작령에 있는 윗섬 궁은 석조 정자 네 개와 감시구가 뚫린 높은 망루가 있는 프랑스풍 정원을 갖추고 있다. 망루 양쪽에는 거대한 전함 두 척을 바싹 대 놓았다. 궁은 애빙던 백작이며 리콧 남작인 몬터규 경의 소유이다. 그 정문에는 다음과 같은 격언이 새겨져 있다.

  "Virtus ariete fortior(용기는 성을 파괴하는 철퇴보다 강하다)."
- 데번셔 공작 윌리엄 캐번디시는 여섯 개의 성채를 소유하고 있는데 그중 2층으로 지은 체스워스 성은 그리스풍의 아름다운 조화미를 자랑한다. 더불어 왕궁 쪽으로 등 돌린 사자 조각상이 있는 런던의 저택도 그의 것이다.

- 아일랜드의 코크 백작이기도 한 키널미키 자작은 정원이 매우 넓어 런던 외곽의 전원 지역과 맞닿아 있는 피카딜리의 벌링턴 하우스와 화려한 아홉 개의 전각이 있는 치스윅 궁을 가지고 있다. 또한 옛 궁궐 옆에는 새 저택 런데스버러를 지었다.
- 보포트 공작의 첼시 궁은 고딕 양식으로 지은 전각 두 채와 피렌체풍으로 지은 한 개의 전각으로 구성되어 있다. 또한 글로스터에 배드민턴 궁이 있는데 별 하나에서 빛이 사방으로 퍼져 나가듯 거처로 사용되는 그곳에서 무수한 길이 뻗어 나온다. 대단히 고귀하고 강력한 왕족인 보포트 공작 헨리는 우스터의 후작이며 백작이고 래글랜드 남작, 파워 남작 그리고 챕스토우의 허버트 남작이기도 하다.
- 뉴캐슬의 공작이며 클레어의 후작인 존 홀스는 사각형 망루가 상당히 웅장한 볼소버 궁을 가지고 있다. 그 외에 연못 중앙에 바벨탑을 모방해 만든 둥근 피라미드 하나가 있는 노팅엄의 호턴 궁도 소유한다.
- 햄스테드의 그레이븐 남작인 크레이븐 경 윌리엄은 워릭셔에 영국에서 가장 아름다운 분수를 구경할 수 있는 콤 애비 저택을 가지고 있으며 버크셔에 남작령 성 둘이 있는데, 정면에 고딕 양식의 채광창 다섯 개가 벽에 깊숙이 파여 있는 햄스테드 마셜 궁과 숲속 교차로의 교차점 위에 애시다

운 파크 궁이다.

- 클랜찰리와 헌커빌의 남작이며 시칠리아에서는 코를레오네 후작인 린네우스 클랜찰리 경은 914년에 늙은 에드워드가 덴마크인들을 막기 위해 지은 클랜찰리 성에 지배권을 가지고 있다. 그 외에 궁궐인 런던의 헌커빌 하우스와 윈저에 있는 코를레오네 로지도 그의 소유이다. 그리고 여덟 개의 영지가 있는데, 그 하나는 버턴온트렌트 유역으로 그곳의 백색 대리석 채석장에 대한 권리 일부가 영지에 귀속된다. 다른 영지들에는 검드레이스, 험블, 모리캠브, 트레워드레이스, 경이로운 우물 한 개와 필린모어 늪지대의 이탄(泥炭)을 가지고 있는 헬커터스, 배그니액 고도(古都) 근처 리컬버, 모일엔라이 산 위에 있는 비니카운턴 등이 있다. 또한 영주 예하의 법관이 있는 열아홉 곳의 읍과 마을, 펜네스 체이스 전 지역이 있는데 그곳에서 4만 파운드의 임대 수입을 거둔다.
- 제임스 2세 때 세력을 떨치는 172명의 귀족에게 들어오는 수입은 대략 127만 2,000파운드에 달하며, 그것은 영국 전체 수입의 11분의 1에 해당하는 금액이다.

마지막 이름인 린네우스 클랜찰리 경 이름 옆에는 우르수스가 직접 쓴 짧은 문구가 있었다.

반역자, 망명 중임, 재산 및 성채와 영지 압류, 잘된 일임.

*

우르수스는 호모를 칭찬했다. 자기 동류는 칭찬하기 마련인데 그것은 자연의 법칙이다. 항상 소리 없이 화를 내는 것은 우르수스의 내면이고 으르렁거리는 것은 그의 외면이었다. 우르수스는 천성적으로 불평꾼이었다. 그는 자연히 반대를 일삼았고 우주를 나쁜 의미로 이해했다. 그는 그 누구에게도, 그 무엇에도 상을 주지 않았다. 꿀을 만든다고 꿀벌이 사람 쏘는 것을 용서하지 않았고 장미가 꽃을 활짝 피운다고 황열병과 보미토 네그로*의 원인이 되는 태양을 용서하지도 않았다. 우르수스는 아마 속으로 신에게 많은 비난을 퍼부었을 것이다. 그는 자주 이렇게 말했다.

"물론 마귀는 용수철이다. 하지만 그것을 놓아 버린 것은 신의 잘못이다."

그는 군주나 왕자들에게만 동감을 표현하거나 박수를 보냈다. 어느 날 제임스 2세가 한 아일랜드 가톨릭 성당의 성모에게 순금 램프 하나를 봉헌했는데 매사에 무관심한 호모와 함께 그곳을 지나던 우르수스가 많은 사람 앞에서 찬사를 터뜨렸다.

---

* 흑인들의 구토 증세를 말한다.

"성모님은 저기 맨발로 서 있는 어린아이들이 신발을 원하는 것보다 순금 램프를 더욱 절실히 원하신 게 틀림없어."

그러한 그의 '충성'의 증거와 기성 권력에 대한 명백한 존경도 사법관이 늑대와 함께 떠돌이 생활을 하는 그를 너그럽게 봐주는 데는 도움을 주지 못했다. 그는 가끔 저녁 무렵 우정에 이끌려 호모가 다리를 쭉 뻗어 기지개를 좀 켜고 자유롭게 오두막 주위를 돌아다니도록 내버려 두곤 했다. 늑대는 신뢰를 악용할 줄은 모르기 때문에 '사회 속에서', 즉 사람들과 어울렸을 때는 푸들처럼 조심스럽게 행동했다. 하지만 심술궂은 사법관들과 엮이면 매우 성가신 결과를 가져올 수 있었다. 그래서 우르수스는 가능하면 늑대를 사슬로 매어 두었다. 정치적인 관점에서 볼 때도 그가 벽에 써 놓은 황금에 관한 글은 읽을 수도 없을뿐더러 이해하기도 힘들었던 탓에, 벽의 낙서 정도로 취급되어 위험하지는 않았다. 제임스 2세의 퇴위 후 윌리엄과 메리의 '존경스러운' 치세 아래서도 영국의 여러 지방 소도시에서 평화롭게 돌아다니는 그의 마차를 볼 수 있었다. 그는 손수 만든 묘약이나 자질구레한 약을 팔거나 늑대와 함께 돌팔이 의사처럼 유치한 연기를 하며 그레이트브리튼의 방방곡곡을 자유롭게 돌아다녔다. 또한 떠돌이 패거리를 가려내기 위한, 특히 길목에서 '콤프라치코스'를 체포하기 위해 당시 영국 전역에 확장된 경찰의 경비망을 유유히 뚫고 다녔다.

아무튼 당연한 일이었다. 우르수스는 어떤 무리에도 속하지 않았다. 오직 우르수스와 함께 살았다. 자신과 마주하고 자신을 친구로 삼아 살아가는데 늑대 한 마리가 그 속으로 다정하게 주둥이를 집어넣은 것뿐이다. 우르수스는 카리브 지역 인디언이 되는 것을 꿈꾸었는지도 모른다. 그것이 불가능했기 때문에 그는 혼자 사는 사람이 되었다. 혼자 사는 사람은 문명 세계가 인정한 야만인의 축소판이다. 사람이란 떠돌면 떠돌수록 그만큼 더 외로워지며 그것에서 끊임없는 이동이 시작된다. 그는 어디에 정착한다는 것을 길들여진다는 의미로 받아들였다. 그는 자신의 길을 계속 가면서 인생을 보냈다. 도시들을 볼 때마다 그의 안에서는 잡목림과 빽빽한 나무들, 가시덤불, 바위굴 등에 대한 그리움이 더욱 진해졌다. 그의 진정한 고향 집은 숲이었다. 광장의 소음은 나무들의 함성과 비슷해 타향에 왔다는 느낌이 크게 들지 않았다. 군중이 사막에 대한 욕구를 어느 정도까지는 충족시켜 주는 것이다. 그는 문과 창문이 있어서 일반 주택을 닮은 오두막이 불만이었다. 동굴 하나를 네 바퀴 위에 올려놓고 유랑했다면 만족했을 것이다.

앞에서 말한 대로 그는 미소 짓지 않았지만 웃었다. 가끔, 아니 상당히 자주, 씁쓸하게 웃었다. 미소는 동의의 표시이지만 웃음은 대개 거부의 의미가 담겨 있다.

그가 하는 가장 중요한 일은 인간을 증오하는 것이었다. 그의 그러한 증오는 집요했다. 사람들이 그에게 데려오는 환자들에게 그는 인간의 삶이 끔찍하다는 것을 확실하게 밝혀 주고 백성을 짓누르는 것은 군주, 군주를 억누르는 것은 전쟁, 전쟁을 짓누르는 것은 흑사병, 흑사병을 덮치는 것은 기근이다 등 모든 재앙은 어리석음으로 초래된다는 것을 말해 준 뒤, 존재한다는 것만으로도 벌의 요소가 있다는 것을 증명하고, 죽음이 해방이라는 것을 인정한 다음에야 치료를 했다. 그는 심장 기능 강화제와 노인의 생명을 연장시켜 주는 다양한 탕약도 가지고 있었다. 그는 앉은뱅이를 치료해 두 발로 서게 한 다음 빈정거리며 한마디를 했다.

"자, 이제 두 다리로 걷게 되었구려. 눈물의 골짜기에서 오래도록 걷기를 바라네!"

굶어 죽어 가는 가난한 사람을 보면 갖고 있던 동전까지 몽땅 털어서 건네주며 입속말로 투덜거리기도 했다.

"살아라, 불쌍한 것! 먹어라! 오래도록 살아라! 너의 도형수 신세를 짧게 끝내 줄 사람은 내가 아니지!"

그러고는 자신의 손을 비비면서 말했다.

"나는 사람들에게 내 능력껏 못된 짓을 저지르지."

지나던 사람들은 밖에서도 뒤쪽에 나 있는 창을 통해 오두막 천장에 목탄으로 굵게 써 놓은 글귀를 읽을 수 있었다.

2. 콤프라치코스

*

요즘 콤프라치코스라는 단어를 누가 알 것이며, 누가 그 의미를 알 수 있을까?

콤프라치코스 또는 콤프라페케뇨스는 흉측하고 이상한 떠돌이 집단이었는데, 17세기에 널리 알려졌다가 18세기에는 잊혔으며, 요즘은 아무도 모른다. 콤프라치코스는 '독약 사건'처럼 전형적인 옛 사회를 드러내 주는 하나의 단면이다. 그것들 모두 오래된 인간의 추태를 보여 준다.

역사적인 커다란 관점으로 바라보면, 콤프라치코스는 노예제도와 깊은 연관이 있다. 형제들에 의해 팔려 간 요셉의 이야기는 콤프라치코스의 전설 중 하나다. 콤프라치코스는 스페인과 영국의 형법에도 흔적을 남겼다. 숲속에서 야만인의 발자국을 발견하듯 영국 법률의 모호한 혼란 속 곳곳에서도 그 흉악한 일들의 발자취를 발견하는 것이다.

콤프라치코스는 콤프라페케뇨스처럼 스페인어인데 '어린 아이들을 사는 것'을 의미하는 합성어다.

콤프라치코스는 어린아이 장사를 했다.

아이들을 사거나 팔았다.

납치하지는 않았다. 납치는 또 다른 사업이다.

그 아이들로 무엇을 했을까?

괴물을 만들었다.

왜 괴물을 만든 것일까?

웃기 위해서였다.

백성들은 웃기를 원했다. 왕들도 역시 그랬다. 거리 광장에는 곡예사가 있어야 하고, 왕궁에는 궁중 광대가 있어야 한다. 앞은 튀를뤼팽이라 부르고 다른 하나는 트리불레라고 한다.

인간이 즐거움을 얻기 위해 기울이는 노력 가운데 어떤 것은 가끔 철학자의 관심을 끌기도 한다.

이 처음 몇 장을 통해 우리가 희미한 윤곽이나마 잡아 보려는 것은 무엇인가? 그것은 다음과 같은 제목을 붙여도 될 것 같은, 이 책에서 가장 무시무시한 한 장이다.

운수 좋은 이들이 벌이는 불운한 자들에 대한 착취

*

사람들의 장난감이 되어야 할 운명에 놓인 아이, 그런 일은 실제로 있었고 오늘날에도 일어난다. 무지하고 잔인한 시절에는 그것이 하나의 특별한 사업이었다. 위대한 세기라 부르는 17세기가 그런 시절 중 하나였다. 매우 비잔틴적인 세기여서 부패한 순진함과 잔인한 섬세함을 동시에 간직하고 있었다. 이를테면 문명의 변종인 것이다. 호랑이는 입이 짧은 척했고 세비녜 부인*은 화형과 차형(車刑) 이야기를 하면서 선웃음을 쳤다. 그 세기는 아이들을 마구 착취했으며 그 세기의 아첨꾼들인 역사가들은 그 상처를 감추면서도 그 상처의 치료사인 뱅상 드 폴**은 드러나도록 내버려 두었다.

장난감 인간이 성공하려면 어린 나이에 시작해야만 한다. 난쟁이를 만들려면 어릴 때 착수해야 했는데 사람들은 그렇게 인간의 유년기를 이용했다. 몸이 반듯한 아이는 별로 재미가 없으며 꼽추가 훨씬 더 즐겁다.

그래서 전문 기술이 생겼고 양성하는 사람들도 있었다. 멀쩡한 인간을 데려다가 미숙아로 만들었으며 멀쩡한 얼굴을 짐승의 얼굴로 변형해 버렸다. 압박을 해서 성장을 막았고 표정을 마음대로 빚어냈다. 인위적으로 기괴한 인간을 만드는 일에는 나름대로의 법칙이 있었으며 일종의 과학이었다. 정반대 방향을 추구하는 정형외과를 상상해 보면 될 것이다. 신이 시선

---

* 프랑스의 서간문 작가다.

** 버려진 아이들의 구호와 교육에 힘쓴 17세기경 프랑스의 사제다.

을 만들어 놓은 자리에 그 기술은 사시를 가져다 놓았다. 신이 조화롭게 만든 것을 기형으로 대체해 버렸다. 신이 완성품으로 만들어 놓은 것을 초벌작으로 되돌려 놓았는데 감식가들의 눈에는 이 초벌이 완벽하게 보였다. 짐승을 대상으로 기초부터 시작하는 작업도 있었다. 얼룩빼기 말도 그렇게 고안해 냈고 튀렌*도 그 말을 타고 다녔다. 오늘날에도 사람들이 개를 푸른색과 초록색으로 물들이지 않는가? 자연은 우리의 캔버스이다. 인간은 항상 신이 만들어 놓은 것에 무언가를 덧붙이고 싶어 했다. 때로는 선의로, 때로는 악의로 신의 창조물을 바꾸는 것이다. 궁궐의 광대는 인간을 원숭이로 되돌려 놓으려는 시도와 마찬가지다. 뒤로 가는 진보이며 퇴보하는 걸작이다. 그러면서 사람들은 인간 같은 원숭이를 만들려고 노력했다. 클리블랜드 공작 부인이며 사우샘프턴 백작 부인인 바버라는 거미원숭이 한 마리를 시동으로 데리고 있었다.

남작석에서 서열 8위인 여귀족 더들리 남작 부인 프랜시스 서턴은 금란으로 지은 옷을 입힌 비비에게 차 시중을 들게 만들었다. 레이디 더들리는 그 원숭이를 가리켜 '나의 검둥이'라고 부르곤 했다. 도체스터 백작 부인 캐서린 시들리는 가문 문장이 새겨진 사륜마차를 타고 의회에 가곤 했는데 그럴 때마다

* 17세기 프랑스 대원수다.

마차 뒤편에는 하인 제복을 입은 비비 세 마리가 주둥이를 보란 듯이 쳐들고 서 있었다. 메디나코엘리 백작 부인은 폴루스 추기경이 아침 문안을 하러 갈 때마다 오랑우탄 한 마리의 시중을 받아 스타킹을 신고 있었다고 한다. 인간으로 진급한 그 원숭이들은 학대를 받아 짐승처럼 변한 인간들과 균형을 이룬 셈이다. 대귀족들이 원하던 인간과 짐승의 그러한 뒤섞임은 특히 난쟁이와 개를 통해 강조되었다. 난쟁이는 자신보다 큰 개의 곁에서 떠나지 않았다. 개는 난쟁이의 짝으로 목걸이 두 개를 겹쳐 놓은 것과 같았다. 인간과 짐승의 동등한 위치는 다양한 기념품을 통해 확인되는데, 제프리 허드슨의 초상화가 그 대표적인 예다. 그는 앙리 4세의 딸이자 찰스 1세의 아내인 앙리에트 드 프랑스를 모시던 난쟁이였다.

인간을 훼손하는 행위는 보기 흉하게 변형시키는 것으로 완성된다. 모습을 흉하게 변형시켜 신분도 지워 버리곤 했다. 그 시절의 몇몇 생체 해부학자들은 인간의 얼굴에서 신성한 초상을 지워 버리는 일을 손쉽게 했다. 아멘스트리트 대학의 일원이자 런던의 화학 약품상 검사관인 콘퀘스트 박사는 거꾸로 가는 외과술에 대해 라틴어로 책 한 권을 썼는데, 그 책에서 그 수술 방법에 대해 자세히 묘사하고 있다. 저스터스 드 캐릭퍼거스의 말에 따르면 그 외과술을 고안한 이는 아벤모어라고 하는 어느 수도사인데 그 이름은 아일랜드어로 '큰 강'이라는 뜻을 가졌다고 한다.

하이델베르크의 지하 카바레에서는 팔라티나의 선거후인 페르케오의 난쟁이 모습을 본떠 만든 인형—혹은 유령—이사람들을 놀래기 위해 만든 장난감 상자에서 불쑥 튀어나오곤 했는데, 이것은 매우 다양하게 응용할 수 있는 대표적인 기술이었다.

이로 인해, 고통에 대한 허가와 즐거움의 이치라는 잔혹하게 간결한 생존 법칙에 묶인 많은 사람들이 생겨났다.

*

괴물 제조 작업은 대규모로 이루어졌으며, 만들어 내는 괴물의 종류 또한 다양했다.

괴물은 술탄에게도 필요했고, 교황에게도 필요했다. 술탄은 여인들을 관리하기 위한 목적이었으며, 교황은 그를 대신해 기도를 하도록 시키기 위해서였다. 그런 괴물들은 스스로 번식할 수 없는 정말 특별한 종류였다. 그 유사 인간들은 관능적 쾌락과 종교에 유용했다. 하렘과 시스티나 성당에서도 같은 종류의 괴물을 사용했는데 한쪽에서는 사나운 괴물, 다른 쪽에서는 나긋나긋한 괴물이 필요했다.

지금은 더는 생산하지 못하는 것들을 그때는 만들어 냈다. 우리에게는 없는 재주를 가지고 있었던 것이다. 그러니 탁월한 지성들이 기술의 쇠퇴라고 이야기하는 것도 무리는 아니다. 우리는 이제 더는 인간의 살아 있는 육체에 조각을 할 줄 모른다. 고문 기술이 사라진다는 사실과도 관련된 일이다. 우리는 그런 일에 달인이었지만 이제 더는 그렇지 않다. 그 기술을 얼마나 단순화시켰는지 그것은 아마 머지않은 장래에 완전히 사라질 것이다. 살아 있는 사람의 팔과 다리를 자르고, 배를 가르고, 내장을 들어내면서 우리는 많은 현상을 알아냈고, 새로운 사실을 발견할 수 있었다. 하지만 이제 그런 일은 포기해야 한다. 또한 사형 집행자가 외과학에 가져다준 발전도 더는 기대할 수 없다.

과거에 생체 해부학은 거리 광장에 구경거리로 내놓을 기괴한 사람들이나, 궁궐에 바칠 광대 그리고 술탄과 교황을 위한 내시를 만들어 내는 것으로 그치지 않았다. 다른 형태의 제조도 많았는데 그 성공적인 제조 작업 중에 하나가 영국의 왕을 위해 수탉을 만드는 일이었다.

왕의 궁궐에서는 수탉처럼 노래를 부르는 일종의 야행성 인간을 궁 안에 두는 것이 관례였다. 사람들이 모두 자는 동안에 그 사람은 깨어 있으면서 궁궐 안을 배회하며 매시간 종소리를 대신할 수 있도록 가금류들이 내는 소리를 필요한 횟수만큼 반복해 질러 댔다. 수탉으로 승진한 사람이 어릴 때 받은 인두 수술 또한 콘퀘스트 박사가 자세히 묘사해 놓은 기술 중 하나이다. 찰스 2세 때 그 수술로 생기는 타액 분비증이 포츠머스 공작 부인의 비위를 상하게 한 탓에, 왕권의 화려함을 조금이라도 퇴색시키지 않기 위해 그 관직은 유지시키되, 수술 받지 않은 남자에게 수탉 소리를 내게 했다. 그 명예로운 직책에는 보통 퇴역 장교를 선발하여 임명했다. 제임스 2세 재위 시절에 윌리엄 샘슨 콕이라는 사람이 그 자리에 임명되었는데, 그 노래를 하는 대가로 매년 그가 받은 돈의 액수는 9파운드 2실링 6수였다.

불과 100년 전, 페테르부르크에서는 러시아 황제 혹은 황후가 어느 귀족을 몹시 못마땅하게 여겨 궁궐의 커다란 대기실에 쭈그리고 앉아 있게 했다고 한다. 예카테리나 2세의 회고록에 나오는 이야기인데 그 귀족은 명령에 따라서 고양이처럼 야옹거리거나 알을 품고 있는 암탉처럼 바닥에 떨어진 음식을 꼬꼬거리며 입으로 쪼아 먹었고, 그런 상태로 며칠을 대기실에서 보냈다고 한다.

그런 풍습은 이제 유행이 지났지만 사람들이 생각하는 것만큼 크게 지나간 것도 아니다. 오늘날에는 궁정인들이 주인의 환심을 사기 위해 꼬꼬거리면서 억양을 조금씩 흉내 낸다. 먹을 것을 진흙탕에서 줍는다고까지는 말할 수 없지만 그것을 땅바닥에서 줍는 사람이 한둘이 아니다.

왕들이 결코 실수를 저지르지 않는다고 믿는 것은 매우 다행스러운 일이다. 그렇기 때문에 그들의 모순된 말이 누구를 당혹스럽게 하는 법은 절대 없다. 끊임없이 찬성만 하면 옳은 말을 한다고 확실하게 인정받을 테니 매우 기분 좋은 일이다. 루이 14세는 베르사유 궁에서 수탉 흉내를 내는 장교나 칠면조 흉내를 내는 귀족을 보는 일을 좋아하지 않았을 것이다. 영국이나 러시아에서 왕이나 황제의 권위를 높여 주던 일이 위대한 루이 왕이 볼 때는 성왕 루이의 왕국에는 맞지 않는다고 생각했을 것이다. 앙리에트 부인이 어느 날 밤 신분에 어울리지 않게 꿈속에서 암탉 한 마리를 보았다는 사실로 그가 몹시 불쾌해했다는 것은 잘 알려진 사실이다. 사실, 궁정인에게는 어울리지 않는 중대한 결례이다. 지체 높은 사람이라면 천박한 것을 꿈속에서라도 보면 안 되는 것이다. 모두들 기억하겠지만 보쉬에도 루이 14세의 불쾌감에 긍정의 뜻을 보냈다.

*

이미 설명한 대로 17세기에는 아이들을 사고파는 거래가 일종의 산업으로 완성되었다. 콤프라치코스는 한쪽으로 거래를 하고 다른 쪽으로는 그 제조업에 종사했다. 그들은 아이들을 사서 원자재를 약간 손본 다음 바로 되팔았다.

아이를 파는 사람들은 밥 먹는 입을 줄이려는 가난한 아비부터 노예를 사육하는 주인에 이르기까지 매우 다양했다. 인간을 파는 것만큼 간단한 일은 없었다. 오늘날에도 그런 권리를 유지하기 위해 싸움이 벌어진 적이 있다. 겨우 한 세기 전에 아메리카에 가서 죽어 줄 사내들이 필요했던 영국의 왕에게 헤센 지역 선거후가 종들을 팔아넘긴 일을 우리 모두 기억한다. 푸줏간에서 고기를 사듯 헤센의 선거후는 대포에 장전할 고기를 비치해 놓고 팔았다. 그는 자기 종들을 점포에 매달아 진열했다.

"팔 물건이니 흥정하시오."

제프리스가 기세를 떨치던 시절 영국에서는 몬머스*의 비극적인 사건이 일어난 뒤 많은 영주들과 귀족들이 참수되거나 능지처참되었다. 그렇게 처형된 이들이 남겨 둔 아내들과 딸들, 즉 미망인들과 졸지에 고아가 되어 버린 여자아이들을 제임스 2세가 왕비에게 넘겼다. 왕비는 그 레이디들을 윌리엄 펜**에게 팔았는데 왕도 아마 수수료 몇 퍼센트 정도는 받았을 것이다. 제임스 2세가 그 레이디들을 팔았다는 사실보다 윌리엄 펜이 그녀들을 샀다는 사실이 더 놀라운 일이다.

펜은 인간을 뿌려 퍼뜨려야 할 황무지를 가지고 있으니 당연히 여인들이 필요했다는 변명을 했다. 결국 여인들이 황무지를 개간하는 데 필요한 장비였다는 뜻이다.

우아하고 자애로운 왕비 전하에게는 그 레이디들을 파는 일

---

* 영국 찰스 2세의 사생아다.

** 영국에서 도망하여 미국에 식민지를 건설한 퀘이커교도다.

이 짭짤한 사업이었다. 젊은 레이디들은 비싼 값에 팔렸는데 펜이 아마도 늙은 공작 부인들은 싸게 샀을 것이라는 생각이 떠오를 때마다 복잡한 추문을 들을 때처럼 마음이 좋지 않다.

콤프라치코스들은 자신들을 체일러스(Cheylas)라고도 불렀는데 그 말은 아이들을 둥지에서 꺼내는 사람들이라는 뜻을 가진 힌두어다.

오랜 세월 동안 콤프라치코스는 자신들을 반 정도만 감추었다. 사회에는 가끔씩 범죄적 산업에 호의를 보이는 어두운 이면이 있기 때문에 그 속에서 목숨을 부지하는 것이다. 우리는 최근에도 이런 일을 목격했다. 산적 라몬 셀레스가 이끄는 집단이 1834년부터 1866년까지 발렌시아, 알리칸테, 무르시아 이 세 지방을 점령하며 공포 속에 몰아넣었다.

스튜어트 왕조 통치하에서는 콤프라치코스가 총애를 잃지 않았기에 필요에 따라 국가적인 구실을 붙여서 그들을 이용했다. 제임스 2세에게는 그들이 하나의 인스트루멘툼 레그니*였다. 거추장스럽거나 반항적인 가문은 가차 없이 제거하고 혈통을 끊고, 상속자들을 갑작스럽게 없애 버리던 시절이었다. 어떨 때는 한 가계(家系)를 위해 다른 가계를 정리하기도 했다. 콤프라치코스에게는 한 가지 재주가 있었는데 그것은 사람 얼굴

* '통치 수단'이라는 뜻이다.

을 바꾸어 놓는 재주였고, 그 재주 덕분에 정치적 집단에 천거되었다. 얼굴을 흉하게 바꾸어 놓는 것이 죽이는 것보다는 낫다. 물론 철가면이 있었지만 그것은 힘든 방법이다. 전 유럽을 철가면으로 가득 차게 만들 수는 없다. 얼굴이 흉측한 곡예사들은 거리를 자연스럽게 오간다. 게다가 철가면은 벗길 수 있지만 살가면은 벗길 수 없는 노릇이다. 한 사람 얼굴에 그 사람 얼굴로 만든 가면을 씌우는 것보다 기발한 방법은 없을 것이다. 콤프라치코스는 중국인들이 목재를 다루는 것처럼 인간을 다루었다. 이미 말한 것처럼 그들에게는 비밀이 있었다. 이제는 사라졌지만 비술이 있었다. 일부 잘못된 발육이 그들의 손을 통해서 탄생했다. 우스웠지만 놀라운 일이었다. 그들이 어린 생명에게 얼마나 묘하게 손을 댔던지 아비도 자기 자식을 알아보지 못할 지경이었다. 그들은 가끔 척추는 곧은 상태로 두고 얼굴만 다시 만들었다. 손수건의 상표를 없애듯이 아이가 가진 모든 특징을 지워 버렸다.

곡예사로 쓰일 제품일 때는 교묘한 방법으로 관절을 탈구시켰다. 모든 뼈가 제거된 사람과도 같았는데 그것이 그들을 곡예사로 만들었다.

콤프라치코스는 아이에게서 얼굴만이 아니라 기억까지도 없애 버렸다. 적어도 그들이 할 수 있는 만큼은 완벽하게 기억을 지웠다. 아이는 자기가 무슨 변화를 겪었는지도 전혀 의식하지 못했다. 무시무시한 외과 수술이 얼굴에는 흔적을 남겼지만 뇌리에는 어떤 흔적도 남기지 않았다. 자신이 어느 날 사람들에게 붙잡혔고 잠들었으며 누군가가 자신을 치료해 주었다는 사실만이 그가 기억해 낼 수 있는 전부였다. 무엇을 치료했을까? 아이는 새까맣게 몰랐다. 유황으로 지지고 칼로 자르고 했다는 사실을 기억해 내지 못했다. 콤프라치코스는 수술을 하는 동안 통증을 없애 주며 마법의 약으로도 통하는 일종의 마취용 가루약으로 어린 환자를 잠들게 만들었다. 그 가루는 중국에서는 오래전부터 잘 알려진 것이며 그곳에서는 지금도 사용한다. 중국은 인쇄술, 대포, 기구, 클로로포름 등 우리의 발명품들을 우리보다 훨씬 오래전부터 가지고 있었다. 다만, 유럽에서의 발견은 바로 활기를 얻어 성장한 후 기적과 경이로움이 되는 데 반해, 중국에서는 초기 상태로 남아 사라졌다. 중국은 하나의 태아표본병이다.

중국 이야기가 나온 김에 잠깐 시시한 이야기 하나만 더 하자. 예부터 중국에서 발전시켜 온 기술과 산업이 하나 있는데 그것은 살아 있는 사람을 주형(鑄型)에 넣었다가 다시 만들어 내는 일이다. 그들은 두세 살쯤 된 아이를 골라서 뚜껑도 밑바닥도 없는 상당히 괴상한 자기 항아리 속에 넣고 머리와 다리만 밖으로 나오게 한다. 낮에는 항아리를 세워 놓았다가 밤이 되면 아이가 잘 수 있도록 눕혔다. 그렇게 하면 아이의 키는 크지 않고 몸집만 불어나게 되어 아이의 압축된 살과 뒤틀린 뼈들이 항아리의 불룩한 공간을 채운다. 그런 항아리 속에서의 성장은 여러 해 동안 계속되며 일정한 시간이 지나면 성장의 형태를 바꿀 수 없게 된다. 모양이 잡혀 괴물이 완성되었다고 생각되면 항아리를 깨뜨리고 아이를 꺼내 항아리 모양의 사람을 얻었다.

원하는 형태의 난쟁이를 미리 주문할 수 있으니 아주 편리한 방법이다.

*

제임스 2세는 그럴듯한 이유로 콤프라치코스를 이용했기 때문에 그들에게 관대했다. 한두 번 이용한 것이 아니었다. 누구든 자기가 멸시하는 것을 매번 무시하지만은 않는다. 흔히 정치라고 불리는 상류 계층 산업에 가끔 탁월한 방법이 되어 주는 밑바닥 계층 산업은 당연히 비참한 처지에 있었지만 그렇다고 해서 박해를 받지는 않았다. 감시는 전혀 없었지만 어느 정도의 관심은 보였는데 그렇게 하는 것이 여러모로 유용할 수 있었다. 법이 한쪽 눈을 감은 대신 왕은 다른 눈을 뜨고 있었다.

가끔 왕은 스스로 공모했다는 사실을 인정하기도 했다. 이것이 바로 군주가 저지르는 공포 정치의 뻔뻔스러움이다. 얼굴을 흉측하게 만든 아이 얼굴에 백합 모양의 낙인을 찍기도 했다.

얼굴에서 신의 표시를 지워 버리는 대신 왕의 표시를 새긴 것이다. 노퍽주의 고위 경찰관, 멜턴의 영주, 기사이자 준남작인 자콥 애스틀리는 달군 쇠로 이마에 백합 모양의 낙인을 찍혀 팔려 온 아이 하나를 집 안에 데리고 있었다. 아이에게 닥친 그 일이 국왕의 뜻이라는 것을 어떤 이유에서든 증명하고 싶을 때 흔히들 그런 방법을 사용했다. 영국은 개인적인 용도를 목적으로 한 백합의 사용으로 항상 우리에게 명예를 안겨 준다.

하나의 산업과 광신주의를 구별시켜 주는 미묘한 특징이 있는 콤프라치코스는 인도의 직업 암살단과 비슷했다. 그들은 자기들끼리 무리를 지어 살면서 가끔 거리에서 곡예사 노릇도 했지만 그것은 쉽게 왕래하기 위한 구실일 뿐이었다. 그들은 되는 대로 아무 곳에서나 야영했지만 엄숙하고 경건한 것이 다른 떠돌이들과는 전혀 달랐고 도둑질 따위를 하지도 않았다. 스페인의 무슬림들은 위폐범이었고 중국의 무슬림들은 소매치기였는데 사람들은 오랫동안 그들을 스페인이나 중국의 무슬림들로 착각하는 과오를 범했다. 콤프라치코스에게 그런 점은 없었다. 그들을 어떻게 생각하든 각자의 자유지만 그들은 정직한 사람들이었다. 그들은 때로 진정 양심적이었다. 그들은 정확하고 예의 바르게 대문을 통해서 집으로 들어가 아이의 가격을 흥정하고 돈을 지불하고 아이를 데리고 떠나곤 했다.

영국인, 프랑스인, 카스티야인, 독일인, 이탈리아인 등 온갖 나라에서 온 사람들이 '콤프라치코스'라는 이름 아래에서 서로 간에 우의를 다지고 있었다. 같은 생각, 같은 미신, 같은 직업을 공동으로 영위하면서 그런 화합을 만들어 냈다. 산적들처럼 우애가 돈독한 그 집단에서는 해 뜨는 쪽에서 온 사람들은 동양을, 해 지는 쪽에서 온 이들은 서양을 대표했다. 많은 바스크인이 많은 아일랜드인과 대화를 나누었다. 바스크인과 아일랜드인은 말이 통하는데 그들 모두 옛 카르타고어에서 파생되고 변질된 언어를 사용한다. 더불어 가톨릭을 믿는 아일랜드와 스페인 간의 관계는 친밀했다. 그들의 관계로 인해 레트럼 백작령의 창시자이자 아일랜드 왕이나 다름없는 웨일스의 브레이니 경이 런던에서 교수형을 당하고 말았다.

콤프라치코스는 작은 이주민 집단이라기보다는 일종의 조직이었고, 조직이라기보다 나머지 집단이었다. 범죄를 직업으로 택한 세계의 거지들 집합 그 자체였다. 온갖 누더기로 만든 일종의 익살 광대 집단이었다. 한 사람을 집단에 가입시키는 것은 누더기 한 조각을 더 꿰매어 붙이는 것과 같았다.

떠도는 것은 콤프라치코스의 생존 법칙이었다. 나타났다가는 금세 사라지는 것이다. 애를 써야 겨우 묵인되는 존재인 사람은 뿌리를 내릴 수가 없다. 그들의 산업이 암암리에 밀매되고, 필요할 때면 왕권의 보조자 역할을 했던 왕국에서도 그들은 가끔 생각지도 못한 학대를 받기도 했다. 왕들은 그들의 기술을 이용한 후에 기술자들을 노예선에 실어 버렸다. 왕들의 변덕 속에 이런 모순이 존재한다. 그것이 인간의 즐거움이기 때문이다.

구르는 돌과 떠도는 직업에는 이끼가 낄 틈이 없다. 콤프라치코스는 가난했다. 비쩍 마르고 누더기를 걸친 어느 마녀가 화형대 횃불이 타오르기 시작하는 것을 바라보면서 "쓸데없는 낭비를 하고 있군"이라고 했던 말을 그들도 할 법했다. 아마도 아니 거의 확실하게 대규모로 아이를 거래하면서 신분을 감추었던 그들의 두목들은 부자였을 것이다. 두 세기가 지난 다음에 사실을 밝히는 것은 쉽지 않을 것이다.

이미 말한 것처럼 그것은 일종의 연맹이었고 그들만의 규율과 선서와 의식도 있었다. 거의 강신술과 같은 것도 가지고 있었다. 오늘날 콤프라치코스에 관해 자세히 알고 싶으면 비스카야와 갈리시아로 가면 된다. 그들 중에 바스크인이 많았던 탓에 그 산악 지역에 그들의 전설이 남아 있다. 지금도 오야르순, 우르비스톤도, 레소, 아스티가라가 등지에서는 콤프라치코스에 대한 이야기를 한다.

"조심해라, 콤프라치코스를 부를 테니!"

그 고장에서 어머니들이 아이들에게 겁줄 때 이런 말을 쓴다.

콤프라치코스는 보헤미안이나 집시처럼 은밀히 회합을 갖곤 했다. 그들의 우두머리들은 가끔 만나서 토론도 했다. 그들은 17세기에 네 개의 주요 회동 장소를 가지고 있었다. 하나는 스페인의 판코르보에 있었고, 독일의 디키르슈 근처 못된 여인이라는 별명을 가진 숲속 공터에도 하나 있었다.

디키르슈에는 머리가 있는 여인상과 머리가 없는 남자상이 함께 조각된 수수께끼 같은 저부조(低浮彫)가 두 개 있다. 프랑스의 회동 장소는 부르본 레 방 근처의 신성한 숲 보르보 토모나 속 거대한 조각상 마쉬 라 프로메스가 서 있던 언덕이었다. 그리고 영국 요크 지방 클리블랜드에 살던 지스브로 예비 기사 윌리엄 첼로너의 정원 담장 뒤 정방형 탑과 고딕식 첨두형 출입문이 있는 커다란 합각머리 건물 사이가 회동 장소 중 마지막 하나였다.

*

유랑자들에 관한 영국의 법은 늘 엄했다. 영국은 고딕식 입법 과정의 '떠돌아다니는 인간은 떠돌이 야수보다 더 위험하다'는 원칙에서 영감을 얻은 듯 보인다. 그들의 특별 법령 중 하나는 거처가 없는 사람을 '코브라, 용, 스라소니, 바실리코스*보다 더 위험하다'고 정의한다. 영국은 오래전에 깨끗이 쓸어버린 늑대들만큼 집시 때문에 골치를 썩고 있었다.

그 점에 있어서는 성자들에게 늑대의 건강을 빌며 늑대를

* 그리스 전설 속 뱀이다.

'나의 대부'라 부르는 아일랜드인들과는 다르다.

그런데 영국의 법률은 앞서 말했듯이 길들여서 일종의 개처럼 변해 버린 늑대는 묵인하듯이 일정한 직업을 가지고 있으면서 떠도는 유랑인은 용인했다. 곡예사, 떠돌이 이발사, 행상인, 떠돌이 현학자 같은 이들은 생계를 위한 직업이 있기 때문에 걱정할 필요가 없었다. 그런 사람들을 제외하고 자유인 부류에 속하는 유랑인은 법이 경계하는 대상이었다. 길을 지나는 사람은 누구든 공공의 적이 될 수 있었다. 현대적인 개념인 산책이라는 것을 알지 못하던 시절이었다. 그저 수상하게 어슬렁거리는 고전적인 행동일 뿐이었다. 모든 사람이 이해는 하면서도 아무도 선뜻 정의를 내릴 수 없는 말인 '수상한 외모'라는 말 한마디가 한 사람을 잡아넣기에 충분했다. 어디에 사나? 직업은? 그런 질문에 대답을 하지 못하는 경우에는 아주 가혹한 벌이 기다렸다. 철과 불이 합법이었기에 유랑자들에게 소작법(燒灼法)을 시행했다.

그렇게 해서 실제로 영국 전역에 떠돌이들, 일반적인 범죄를 저지른 자들, 특히 집시들에게 해당되는 용의자 체포령이 떨어졌다. 이러한 집시의 추방은 스페인에서의 유대인 추방이나 무슬림 추방, 프랑스에서의 신교도 추방과 비교되곤 하지만 그것은 잘못된 비교이다. 우리 입장에서 말하자면 몰이꾼을 동원하는 사냥과 박해를 혼동할 수 없다.

다시 말하지만 콤프라치코스와 집시는 공통점이 전혀 없었다. 집시는 하나의 민족이었지만 콤프라치코스는 앞서 말했듯이 여러 민족이 모여 있는 복합체이자 일종의 잔재였다. 더러운 물이 가득한 끔찍한 대야였다. 콤프라치코스는 집시가 가진 고유의 언어가 없었다. 여러 언어가 뒤섞인 은어가 그들의 언어였고 그것은 무질서 그 자체였다. 그들 역시 집시처럼 사람들 사이로 뱀처럼 기어 다니는 집단이었지만 종족의 끈으로 묶인 게 아니라 연맹의 끈으로 묶인 집단이었다. 역사의 어느 시기에서나 인류라고 하는 거대한 액체의 흐름 속에 독성이 강한 사람들로 이루어진 냇물 줄기들이 주위를 중독시키며 따로 흐르고 있다는 것을 알 수 있다. 집시는 하나의 가족이었으나 콤프라치코스는 일종의 프리메이슨단이었다. 엄숙한 목적을 가진 게 아니라 흉악한 산업을 하는 연맹이었다. 마지막으로 집시는 이교도였지만 콤프라치코스는 기독교도라는 점이 달랐다. 그것도 아주 독실한 기독교도였다. 비록 온갖 민족이 모두 섞인 연맹이지만 종교를 숭배하는 스페인에서 만들어져 썩 어울리는 일이다.

그들은 기독교도, 더 나아가 가톨릭교도, 아니 가톨릭교도 그 이상으로 로마 가톨릭교도였다. 신앙이 얼마나 세심하고 순수했던지 페스트 지역 헝가리 떠돌이들과는 연합하는 것을 거부했다. 그 떠돌이들은 둥근 은 손잡이 위에 머리가 둘인 오스트리아 독수리 상을 얹은 막대기를 홀(笏)처럼 양손에 든 어느 늙은이의 지배를 받았다. 그 헝가리인들은 교회 분리주의자들이라서 성모 승천일 의식을 8월 27일에 거행하는데 이것은 아주 고약한 일이다.

영국에서는 이미 짐작하는 대로 스튜어트 왕조 때 콤프라치코스 집단이 거의 보호를 받다시피 했다. 유대인과 집시를 박해하던 제임스 2세는 열성적인 사람으로 콤프라치코스에게는 착한 왕이었다. 그 이유는 앞에서 이미 말한 그대로다. 콤프라치코스는 인간을 상품으로 사들이는 사람들이었고 왕은 그것을 조달해 주는 상인이었다. 그들은 제거에 탁월한 재주를 가지고 있었다. 국가는 이득을 위해 종종 누군가가 사라지기를 원한다. 성가신 상속자는 어린 나이에 그들 손에 들어가 새롭게 바뀌어 자신의 본래 모습을 잃었으며 그것이 압류를 쉽게 만들어 주었다. 영지 소유권을 총애하는 신하에게 안겨 주는 일도 쉬워졌다. 게다가 콤프라치코스는 매우 은밀하고 과묵했으며 조용히 일을 맡았고 약속을 지켰다. 국가와 관련한 일에는 필수적인 부분이다. 그들이 왕의 비밀을 발설한 일은 거의 없었으며 그것이 곧 그들에게 이익을 가져다주었다. 그들에 대한 왕의 신뢰가 사라진다면 심각한 위험에 빠질 수도 있었다. 따라서 그것이 그들이 갖는 정치적인 수단이었다. 그 외에 그 기술자들은 로마 교황에게 성가대원들을 공급했다. 콤프라치코스는 알레그리*가 작곡한 찬송가에 유용했다. 그들은 특히 마리아에 대해 독실한 신앙심을 보였다. 그 모든 점이 가톨릭교도였던 스튜어트 왕조에게 좋은 인상을 주었다. 제임스 2세는 내시들을 만들어 바칠 만큼 성처녀를 숭배하던 그 신앙심 깊은 사람들을 적대시할 수 없었다. 1688년 영국의 왕조가 바뀌었다. 오라녜 가문이 스튜어트 가문을 대신하고 윌리엄 3세가 제임스 2세를 대신해 왕좌에 올랐다.

제임스 2세는 망명지에서 세상을 떠났다. 그의 무덤 위에서 많은 기적이 일어났는데 특히 그의 유골로 오텅의 주교가 앓던 누관 질환이 치유되었다고 한다. 그 군주의 기독교적 미덕에 알맞은 보상이다. 윌리엄은 생각이나 행동하는 것이 제임스와 달라서 콤프라치코스를 엄하게 다루었으며 사회의 벌레들을 없애 버리는 일에 열성을 다했다.

윌리엄과 메리의 통치 초기 공포된 법령 중 하나가 아이 구매자들에게 심한 타격을 주었다. 그것은 콤프라치코스에게 철퇴를 휘둘렀고 그 이후로 그들은 가루가 되어 흩어졌다. 그 법령에 의해 체포되고 죄가 충분히 입증되면 연맹 가입자들 어깨에 쇠를 달구어 부랑배(Rogue)를 뜻하는 R자 낙인을 찍었다. 또한 왼손에는 도둑(Thief)을 뜻하는 T자 낙인을, 오른손에는

* 카스트라토의 음역을 포함하는 유명한 '미제레레(Miserere)'를 만든 이탈리아의 작곡가다.

살인범(Man slay)을 뜻하는 M자 낙인을 찍었다. 비록 거지처럼 보이지만 부자로 추정되는 우두머리들은 콜리스트리기움, 즉 죄인공시대(罪人公示臺)에 묶어서 처벌했으며, 그런 벌(Pilori)을 받았다는 표시로 이마에 P자 낙인을 찍고 재산을 압류한 다음 그들 소유의 숲에 있는 나무를 몽땅 뽑아 버렸다. 콤프라치코스를 고발하지 않는 사람들에게는 무고죄를 적용해서 재산을 압류하고 종신징역형을 내렸다. 그들과 함께 사는 여자들은 커킹스툴형을 받았다. 커킹스툴은 일종의 대형 투석기로 프랑스어 'coquine'와 독일어 'Stuhl'의 합성어다. 그 명칭은 'P의 의자'를 뜻한다.* 영국의 법률은 이상하게도 수명이 길어서 그런 형벌이 아직까지도 이어지고 있으며 지금은 '싸움하기 좋아하는 여인들'에게 적용한다. 커킹스툴을 개천이나 연못 위에 장착시키고 그 속에 죄인을 앉힌 다음에 의자를 물속으로 떨어뜨렸다가 다시 꺼내는 것을 세 번 반복한다. '여인의 노여움을 식히기 위해서다'라는 것이 체임벌린의 설명이다.

* 매춘부를 뜻하는 말인데 축약형으로 P로 표기했다.

제1부
인간보다 덜 어두운 밤

1. 포틀랜드 남부

1689년 12월에서 1690년 1월 내내 북쪽의 고집스러운 삭풍이 유럽 대륙 위로 끊임없이 불어 댔으며, 특히 영국으로 더욱 혹독하게 불어닥쳤다. 그로 인해 재앙 같은 추위가 찾아와 런던에 있는 넌쥬러스 장로교회의 낡은 성서 구석에는 그 겨울이 '가난한 이들에게는 잊지 못할 겨울'이었다고 짧게 적혀 있다. 공식 장부에 사용된 견고하고 고풍스러운 왕실 양피지 덕분에 배고픔과 헐벗음으로 죽은 극빈자들의 긴 명단을 오늘날까지도 많은 지역의 총람에서 살펴볼 수 있다. 특히 서더크주의 클링크 리버티 재판소와 가루투성이 발들을 위한 재판소라는 뜻을 가진 파이 파우더 재판소, 스테프니 마을에서 영주 예하 대법관이 주재하는 화이트 채플 재판소 등에 있는 재산 대장에서 더욱 잘 드러난다. 바다의 동요로 인해 잘 얼지 않는 템스강의 물도 얼었는데 한 세기에 채 한 번도 생기지 않는 일이다. 얼어붙은 강 위로 수레들이 왕래했다. 템스강 얼음 위에 텐트를 치고 장터가 생겨났으며 곰 싸움과 소싸움이 벌어졌다. 얼음 위에서 소 한 마리를 통째로 굽기도 했다. 두꺼운 얼음은 두 달 동안이나 지속됐다. 그해 1690년, 고통스러움은 17세기 초 유명했던 혹독한 겨울들을 능가했다. 그 겨울들의 실상은 제임스 1세의 약제사였던 기디언 딜레인이 상세히 관찰해 기록했는데 런던은 작은 받침대를 갖춘 그의 흉상 하나를 제작해 그에게 감사 표시를 했다.

1690년 1월 한파가 몰아친 어느 날 저녁 무렵 포틀랜드만의 삭막한 내포(內浦) 중 하나에서는 평소와 다른 일이 벌어지기라도 한 것처럼 갈매기들과 바다 거위들이 선불리 내포 안쪽으로 들어오지 못하고 입구 상공을 선회하며 소란스럽게 울부짖고 있었다.

바람이 유난히 불어올 때는 그 만의 모든 내포 중 가장 위험하며, 그래서 가장 한적하고, 그 이유로 선박들이 숨기에 적합한 어느 내포에, 깊은 수심을 이용해 절벽 가까이까지 접근한 작은 배 한 척이 바위 끝에 잇대어 정박하고 있었다. 보통 밤이 내린다고 말하지만 어둠이 땅에서 비롯되기 때문에 밤이 피어오른다고 하는 편이 옳을 것이다. 절벽 아래쪽에는 이미 밤이 찾아왔지만 위쪽은 아직도 낮이었다. 정박하고 있는 배 쪽으로 다가가서 보면 그것이 비스카야의 우르카*라는 것을 쉽게 알아볼 수 있었을 것이다.

하루 종일 안개 속에 숨어 있던 해가 막 지고 나서 해 진 후의 근심이라 부를 만한 그 깊고 어두운 불안을 느끼기 시작할 때였다. 바다에서 바람이 불어오지 않아 포구의 물은 잔잔했다.

특히 겨울에는 드문 행복한 현상이었다. 포틀랜드의 포구들은 거의 대부분 거센 파도가 몰아치는 항구였다. 거친 날씨에는 바다가 심하게 요동쳐서 그곳을 안전하게 지나기 위해서는 숙련된 솜씨와 경험이 필요했다.

실용적이기보다 겉모습만 그럴듯한 작은 항구들은 선박들에 큰 도움이 되지 못한다. 항구 안으로 들어가는 것도 다시 나오는 것도 무서운데 그날 저녁에는 신기하게도 아무 위험도 없었다.

비스카야의 우르카는 이제는 사용하지 않는 옛날 짐배이다. 하지만 지난날 많은 공을 세웠으며, 해군에서도 사용한 적이 있는 선체가 매우 튼튼한 배로 크기는 나룻배지만 견고함을 따지자면 전함이었다. 그 우르카는 아르마다** 일원이기도 했

---

* 화물 운반용 소형 범선이다.

** 스페인 무적함대다.

다. 전함으로 사용되던 우르카 중에 중량급에 이르는 것도 있었다. 예를 들면, 로페 데 메디나가 타던 함장선 대 그리핀 호는 배수량이 650톤에 이르렀고, 대포 40문을 적재할 수 있었다. 그러나 상선이나 밀수선으로 쓰는 우르카는 선체가 매우 작았다. 바닷사람들은 그 하찮은 짐배를 소중하게 생각했다. 우르카의 동아줄은 대마를 꼬아 만들었다. 가끔은 그 속에 철사를 넣었는데 과학적인 것은 아니지만 자력이 있는 경우에 방향을 지시해 주는 단서를 얻으려는 의도였던 듯하다. 그 삭구들이 아무리 정교하더라도, 굵은 닻줄과 스페인 갤리선 특유의 기중기, 3층으로 노를 배치한 로마식 전함의 부양 장치 등도 소홀히 하지 않았다. 키의 손잡이가 매우 길어서 지렛대 손잡이라는 이점이 있었지만 활처럼 휘는 단점도 있었다. 키 손잡이 끝에 달린 도르래 두 개가 단점을 보완하고 힘의 손실을 조금이나마 막아 주었다. 나침반은 완벽한 정방형 나침함 속에 반듯하게 들어가 있었으며, 카르다노의 진공관 속에서처럼 작은 볼트들 위에 수평으로 끼워 넣은 두 개의 구리 틀로 균형을 유지했다. 우르카를 만드는 데는 과학과 교묘함이 동원되었다. 그러나 과학은 무지했으며 교묘함은 야만스러웠다. 우르카는 너벅선이나 카누처럼 원시적이었다. 안정성에서 보면 너벅선을 닮았고, 속도 면에서 보면 카누를 닮았다. 그리고 해적과 어부의 본능에서 만들어진 다른 소형 선박처럼 바다에 적응하는 탁월한 기능이 있었다. 내수(內水)든 바다든 어느 곳이나 적합했다. 버팀줄이 복잡하고 특이한 돛을 조작하면, 예컨대 파사헤스*처럼 거의 연못과 마찬가지인 아스투리아스의 닫힌 포구들 안에서는 천천히 움직일 수 있고, 거친 바다에서는 시원하게 달릴 수 있었다. 다시 말하면 호수를 한 바퀴 도는 것도, 세계 일주를 하는 것도 가능했다. 연못에도 알맞고 바다의 폭풍우를 헤쳐 나가기에도 알맞은 두 가지 용도를 가진 독특한 배였다. 우르카는 새들 중 가장 작고 대담한 편으로 앉으면 갈대 한줄기가 겨우 휠 정도일 뿐이지만 날아오르면 대양을 건너가는 할미새와도 같았다.

비스카야 지방의 우르카는 비록 가장 소박한 것이라도 금박을 입히고 색칠을 했다. 이런 습관은 조금 원시적이지만 매력적인 그곳 사람들의 기질에서 비롯된다. 눈과 초원이 바둑판무늬를 그려 놓은, 그곳 산악 지역의 표현할 수 없을 만큼 다양한 빛깔이 그들에게 장식의 거친 매력을 알려 준다. 그들은 소박하면서도 화려한 것을 좋아한다. 자기들의 초가집에 가문의 문장을 내걸고, 커다란 당나귀를 방울로 요란하게 장식하고, 커다란 황소 머리에도 깃털을 꽂아 준다. 삐걱거리는 바퀴 소리를 20리 밖에서도 들을 수 있는 그들의 짐수레도 색칠을 하고 조

* 산세바스티안 근처에 있는 스페인의 도시다.

각하고 리본을 달아 장식했다. 일개 구두 수선공도 자기 집 출입문에 성자 크리스핀*과 헌 신발을 돌에 새겼다. 그들은 가죽 상의에 장식용 줄을 붙이고, 해진 옷은 꿰매는 대신 수를 놓는다. 이 얼마나 심오하고 숭고한 쾌활함인가! 그리스인처럼 바스크인도 태양의 아들이다. 발렌시아 지역 사람들이 다갈색 양모로 짠 천을 머리를 내놓기 위한 구멍 하나만 뚫어 서글프게 알몸 위에 두르는 반면, 갈리시아와 비스카야 지역 사람들은 이슬을 맞혀 하얗게 표백한 천으로 지은 셔츠를 즐겨 입는다. 옥수수를 화환처럼 엮어 매단 그들의 출입문과 창문 아래에서는 담황색의 싱싱한 얼굴들이 웃는다. 쾌활하지만 의젓한 평온함이 그들의 소박한 예술과 일, 관습, 소녀들의 몸치장, 노래에서 자연스럽게 드러난다. 거대한 오두막인 산도 비스카야에서는 온통 빛으로 가득하다. 모든 틈새마다 햇살이 드나들고 사나운 하이스키벨도 목가로 가득하다. 알프스의 맵시가 사부아라면, 피레네의 맵시는 비스카야이다. 산세바스티안과 레소, 폰타라비아 근처에 있는 포구들은 폭풍과 구름과 골짜기들을 넘나드는 포말과 파도와 미친 듯한 바람과 전율과 굉음에, 장미꽃 화환을 머리에 걸친 뱃사공들을 뒤죽박죽으로 만든다. 바스크 지방을 한 번 보면 다시 보고 싶어 한다. 축복받은 땅이다.

---

* 중세 신발 수선공들의 수호성인이다.

한 해에 두 번 수확하는 땅, 명랑하고 항상 흥겨운 소리가 들리는 마을, 품위 있는 가난, 일요일이면 들리는 기타 소리, 춤, 캐스터네츠, 사랑, 깔끔하고 밝은 집들, 종각 위의 황새들이 있는 땅이다.

이제 바다의 거친 산 포틀랜드로 다시 돌아오자.

작은 반도인 포틀랜드는 지형적으로는 새의 머리를 닮았는데, 부리는 대양을 향하고 있으며 머리 뒤쪽은 웨이머스를 향하고 지협은 목에 해당한다.

포틀랜드는 야만성으로 큰 손상을 입고 지금은 산업을 위해 존재한다. 포틀랜드의 해안은 18세기 중엽 채석장 소유주들과 석고 채굴인들에 의해 발견되었다. 그 이후 사람들은 포틀랜드의 암석으로 로마인들이 시멘트라고 부르는 것을 만들어 냈다. 고장을 풍요롭게 만드는 대신 포구의 모습을 흉측하게 바꾸는 개발이다. 200년 전에는 그 해안이 다른 절벽처럼 자연스럽게 무너졌고 오늘날에는 채석장처럼 무너져 간다. 곡괭이는 조금씩 깨뜨리고, 파도는 덩어리째 깨뜨린다. 그로 인해 아름다움이 줄어든다. 바다의 허비를 인간의 절단이 대체했다. 비스카야의 우르카가 정박해 있던 그 포구 역시 인간의 규칙적인 작업으로 사라졌다. 무너진 작은 정박지의 흔적이라도 찾으려면 반도의 동쪽 해안, 반도의 끝자락, 폴리피어와 디들피어 너머, 웨이크엄 너머, 처치합이라는 곳과 사우스웰이라는 곳의 중간까지 뒤

져야 할 것이다.

급경사로 사방이 둘러싸인 포구는 조금씩 저녁 빛으로 물들고 있었다. 황혼에만 볼 수 있는 불안한 안개가 점점 쌓이고 있었는데, 우물 밑으로 내려갈수록 짙어지는 어둠 같았다. 좁은 통로인 바다로 향하는 포구의 출입구는 물결 일렁이는 어두운 안쪽에 희미한 균열을 그려 놓았다. 바위에 밧줄로 묶여 있고 어둠의 거대한 외투 자락 속에 숨겨진 것 같은 우르카를 발견하기 위해서는 아주 가까이 다가가야만 했다. 배와 육지를 연결해 주는 것이라곤 절벽으로 발을 디딜 수 있는 유일한 지점인 낮고 평평한 돌출부와 선박 사이에 던져 놓은 널빤지 하나가 전부였다. 검은 형체들이 널빤지 위를 부지런히 오가며 어둠 속에서 승선하고 있었다. 포구 북쪽에 드리운 바위 장막 덕분에 포구 안은 바다보다 덜 추웠지만 사람들이 오들오들 떠는 것을 막아 줄 정도는 되지 못했다. 그들은 서두르고 있었다.

황혼 때문에 모든 형체가 끌로 조각해 놓은 것 같았다. 영국에서 래기드, 즉 누더기 걸친 사람들이라고 불리는 계층에 속한다는 것을 그들이 입은 톱니 모양 장식 옷으로 알 수 있었다.

절벽 여기저기로 나 있는 돌출부를 따라 구불구불 뚫려 있는 오솔길이 흐릿하게 보였다. 절벽과 산에 있는 거의 모든 오솔길은 마치 처녀가 코르셋 끈을 안락의자의 등받이에 걸려 늘어지게 내버려 둔 것 같았다. 굴곡과 혹투성이에, 거의 수직으로 선, 사람보다는 염소가 다니기에 좋은 포구의 오솔길은 널빤지 한쪽 끝이 닿아 있는 돌출부로 연결되어 있었다. 보통 절벽의 오솔길은 그 경사도로 인해 선뜻 내키지 않는 길이다. 길이라기보다 투신 장소로 더 알맞다. 그 길들은 내려간다기보다는 굴러 내린다. 평지 어느 도로에서 찢겨 나온 것만 같은 오솔길은 바라보기만 해도 불쾌할 정도로 너무나 수직적이었다. 밑에서 올려다보면 오솔길은 갈지자 모양으로 구부러졌는데, 절벽 꼭대기에 이르러 함몰된 바위 무더기 사이 고원 지대로 이어져 있었다. 포구 안에서 기다리고 있던 선박의 승객들은 오솔길을 통해 온 것이 확실했다.

눈에 띄게 당황한 듯하고 불안한 움직임을 보이는 출항 준비와는 대조적으로 주위는 온통 조용하기만 했다. 발걸음 소리나 작은 소음, 숨소리도 들리지 않았다. 정박지 건너편 링스테드만 입구에 틀림없이 항로를 잘못 들어서 들어온 상어잡이 소형 어선만 보였다. 극지를 오가는 그 배들은 바다의 심술로 인해 덴마크 해역에서 영국 해역으로 밀려온 것들이었다. 북풍이 어부들에게 그런 장난을 치기 때문에 어부들이 악천후와 난바다의 위험을 피해 포틀랜드의 정박지로 대피한 것이다. 그들은 열심히 닻을 내렸다. 노르웨이 선단의 전통 관습에 따라 초계 위치에 있던 지휘선의 선구(船具)들이 희미한 바다 위로 검은 윤곽을 드러냈다. 배 앞쪽에는 세임누스 글라키알리스 상어, 아칸티

아스 상어, 스피낙스 니게르 상어 등을 잡는 데 사용되는 다양한 갈고리와 작살, 기타 연골어류를 잡을 때 쓰는 그물이 보였다. 한구석에 몰려 있는 배 몇 척을 빼고는 포틀랜드의 넓은 수평선은 깨끗했다. 집 한 채, 배 한 척 보이지 않았다. 그 시절, 그 해안에는 주민이 살지 않았고 특히 그 계절에는 사람이 살기 어려웠다.

날씨가 어떻든 간에 비스카야 범선이 실어 가야 할 사람들은 출발을 서둘렀다. 그들은 해변에서 분주하고 혼란스러운 무리를 이루면서 재빠르게 움직였다. 그들 모습을 하나하나 분간하는 것은 어려운 일이었다. 그들이 젊었는지 늙었는지 알 수도 없었다. 황혼이 몰려와 그들을 뒤섞어 뭉뚱그려 놓았다. 그들 얼굴 위로 어둠이라는 가면을 덮어 씌웠다. 그들은 어둠 속의 그림자들이었다. 그들은 모두 여덟 사람으로 아마 여인도 두세 명 있었을 테지만 찢기고 조각난 옷을 걸친 탓에 분간하기가 쉽지 않았다. 모두가 여자 옷도 남자 옷도 아닌 괴상한 옷차림을 하고 있었다. 누더기에는 남녀 구별이 없다.

커다란 그림자들 사이로 난쟁이거나 어린아이임이 분명한 작은 그림자 하나가 바쁘게 오가는 것이 보였다.

그것은 어린아이였다.

2. 고립

가까이에서 살펴보면 다음처럼 쓸 수 있을 것이다.

모두 뚫어져 헝겊을 덧댄 흔적이 있지만 두건이 달린 긴 망토를 입고 있었다. 그래서 필요할 경우에는 눈 밑까지 얼굴을 감출 수 있었다. 삭풍과 타인의 호기심을 막는 데 좋은 물건이었다. 그런 외투를 뒤집어쓰고도 그들은 민첩하게 행동했다. 대부분은 손수건을 하나씩 머리에 감고 있었는데 터번이 스페인에서 비롯되었다는 것을 알게 해 주는 흔적이다. 머리에 그런 치장을 하는 것이 영국에서도 전혀 이상하게 여겨지지 않았다. 그 시절에는 유럽 남부의 것이 북부에서 유행했는데 그런 현상은 아마도 북부가 남부와 싸워 승리한 것과 관련이 있을 것이다. 북부는 패배자임을 인정했다. 무적함대의 패배 이후 엘리자베스의 궁정에서는 카스티야어가 우아한 은어로 변신했다. 영국 여왕의 궁정에서 영어로 말한다는 것은 거의 '충격적'인 일이었다. 지배를 당한 사람들의 풍습을 조금 따르는 것은 세련된 피정복자를 대하는 뒤떨어진 문명을 가진 정복자의 버릇이다. 타타르인은 중국인을 찬탄하며 바라보다가 모방했다. 그런 식으로 카스티야의 유행이 영국에 도착했고 대신 스페인에는 영국의 욕심이 스며들었다.

승선하던 무리 중에 하나가 우두머리로 보였다. 그는 알파르가타*를 신었고, 장식 끈과 금박을 입힌 누더기와 외투 자락 사이로 물고기 배처럼 번쩍이는 금속 조각을 단 조끼로 지나치게 치장을 했다. 다른 남자 하나는 챙이 넓은 펠트 모자를 깊숙이 눌러 써서 얼굴을 감추었는데 그 모자에 파이프를 꽂는 구멍이 없는 것으로 보아 학식 있는 사람임을 짐작할 수 있었다.

어른 상의가 아이 외투가 된다는 원칙에 따라 무릎까지 내려오는 조종 담당 선원의 거친 반코트를 입은 아이는 몸집이나 키로 봤을 때 열 살이나 열한 살쯤으로 보였다. 그는 맨발이었다.

선장 하나와 선원 둘이 우르카의 선원 전부였다. 우르카는 스페인에서 왔다가 그곳으로 다시 돌아가는 것 같았는데 그 배는 두 해안 사이를 몰래 운항하는 것이 틀림없었다.

배에 승선하는 사람들은 자기들끼리 여러 언어가 섞인 말로 속삭이고 있었다. 카스티야어가 들리는가 싶으면 독일어가 들렸고, 또 프랑스어도 들렸다. 웨일스어와 바스크어도 가끔 섞여 들렸다. 일종의 은어 혹은 사투리였다.

그들은 여러 민족 출신이지만 같은 집단 소속처럼 보였다. 선원들도 그들과 가까워 보였다. 그들이 출항하는 데에는 약간의 공모가 있었을 것이다.

색깔이 다양한 그 무리는 동료 집단처럼 보였지만 아마도 공

---

* 골풀과 노끈으로 엮은 투박한 신발이다.

범자 무리였을지 모른다.

해가 좀 더 밝아서 좀 더 관심을 가지고 관찰했다면 그 사람들이 묵주와 스카풀라레*를 누더기 옷자락 밑에 반쯤 감추고 있다는 것을 알아차렸을 것이다. 무리 속에 여인처럼 보이는 사람은 묵주 알 크기가 이슬람교 수도승들의 것과 비슷한 로사리오를 끼고 있었는데, 래님세프리**의 아일랜드 로사리오라는 것을 쉽게 알아차릴 수 있었다.

또 조금 덜 어두웠다면 우르카 뱃머리에 있는 성모와 성자의 황금색 조각상도 볼 수 있었을 것이다. 그것은 바스크인들의 노트르담, 옛 칸타브리아인들의 파나기아와 비슷한 것이었던 모양이다. 뱃머리 밧줄을 매는 기둥으로 사용되는 조각상 아래에는 아직 불을 밝히지 않은 초롱 하나가 있는 것으로 보아 자신들을 감추려고 상당히 조심한다는 것을 알게 해 주었다. 초롱은 불을 밝히면 성처녀에게 촛불을 바치는 동시에 바닷길을 비추는 두 가지 용도로, 제단의 촛불 역할을 하는 신호등인 셈이었다.

선수(船首)의 기울어진 돛대 아래에 있는 길고 굽었으며 날카로운 타이메르***는 초승달의 뿔처럼 전면에 튀어나와 있었다.

---

* 수도사 복장이다.

** 래넌디프리리라고도 한다.

*** 뱃머리 끝의 물결 헤치는 부분이다.

타이메르가 시작되는 부분인 성처녀 발아래 역시 성모처럼 황금빛으로 칠한 천사 하나가 날개를 접고 무릎을 꿇은 채 등을 선수 나무판에 기대고 망원경으로 수평선을 바라보고 있었다.

금칠을 하거나 아라베스크 문양을 그려 넣은 타이메르에는 물결이 잘 통과하도록 뚫어 놓은 커다란 틈과 구멍처럼 낸 창이 있었다.

성모상 아래에는 황금색 대문자로 'MATUTINA'(새벽별)라고 써 놓았는데 마투티나는 이 우르카의 이름으로 어둠 때문에 뚜렷하게 보이지 않았다.

절벽 아래에는 여행객들이 가져갈 짐들이 출발을 기다리며 무질서하게 쌓여 있었는데 다리로 사용하는 널빤지 덕분에 선박으로 재빠르게 옮길 수 있었다. 비스킷 몇 포대, 소금에 절인 대구 한 통, 휴대용 수프 한 상자, 화약 세 통, 식수 한 통, 맥아 한 통, 타르 한 통, 맥주 너댓 병, 여러 가닥의 가죽끈으로 단단히 묶인 옷걸이, 작은 여행 가방들, 궤짝들, 횃불을 밝히거나 신호를 보낼 때 쓸 밧줄 부스러기 한 뭉치 등 그런 짐들이었다. 누더기를 걸친 사람들은 유랑 생활의 징표처럼 각자 저마다 여행 가방을 가지고 있었다. 떠돌아다니는 유랑인들은 무엇인가를 항상 소지할 수밖에 없다. 그들도 가끔은 새들처럼 훌쩍 날아가고 싶겠지만 끼니를 이을 수단을 팽개치지 않는 한 불가능한 일이다. 떠돌아다니는 그들은 직업이 무엇이든 연장 궤짝이

나 기타 작업 도구를 갖고 다닐 수밖에 없다. 배를 타려는 사람들도 그런 보따리를 지고 있었는데 그것이 거추장스러웠던 건 한두 번이 아니었을 것이다.

그 보따리들을 절벽 아래로 옮기는 것은 결코 쉬운 일은 아니었을 것이고 그런 사실이 이곳을 영영 떠나 버리려는 그들의 뜻을 알게 했다.

그들은 시간을 낭비하지 않았다. 해안에서 배로, 다시 배에서 해안으로 끊임없이 왕래했다. 어떤 사람은 포대 한 자루를, 어떤 사람은 궤짝 하나를 운반하는 식으로 각자 자기 몫의 일을 했다. 여자로 보이는 사람들도 다른 이들처럼 그 무리에 섞여 일을 했다. 아이에게도 벅찬 일을 시켰다.

무리 가운데 아이의 아버지와 어머니가 있는지는 의문이었다. 누구도 말을 건네지 않았고 그저 일만 시켰다. 아이는 가족 속에 섞인 아이가 아니라 어느 종족에게 잡혀 온 노예처럼 보였다. 아이는 모든 사람을 도왔지만 아무도 그에게 말을 시키지 않았다.

아이 역시 서두르고 있었다. 자기가 속해 있는 정체 모를 무리의 다른 사람처럼 아이도 그저 빨리 출항하고 싶은 생각뿐인 것 같았다. 이유는 알았을까? 아마 몰랐을 것이다. 그저 다른 사람들이 서두르는 것을 보고 기계적으로 서둘렀다.

우르카의 갑판에 화물이 적재되었다. 마지막 짐까지 차곡차

곡 갑판 위로 옮겨졌으며 이제 사람들이 승선하는 일만 남았다. 무리 중 여자로 보이는 사람 둘은 벌써 배에 올라가 있었고 아이를 포함한 여섯 명은 아직도 절벽 밑 낮은 승강대 위에 있었다. 배 안에서는 출항을 위한 분주한 움직임이 있었다. 선장이 키의 손잡이를 잡았고, 선원 하나가 닻줄을 끊기 위해 도끼를 집어 들었다. 시간이 넉넉할 경우에는 끊지 않고 풀기 때문에, 끊는다는 것은 서두른다는 뜻이다.

"서두르자!"

여섯 명 중에 우두머리처럼 보이고 누더기 위에 번쩍이는 금속 조각을 단 사람이 낮은 목소리로 말했다. 아이가 먼저 건너가려고 널빤지 쪽으로 달려들었다. 아이 발이 널빤지에 닿는 순간에 두 남자가 달려들더니 아이보다 먼저 배 안으로 들어가는 바람에 아이는 물속으로 처박힐 뻔했다.

세 번째 남자가 아이를 팔꿈치로 밀어젖히면서 지나가고, 네 번째 남자도 그를 주먹으로 밀쳐 버리고 세 번째 남자 뒤를 따랐으며, 우두머리인 다섯 번째 남자는 껑충 뛰어서 배 안으로 들어갔다. 배 안으로 뛰어들면서 발꿈치로 널빤지를 밀어 바다에 떨어뜨렸기 때문에 도끼를 맞은 닻줄은 한 번에 끊겼으며 키 손잡이가 빙그르르 돌며 배는 해안을 떠났고, 아이는 육지에 남겨졌다.

3. 고독

아이는 배를 바라보며 바위 위에서 꼼짝하지 않고 앉아 있었다. 소리쳐 누구를 부르지도 않았으며 항의 따위도 하지 않았다. 예상치 못했던 일이지만 아이는 단 한마디 말도 하지 않았고 선박 안에도 역시 침묵이 흘렀다. 그 사람들에게 보내는 아이의 고함도, 아이에게 던지는 그들의 인사도 없었다. 점점 멀어지는 간격을 양쪽이 묵묵히 받아들이고 있었다. 스틱스 강변에서 망자의 영혼이 육체와 이별하는 장면과도 같았다. 밀물에 잠기기 시작한 바위에 못 박힌 듯 서서 아이는 멀어져 가는 배를 쳐다보기만 했다. 아이는 이해하는 것 같았다. 무엇을 이해했을까?

잠시 후 우르카는 포구에서 바다로 이어지는 해협으로 들어섰다. 해협은 바윗덩이들 사이로 마치 장벽 사이를 지나듯 구불구불 이어졌고, 갈라진 바위들 위로 밝은 하늘에 돛대 끝이 보였다. 돛대 끝은 바위들 위를 떠돌더니 그 속으로 처박힌 것 같았다. 돛대 끝이 더는 보이지 않았다. 그것으로 끝이었다. 배는 항해를 시작한 것이다.

아이는 그러한 과정을 뚫어져라 바라보았다.

놀라긴 했지만 깊은 생각에 잠겼다.

아이는 삶의 어두운 부분을 확인한 것 때문에 놀라움이 더욱 커져만 갔다. 이제 막 인생을 시작하는 이 어린아이 속에 이미 상당한 경험이 있었던 것 같았다. 이미 평가가 시작된 것일지도 모른다. 너무 일찍 다가온 시련은 가끔씩 아이들의 모호한 생각 밑바닥에 무엇인지 모를 무서운 저울을 만들게 하고 가엾은 어린 영혼들은 그런 것으로 신을 평가하게 되는 것이다.

스스로 무고하다고 느끼면서 아이는 받아들였다. 단 한마디 원망도 없었다. 나무랄 데 없는 사람은 나무라지 않는 법이다. 그렇게 급격하게 그를 내쳤지만 아이는 아무 반응도 보이지 않았다. 내면의 냉각 같은 것을 느낄 뿐이다. 자신의 삶을 시작도 하기 전에 종지부를 찍으려 드는 운명의 난폭함 앞에서도 아이는 굽히지 않았다. 아이는 선 채로 그런 운명의 벼락을 받아들였다.

비참한 일을 당하면서도 실망하지 않고 살아온 사람으로서 아이는 그를 버린 무리 중에 아무도 아이를 좋아하지 않았으며 아이도 역시 그러했다는 것을 확실하게 알 수 있었을 것이다.

아이는 생각하느라 추위를 잊고 있었는데 갑자기 물이 그의 발을 적셨다. 밀물이었다. 조용한 숨결이 머리카락 사이로 지나갔다. 삭풍이 불고 있었다. 머리끝부터 발끝까지 전율이 이어져 아이는 온몸을 으스스 떨었다.

아이는 주위를 둘러보았다.

그는 혼자였다.

아이에게는 그날까지 이 지구상에 바로 그때 우르카 속에 있던 사람들 말고는 다른 사람들은 없었는데 그 사람들이 사라진 것이다.

이상하게 들리겠지만, 아이가 유일하게 알고 있었던 그 사람들이 그를 모르고 있었다는 사실을 덧붙여 두기로 하자. 그들이 누구였는지 아이도 말할 수 없었을 것이다.

그의 유년 시절을 그들 속에서 지나쳐 왔지만 아이는 자기가 그들에게 속해 있었다고 느낀 적은 한 번도 없었다. 단지 그들 옆에 나란히 놓여 있었을 뿐이었다. 그 이상은 아무것도 아니었다.

이제 막 그는 그들에게 잊혔다.

아이는 돈 한 푼 가지고 있지 않았다. 신발도 없이 몸에 걸친 옷 한 벌이 전부였으며 주머니에는 빵 한 조각도 없었다.

겨울이었고 저녁이었다. 인가가 있는 곳으로 가려면 수십 리를 걸어야 했다. 그는 자신이 있는 곳이 어디인지도 몰랐다. 자기와 함께 그 바닷가로 왔던 사람들이 자신을 버리고 떠났다는 사실만을 알고 있을 뿐이었다.

그는 자신이 삶의 밖으로 밀려난 느낌을 받았다.

그는 자신 내면에서 인간다움이 사라짐을 느꼈다.

그의 나이 열 살이었다. 아이는 어둠이 올라오는 것이 보이는 심연과 파도가 으르렁대는 소리가 들리는 심연 사이 사막에 있었다.

아이는 마르고 가냘픈 두 팔을 뻗어 기지개를 켜면서 하품했다.

그러더니 갑자기, 뭔가를 결심한 사람처럼 과감하게, 활기를 되찾은 듯 다람쥐처럼 혹은 광대처럼 날렵하게 포구 쪽으로 등을 돌리고 절벽을 기어오르기 시작했다. 사다리를 타듯 가파른 오솔길을 오르다가 다시 벗어났다가 또 재빠르고 아슬아슬하게 길을 찾았다. 아이는 정해진 여정이라도 있는 것처럼 육지를 향해 걸음을 빨리 했는데 정해진 곳은 아무 데도 없었다.

그는 갈 곳도 딱히 없으면서 걸음을 재촉하고 있었다. 운명에게 쫓기는 도망자였다.

걸어서 오르는 것은 인간이고 기어서 오르는 것은 짐승인데, 아이는 때에 따라 걷기도 하고 기기도 했다. 포틀랜드의 날카로운 절벽은 남향이라 오솔길에는 눈이 거의 없었다. 하지만 맹렬한 추위가 눈을 먼지로 바꿔 놓아 걷기에 상당히 불편했다. 아이는 그 어려움을 잘 헤쳐 나갔다. 입고 있던 어른 옷이 너무 커서 불편하고 거추장스러웠다. 가끔 튀어나온 곳이나 경사면에 남아 있던 얼음 때문에 미끄러져 넘어지기도 했다. 그럴 때마다 낭떠러지에 잠깐 매달려 있다가 마른 가지나 돌 한 귀퉁이를 잡고 오솔길 위로 다시 올라서곤 했다. 어느 순간에는 각력암층이 발밑에서 순식간에 무너지기도 했다. 각력암의

붕괴는 예측할 수가 없어서 아이는 한순간 지붕에서 미끄러져 떨어지는 기왓장처럼 되었다. 지붕의 물매 끝자락까지 굴러갔다가 우연히 움켜잡은 풀 한 포기로 살아났다. 사람들 앞에서 소리 지르지 않았던 것처럼, 심연 앞에서도 비명을 지르는 일은 없었다. 스스로를 추스르며 묵묵히 다시 올라갔다. 깎아지른 바위산은 높았으며 그 때문에 예측 불가능한 일들을 겪었다. 절벽은 점점 어두워지고 날카로운 바위산은 끝이 없었다. 아이에게서 도망이라도 가는 것처럼 위쪽 심연으로 끊임없이 물러섰다. 아이가 올라가면 갈수록 정상도 함께 오르는 것 같았다. 아이는 올라가면서 하늘과 자신 사이에 둑처럼 가로놓인 검은 갓돌을 뚫어져라 바라보았고 결국 도착했다.

아이는 고원 위로 껑충 뛰어 올라섰다. 상륙했다고 표현해도 무리는 아닌 것이 절벽에서 솟아올랐기 때문이다.

절벽에서 빠져나오자마자 아이는 바들바들 떨었다. 밤이면 더욱 심하게 몰아치는 삭풍이 얼굴을 물어뜯는 것 같았다. 살을 에는 것 같은 북서풍이 불어와 아이는 걸치고 있던 거친 선원 작업복을 여몄다. 선원들은 그 옷을 쉬루아라고 부르는데, 남서풍에 실려 오는 비가 옷 속으로는 스며들지 못하기 때문이었다. 그것은 좋은 옷이었다.

고원에 도착한 아이는 갑자기 걸음을 멈추고 언 땅 위에 맨발로 딛고 서서 사방을 둘러보았다. 뒤에는 바다, 앞에는 대지,

머리 위에는 두꺼운 안개가 가려 별 하나 없는 하늘이 있었다.

암벽 꼭대기에 도착했을 때 아이는 대지 앞에 서 있었다. 그는 대지를 물끄러미 바라보았다. 평평하고, 얼어붙고, 눈에 덮인 대지가 광활히 펼쳐져 있었다. 헤더 몇 무더기가 파르르 떨고 있을 뿐 길은 보이지 않았다. 무엇 하나, 하다못해 목동의 오두막조차 보이지 않았다. 여기저기에 창백한 나선형 소용돌이가 보였는데 바람에 휩쓸려 땅바닥에서 날아 올라가는 눈 회오리였다. 안개에 덮이며 지평선에서 주름을 만들고 있는 대지의 물결이 새하얀 안개 속으로 희미하게 사라지고 있었다. 깊은 고요. 그것은 영겁처럼 퍼지고 무덤처럼 침묵했다.

아이는 바다를 향해 돌아섰다. 바다 또한 눈과 포말로 인해 육지처럼 희었다. 그 두 가지 하얀색이 만들어 내는 빛만큼 구슬픈 것은 없다. 밤에 뿜어내는 빛 가운데 어떤 것은 매우 선명한 견고함을 보여 준다. 그 탓에 바다는 강철 같았고, 절벽은 흑단 같았다. 아이가 서 있던 높이에서 보면 포틀랜드만이 지도에서 보듯 허연 반원으로 이루어진 둔덕처럼 보였다.

밤 풍경은 꿈속 풍경을 떠오르게 했다. 어두운 초승달 속에 끼어든 창백한 둥근 형태. 달이 가끔 만들어 내는 풍경이다. 만의 이쪽 갑에서 저쪽 갑까지 해안을 샅샅이 둘러보아도 불 지핀 아궁이나 불 밝힌 창문, 사람이 사는 집이 있다는 것을 알려 주는 반짝임이 단 한 개도 없었다. 하늘에도 땅 위에도 빛이라곤 없었다. 등불 하나, 별 하나 없었다. 만 안으로 넓게 펼쳐진 수면 여기저기에서 이따금씩 파도가 솟아올랐다. 바람이 거대한 미사포가 펼쳐지는 것을 방해하여 주름을 만들고 있었다. 도망을 치고 있는 우르카가 아직도 만 안에 있는 것이 보였다.

우르카는 창백한 납빛 위를 미끄러져 가고 있는 검은 삼각형이었다. 멀리 광활한 공간의 음산하고 희미한 어둠 속에서 넓게 펼쳐진 수면이 약하게 움직였다. 마투티나 호는 빠르게 도망치고 있었다. 윤곽이 매 순간마다 작아졌다. 바다 멀리에서 배의 모습이 녹아 없어지는 것보다 더 빠른 것은 없다.

어느 순간에 우르카가 뱃머리 등을 밝혔다. 염려스러울 정도로 주위가 어두워져 선장이 불을 밝힐 필요를 느꼈던 모양이다. 그 빛을 발하는 점, 멀리서도 보이는 반짝임은 선박의 높고 긴 형태에 음산하게 들러붙었다. 시신 덮는 천이 일어나 바다 한가운데를 걷는데 손에 별 하나를 든 어떤 사람이 그 밑에서 어슬렁대는 듯 보였다.

공기 중에는 금방이라도 폭풍우가 몰아칠 것 같은 긴장감이 감돌았다. 아이로서는 그런 것을 깨달을 도리가 없었지만 선원이라면 누구나 두려워 떨었을 것이다. 자연의 모든 구성 요소들이 각각 무엇인가로 변하고, 평범했던 바람이 사나운 북풍으로 바뀌는 신비한 변화를 직접 볼 것만 같은 불안한 예감에 사로잡히는 순간이었다. 바다가 대양이 되고, 모든 힘이 자신의 의지를 드러내며 하찮은 사물이 영혼으로 변하는 것을 곧 보게 될 것이다. 그것에서 공포가 시작된다. 인간의 영혼은 자연의 영혼과 맞닥뜨리는 것을 겁낸다.

하나의 대혼돈이 나타나려 하고 있었다. 바람은 안개를 강타하면서 자기 뒤에 구름을 쌓아 올리고, 보통 눈 폭풍이라 부르는 파도와 겨울의 무시무시한 비극을 위한 무대 장치를 만들고 있었다.

선박들이 귀항하려는 움직임이 점점 활발해졌다. 어느 순간 이후부터 정박지는 더는 한적하지 않았다. 매 순간 불안한 듯 정박지로 서둘러 돌아오는 선박들이 갑 뒤에서 갑작스럽게 나타나곤 했다. 어떤 배들은 포틀랜드 빌을 돌아왔고, 다른 배들은 세인트 앨번스 헤드를 돌아왔다. 아주 먼 곳에서도 범선들이 돌아오고 있었다. 모두들 앞다퉈 피난처를 찾고 있었다. 남쪽에서는 어둠이 더욱 짙어졌으며, 먹구름이 바다로 가까이 다가왔다. 앞으로 불쑥 튀어나온 묵직한 폭풍우의 무게가 물결을 음산하게 잠재우고 있었다. 결코 떠날 때가 아니었지만 우르카는 떠났다.

우르카는 뱃머리를 남쪽으로 돌려 이미 만을 벗어나 바다 한가운데 도착한 즈음이었다. 갑자기 질풍이 일어 아직도 선명히 보이는 마투티나 호가 바람을 이용하려는 것처럼 돛으로 몸을 감추었다. 음흉하고 사나운 삭풍, 옛사람들이 갈레른이라고 부르곤 하던 노루아였다. 노루아는 곧바로 우르카에게 열정을 가진 듯했다. 옆면을 잡힌 우르카는 한쪽으로 기울었지만 조금도 망설이지 않고 바다 한가운데를 향해 계속 달려갔다. 여행보다는 탈주가 어울렸고, 육지보다는 바다를 덜 무서워하고, 바람이 추격하는 것보다 인간이 따라오는 것이 더 무서워서 택한 길이었다.

우르카는 조금씩 작아지면서 수평선으로 깊이 들어갔다. 어둠 속에서 달고 가던 작은 별도 희미해졌다. 우르카는 점점 더 밤과 하나가 되더니 결국은 사라져 버렸다.

이번에는 영원히 사라졌다.

아이는 적어도 그렇게 이해한 것 같았다. 그는 바다를 바라보던 시선을 거두어 평원으로, 황무지로, 동산들로 돌렸다. 즉 혹시라도 살아 있는 존재와 만남의 가능성이 있는 공간들을 바라보기 시작했다. 그는 알 수 없는 세계 속에서 걷기 시작했다.

4. 의문들

아이를 버리고 도망간 사람들은 누구였을까? 그 도망자들이 콤프라치코스였을까?

우리는 앞에서 콤프라치코스, 콤프라페케뇨스, 체일러스 등으로 불리는 남녀 악당들에 대해 윌리엄 3세가 취한 대책과 의회에서 가결한 상세 법안 내용을 이미 이야기했다.

법률은 널리 퍼져 있었다. 콤프라치코스 머리 위로 떨어진 법령으로 대대적인 탈주가 시작되었다. 콤프라치코스뿐만 아니라 온갖 떠돌이들이 다 도망쳤다. 각자 앞다퉈 재주껏 빠져나가고 배를 탔다. 콤프라치코스 대부분은 스페인으로 돌아갔다. 언급한 대로 대다수는 바스크인들이었다.

아동 보호법은 초기에 갑자기 아동 유기가 증가되는 특이한 결과를 가져왔다. 그 처벌 법령이 많은 유기아를 만들어 냈는데 쉽게 이해되는 일이었다. 어떤 유랑민 집단이든 아이를 데리고 있으면 의심을 받았으며 아이가 있다는 사실 하나만으로도 고발을 당할 수 있었다.

'아마 콤프라치코스일 거야.'

이것이 주 집정관이나 재판관, 경찰관들 뇌리에 제일 먼저 스치는 생각이었다. 그런 까닭에 마구잡이로 체포와 수색이 이루어졌다. 그저 가난했기 때문에 떠돌며 구걸할 처지인 사람들도 억울하게 콤프라치코스로 몰릴까 봐 두려워했다. 비록 콤프라치코스가 아니더라도 힘없는 사람들은 사법의 실수가 없을 거라고 안심할 상황이 아니었다. 게다가 떠돌이 가족들은 무의식적으로 당황하기 마련이다. 콤프라치코스가 규탄받았던 것은 그들이 타인의 아이들을 무자비하게 이용한 탓이다. 하지만 절망과 가난이 너무나 심하게 겹쳐서 아비와 어미라도 아이가 자기 아이라는 걸 증명하기가 쉽지 않았다. 아이를 어떻게 얻었냐는 질문에 신에게서 받은 아이라는 걸 어떤 방법으로 증명할 수 있단 말인가? 아이는 위험물이 되었고 결국 아이를 처분하는 지경에 이르렀다. 혼자 도망치는 것이 훨씬 쉽다. 아비와 어미는 아이를 처분하기로 마음먹고 숲이나 바닷가 모래톱, 혹은 우물 속에 아이를 버렸다. 저수통 속에서 빠져 죽은 아이들이 발견되기도 했다.

덧붙일 것은 콤프라치코스가 이제는 온 유럽에서 몰이꾼들에게 쫓기는 신세가 되었다는 사실이다. 그들을 추격하려는 엄청난 움직임이 시작된 것인데 말 그대로 비로소 경종이 울린 것이다. 모든 경찰은 서로 그들을 많이 잡겠다는 경쟁심이 불타올랐다. 그리하여 스페인의 경찰이라 해서 영국의 경찰관보다 느슨한 감시를 하지는 않았다. 23년 전에 오테로 성 정문에는 번역하기 민망한(정중함을 무시한 법령의 용어들 때문이다.) 문구 하나가 돌에 새겨져 있는데 지금도 읽을 수 있다. 그 문구에는 아동 매매 상인과 아동 절도범 간의 미묘한 차이가 형벌을 통해 드러나 있다. 약간 상스러운 카스티야 지방 말로 다음과 같이 적혀 있다.

아동 매매를 한 상인의 귀와 아이들을 훔쳐 갤리선으로 가는 절도범의 음낭은 모두 이곳에 남는다.

이것으로 귀와 음낭을 잘리고도 갤리선으로 끌려갔다는 것을 알 수 있다. 이런 이유로 유랑인들은 앞다퉈 피신하는 일이 생긴 것이다. 그들은 공포에 사로잡혀 떠났고 어딘가에 도착해서도 두려움에 덜덜 떨었다. 모든 유럽의 해안에서는 밀항자를 감시했다. 아이와 함께 상륙하는 것은 너무나 위험했기 때문에 어느 무리든 아이를 데리고 출항하는 것은 불가능한 일이었다.

아이를 버리는 게 훨씬 쉬웠다.

우리가 황량한 포틀랜드의 저녁 빛 속에서 잠시 보았던 그 아이는 누가 버린 것일까?

일단 보기에는 콤프라치코스임이 틀림없다.

5. 인간이 만들어 낸 나무

저녁 7시 정도 된 것 같았다. 바람이 어느 정도 약해졌는데 이것은 곧 다시 시작되리라는 예고였다. 아이는 포틀랜드곶의 남쪽 고원에 있었다.

포틀랜드는 작은 반도였지만 아이는 반도가 어떤 것인지도 몰랐으며 포틀랜드라는 말이 있다는 것도 알지 못했다. 그저 자신이 쓰러질 때까지 걸을 수 있다는 것 하나만을 알고 있을 뿐이었다. 지식은 행동할 수 있는 방법을 제시해 주는데 아이에게는 아무 지식도 없었다. 사람들이 그를 그곳에 데려왔고 그를 거기에 버려두었다. 사람들과 그곳, 이 두 가지 수수께끼가 그의 모든 운명을 표현하는 것이었다. 사람들은 인류, 그곳은 우주였다. 그는 이 땅에 자신의 발꿈치가 딛고 선 아주 적은 흙, 그의 맨발에는 너무나 거칠고 차갑게 느껴지는 그 흙 말고는, 다른 아무것도 의지할 게 없었다. 모두에게 열린 쇠퇴한 이 세계에, 아이를 위한 무언가가 있었을까? 아무것도 없었다.

아이는 아무것도 없는 것을 향해 걷고 있었다.

인간으로부터 버려진 광활함이 그를 둘러싸고 있었다.

그는 첫 번째 고원을 가로질러 건너고 다시 두 번째, 세 번째 고원을 지났다. 각 고원 끝에 도착할 때마다 아이 앞에 땅이 균열된 부분이 나타났다. 경사면은 때로는 몹시 가팔랐지만 길이는 언제나 짧았다. 포틀랜드의 스산한 고원은 상하로 반쯤 맞물려 놓은 거대한 포석과 같았다. 그래서 아이가 쉽게 건널 수 있는 경사가 생겼다. 아이는 가끔 걸음을 멈추고 생각에 잠기는 것처럼 보였다. 몹시 어두워지고 있었고 가시거리 또한 짧아졌다. 몇 걸음 앞까지만 겨우 볼 수 있었다.

아이가 갑자기 걸음을 멈추고 잠깐 귀를 기울이고는 이내 만족한 듯 단 한 번 눈에 띄지 않을 만큼 미미하게 머리를 끄덕였다. 기운차게 돌아서고 나서 자기 오른편에 희미하게 보이는 높지 않은 둔덕을 향해 가기 시작했다. 절벽에서 가장 가까운 평지였다. 둔덕 위에 어떤 윤곽 하나가 있었는데, 안개 속에 한 그루 나무가 서 있는 듯 보였다. 아이는 거기서 나는 소리를 들었던 것이다. 바람 소리도 파도 소리도 아니었으며 짐승의 소리 또한 아니었다. 아이는 그곳에 누가 있는 것이라고 생각했다.

성큼성큼 걸어 단 몇 걸음 만에 그는 언덕 밑에 도착했다. 정말 누군가가 있었다.

언덕 위에 있던 희미한 것이 이제는 뚜렷해졌다. 큰 팔처럼 생긴 것이 땅속에서 솟아올라 있었다. 팔 위쪽에는 집게손가락 같은 것이 엄지손가락으로 밑을 받친 채 수평으로 뻗어 있었다. 팔과 엄지손가락 그리고 집게손가락이 하늘에 직각 형태를 만들어 내고 있었다. 집게손가락과 엄지손가락이 만나는 부분에는 줄이 한 가닥이 있었는데, 줄에는 검고 모양을 정확히 알 수 없는 무언가가 매달려 있었다. 줄이 바람에 흔들려 소리를 내고 있었다. 아이가 들은 것이 바로 그 소리였다. 줄은 가까이에서 보니 소리로 보아 짐작 가능했던 것, 즉 쇠사슬이었다. 고리가 갸름한 선박용 쇠사슬이었다.

자연 속에서 외관에 실체를 중첩시켜 놓는 신비한 혼합 법칙에 따라 장소와 시각, 안개, 비탄에 빠진 바다, 수평선의 환상과 같은 아득함이 윤곽에 달라붙어 그것의 모습을 거대하게 만들어 놓았다.

쇠사슬에 매달린 그 거대한 덩어리는 칼집처럼 보였다. 그리고 어린아이처럼 포대기에 둘둘 말려 있었으며 어른처럼 길쭉했다. 위쪽으로 둥글게 불룩 나온 부분에는 쇠사슬 끝 부분이 감고 있었다. 칼집 밑부분은 너덜너덜 찢겨 있었으며 앙상한 것들이 찢어진 부분에서 삐져나온 게 보였다.

약한 바람이 쇠사슬을 흔들자 쇠사슬에 매달려 있던 것도 천천히 흔들렸다. 그 덩어리는 고분고분하게 황량한 평원으로 왔다 갔다 하는 운동에 복종하고 있었다. 그것이 뭔지 모를 공포를 불러왔으며 사물의 부조화를 느끼게 하는 혐오스러움 때문에 실제적인 크기를 알 수 없었다. 그저 형체가 있는 검은색 응축물로 안과 밖 모두에 밤이 깃들어 있었다. 그것은 점점 커져 가는 무덤에 사로잡혀 있었다. 지는 해, 뜨는 달, 절벽 뒤로 사라지는 별들, 공기 중에 떠다니는 부유물들, 구름, 모든 방향에서 불어오는 바람 등이 눈에 보이는 이 허무의 공간에 들어갔다. 바람 속에 매달려 있는 보잘것없는 이 덩어리는 멀리 바다 위와 하늘에 흩어져 있는 보편성을 닮아 가고 있었으며, 한때는 인간이었던 그것을 어둠이 삼키고 있었다.

그것은 더는 존재하지 않는 것이었다.

나머지로 존재한다는 것은 인간의 언어로 표현할 수 없다. 더는 존재하지 않지만 존재하며, 구덩이 속에 있지만 구덩이

밖에 있고, 가라앉을 수 없는 물체처럼 죽음 위로 다시 떠오르지만 그러한 현실 속에는 어느 정도 불가능이 섞여 있다. 그래서 설명이 불가능하다. 그 존재는 과연 하나의 존재였을까? 그 검은 증인은 하나의 잔재, 더구나 무시무시한 잔재였다. 무엇의 잔재일까? 우선 자연의 잔재이며 사회로부터의 잔재였다. 무(無)이며 동시에 전부였다.

그는 절대적인 무자비 속에 맡겨졌다. 적막의 깊은 망각이 그를 둘러싸고 아무도 모르는 존재의 변덕스러움에 내맡겨져 있었다. 그는 자신을 멋대로 다루는 어둠의 횡포에 대항할 수 없었다. 바람이 음산한 역할을 맡아 폭풍이 그를 짓누르고 있었지만 그는 영원한 수형자로 당하고만 있었다.

그 망령은 온갖 약탈에 내맡겨져 있었다. 그는 바람 속에서 부패라는 폭력을 참아 냈다. 무덤 밖에 있으니 그에게는 평화 없는 소멸만 있을 뿐이었다. 여름에는 재가 되어, 겨울에는 진흙이 되어 사라지고 있었다. 죽음에는 수의가 필요하고, 무덤에는 경건함이 있어야 하는데 이곳에는 수의도 경건함도 없다. 냉소적이고 적나라한 부패만 있다. 죽음이 자신의 일을 보여 주는 것에는 약간의 뻔뻔스러움이 있다. 자신의 실험실인 무덤 밖에서 일을 할 때 죽음은 죽은 자의 평온 같은 것은 무시하고 모욕을 가하는 것이다.

숨을 거둔 그 존재는 이미 약탈을 당해 앙상한 뼈만 남았다.

그런 데서 뭔가를 빼앗아 간다는 것은 불가사의한 마무리이다. 그의 골수는 더는 뼛속에 있지 않았고, 그의 내장도 더는 배 속에 있지 않았으며, 목소리 또한 더는 목구멍 속에 있지 않았다. 시신이란 건 죽음이 몽땅 뒤집어 비워 버린 하나의 주머니이다. 그에게 자아가 있었다면 그것은 어디에 가 있는 걸까? 아마 그 자리에 있을지도 모른다. 그런 생각만으로도 끔찍하다. 사슬에 묶여 있는 그 어떤 것 주위를 방황하는 어떤 것이라니. 어둠 속에서 그보다 더 음산하게 떠도는 형상을 떠올릴 수 있을까? 이 땅에는 미지의 세계로 통하는 출구와 같은 현실이 있다. 그런 출구를 통해서 생각이 들락거리는 것도 가능해 보이고, 가설이 그곳으로 돌진하기도 하며 추측도 그곳으로 가려 한다. 우리는 누구든 특정 장소에서 특정 사물 앞을 지날 때는 몽상에 사로잡혀 그 자리에 설 수밖에 없으며, 자신의 영혼이 그 속으로 들어가는 것을 지켜볼 수밖에 없다. 눈으로 볼 수 없는 것에는 반쯤 열린 어두운 문들이 있다. 깊은 명상에 잠기지 않고 저 세상으로 건너간 존재와 마주칠 사람은 아무도 없을 것이다.

여기저기로 흩어지면서 그는 조용히 닳아 없어지고 있었다. 그에게도 피와 가죽과 살이 있었건만 모두가 그것들을 마시고 먹고 훔쳐 갔다. 그에게서 어떤 것이든 가져가지 않고 지나간 것은 없다. 12월은 그에게서 추위를, 자정은 공포를, 쇠는 녹을, 흑사병은 독기를, 꽃은 향기를 빌려 갔다. 서서히 진행된 그의 분열은 시신이 폭풍과 비, 이슬, 파충류와 새들에게 지불해 준 통행세였다. 밤의 모든 어두운 손이 그 주검을 남김없이 뒤졌다. 정체를 알 수 없는 이상한 주민, 밤의 주민이었다. 그는 평원과 동산 위에 있기도 했고 그곳에 있지 않기도 했다. 그는 만질 수 있었지만 자취도 없이 사라져 버렸다. 암흑을 보완해 주는 그림자였다. 해가 사라진 다음 침묵만이 가득한 광막한 어둠 속에서 그는 모든 것과 음산한 조화를 만들어 냈다. 오직 그곳에 있다는 이유만으로 폭풍우의 슬픔과 별들의 침묵이 더욱 커졌다. 황야에 존재하는 말로 표현하기 힘든 것이 그의 속에서 응축되었다. 알려지지 않은 운명의 잔해인 그는 밤의 모든 완강한 침묵에 녹아들고 있었다. 신비 속으로 모든 수수께끼가 넓게 퍼지고 있었다.

그의 주위에서 심연까지 닿을 것만 같은 생명의 쇠퇴감이 풍겨 나왔다. 그를 둘러싸고 있는 넓은 평지에는 확신과 신뢰가 점점 사라지고 있었다. 덤불과 풀들의 떨림, 절망적인 우울함, 마치 의식을 가지고 있는 것 같은 불안 같은 것들이 모든 경치와 쇠사슬에 매달려 있는 검은 형체에 어우러졌다. 눈에 보이는 유령은 고독을 더욱 심화시킨다.

그는 환영이었다. 진정시킬 수 없는 바람이 지나가자 그는 달랠 수 없는 존재가 되었다. 끊이지 않는 떨림이 그를 끔찍하게 만들었다. 말하기는 무섭지만 그가 공간 속에 있는 하나의 중심이고 거대한 무엇이 그에게 기대고 있었다. 누가 알 수 있을까? 아마 우리의 정의 저 너머에 있는, 희미하게 보이긴 했지만 무시되었던 공정성이었을지도 모른다. 무덤 밖에서 그러고 있는 동안 인간들의 복수와 그가 자신에게 행하는 복수가 있었다. 그는 석양이 드리운 이 사막에서 증언을 하고 있었다. 그는 사람들을 불안하게 하는 형상의 증거였다. 사람들은 영혼이 사라진 육체 앞에 서면 두려움에 떨기 때문이다. 죽은 형상이 우리를 뒤흔들기 위해서는 그 속에 살았던 영혼이 있어야 한다. 그는 이 지상의 법을 저 하늘의 법에 고발하고 있었다. 인간에 의해 그곳에 놓인 채 신을 기다리고 있었다. 그의 머리 위로 뒤엉키고 꼬여 선명하지 못한 구름과 파도와 함께 그림자의 거대한 몽상이 둥둥 떠다녔다. 그 환영 뒤에는 뭔가 확실하지 않은 음산한 폐쇄가 있었다. 한 그루 나무나 지붕, 한 명의 행인이나 그 무엇에 의해서도 한정되지 않은 무한이 그 주검 둘레에 있었다. 하늘과 심연과 생명과 무덤과 영겁 등 우리를 지배하는 진실들이 명백하게 보이지만 그 순간에 우리는 모든 것에 다가갈 수 없고 금지되었으며 벽으로 둘러싸였다고 느낀다. 무한의 세계가 열리는 순간보다 더 무시무시한 폐쇄는 없다.

6. 죽음과 밤의 전투

아이는 그 물건 앞에서 말없이 놀란 채, 눈을 못 떼고 서 있었다. 어른은 분명 교수대로 보았겠지만 아이에게는 환영이었다. 어른이라면 시체를 보았겠지만 아이는 유령을 보고 있었다. 더구나 아이는 뭐가 뭔지 알 수 없었다. 심연이 끌어당기는 힘에는 여러 종류가 있는데 그 둔덕 위에도 그런 인력이 작용했다. 아이는 한 걸음 또 한 걸음 걸었다. 그는 내려가고 싶었지만 올라갔고, 물러서고 싶었지만 다가갔다. 그는 과감하게, 하지만 두려움에 떨며 유령을 확인하려고 가까이 다가갔다.

말뚝 밑에서 그는 머리를 들고 자세히 살펴보았다. 유령에게는 역청(瀝靑)이 칠해져 있어서 여기저기가 번득였다. 아이는 유령의 얼굴을 가려냈다. 얼굴에도 역청이 칠해져 있어 점액질로 끈적거리는 듯한 그 가면이 희미한 밤의 반사광 속에서 모습을 드러냈다. 아이는 입을 보았다. 하나의 구멍이었다. 코를 보았다. 그 또한 하나의 구멍이었다. 두 눈 역시 구멍들이었다. 몸뚱이는 나프타를 먹인 거친 천으로 대충 감아 놓았는데 천에는 곰팡이가 슬었으며 찢어져 너덜거렸다. 한쪽 무릎이 천을 뚫고 나왔고 찢긴 틈으로 옆구리가 보였다. 어떤 부분은 살이 붙어 있었고 다른 부분은 뼈만 남았다. 얼굴은 흙빛이었는데, 민달팽이들이 그 위로 돌아다니며 희미한 은빛 띠를 두른 것처럼 만들어 놓았다. 뼈에 들러붙은 천은 조각상에 가운을 입힌 것처럼 울퉁불퉁한 기복을 만들어 냈다. 금이 가고 갈라진 두개골에는 썩은 과일처럼 구멍이 나 있었다. 치아는 인간적인 모습이 남아 웃음을 간직한 듯 보였다. 미처 새어 나가지 못한 비명이 열린 입속에서 희미한 소리를 내는 것 같았다. 뺨에는 수염이 몇 가닥 남아 있고 앞으로 숙인 머리는 무엇엔가 집중하고 있는 모습이었다.

사람들이 최근에 다시 손질을 한 듯 보였다. 얼굴과 천을 뚫고 나온 무릎, 옆구리에 새로 역청을 칠한 흔적이 있었다. 발은 밑으로 삐져나왔고 바로 밑 풀 속에 신발 한 켤레가 있었는데, 눈과 비로 형태가 엉망이 되어 있었다. 죽은 이에게서 떨어진 신발이었다.

맨발인 아이는 그 신발을 유심히 바라보았다.

불안감을 점점 증폭시키던 바람은 폭풍의 전야에 항상 그렇듯 조용해져 잠시 전부터 완전히 멈추었다. 시신도 더는 움직이지 않았다. 쇠사슬은 납덩이를 달아 놓은 듯 수직 상태에서 아무런 움직임도 보이지 않았다.

인생의 초년기를 지나는 모든 생명체처럼 자기 운명의 특별한 압력을 느끼면서 아이는 틀림없이 마음속에서 유년기에 어울리는 각성을 겪고 있었을 것이다. 그런 각성은 뇌를 열려는 노력이며 어린 새가 알 속에서 부리로 껍데기를 쪼아 나오려는 것과 비슷하다. 하지만 그 작은 의식 속에 있던 모든 것은 그 순간에는 두려움으로 한데 뒤섞여 버렸다. 느낌이 어느 선을 넘으면 향유를 너무 많이 사용했을 때처럼 사유의 질식으로 변해 버린다. 어른이었다면 스스로에게 이런저런 질문을 던지겠지만 아이는 아무것도 못하고 그저 바라볼 뿐이었다.

역청 때문에 시신의 얼굴은 젖어 있는 것처럼 보였다. 눈이 있던 자리에 방울진 채 굳어 버린 역청은 눈물과 비슷했다. 역청은 시신의 훼손을 완전히 멈출 수는 없었지만 덕분에 상당히 지연되어 최소한의 파손만이 진행되었다. 아이 앞에 있던 것은 누군가 정성스럽게 돌보는 것이었다. 귀중한 사람임에 틀림없었다. 그가 살았을 때 관심이 없었더라도 죽은 그를 간수하는 일을 중요하게 생각한 것이다.

교수대 말뚝은 낡고 벌레 먹었지만 아직 튼튼해서 몇 해 전부터 사용되던 것이었다. 밀수꾼들의 시신에 역청을 바르는 것은 영국의 오래된 관습 중 하나이다. 그들을 해변에서 교수형을 처하게 한 다음, 시신에 역청을 발라 현장에 매달린 채로 내버려 두었다. 본보기는 훤히 보이는 곳에 두어야 했다. 역청 바른 본보기는 더 오래 보존된다. 역청을 칠하는 관습은 상당히 인간적이다. 그것을 사용한 뒤로 목매다는 빈도가 줄어든 것이다. 오늘날에 가로등 세우는 것처럼 교수대 말뚝을 해안에 띄엄띄엄 세웠고 목이 매달린 사람이 가로등이 되는 식이다. 그가 자기 방식대로 밀수꾼 동료들에게 길을 밝혀 주었다. 밀수꾼들은 바다 멀리에서 말뚝들을 알아보았다. 말뚝 하나가 첫 번째 경고였고, 말뚝 둘은 두 번째 경고였다. 그것이 밀수를 막지는 못했다. 하지만 법이라는 것은 그런 식으로 구성되는 것이다. 영국에서는 이런 방법이 금세기 초까지 계속되었다. 1822년에도 도버 성 앞 해변에서 역청을 발라 매달아 놓은 세 구의 시신이 발견되었다. 게다가 그러한 보존 방식은 밀수꾼들의 경우에만 한정되지 않고 절도범과 방화범, 살인범에게도 적용됐다. 포츠머스 해안 창고에 불을 지른 존 페인터는 1776년에 교수형에 처해져 역청이 발라졌다. 그를 장 르 팽트르라고 부르는 쿠아예 사제는 1777년에도 그를 보았다고 한다. 존 페인터는 자신이 만들어 놓은 폐허 위에서 쇠사슬에 묶여 매달려 있었고, 이따금 역청이 다시 발라졌다. 그의 시신은 14년 동안이나 존속되었는데, 살았다고 할 수도 있을 정도였다. 그는 1788년에도 임무를 훌륭하게 수행하고 있었다. 하지만 1790년에 다른 사람으로 대체됐다. 이집트인들은 왕의 미라를 귀하게 여겼다지만 이름 없는 백성의 미라도 역시 유용한 것 같다.

강한 바람이 둔덕 위의 눈을 모두 쓸어 가 버렸다. 풀이 모습을 드러냈고 여기저기 엉겅퀴가 보였다. 둔덕은 짧고 빽빽한 바다풀로 덮여 있었는데 잔디가 모든 절벽의 윗부분을 초록색 융단처럼 보이게 했다. 교수대 말뚝 아래 처형된 이의 발이 늘어져 있던 곳에는 키가 크고 잘 자란 풀포기가 있었다. 척박한 흙에서 자란 풀포기라는 것을 생각한다면 상당히 놀라운 일이다. 수세기 전부터 그곳에 분해되어 떨어진 시체들이 그처럼 풀을 무성하게 자라게 했다는 것을 알려 준다. 흙이 인간에게서 영양분을 취하는 것이다.

아이는 음산한 기운에 홀려 멍하니 그곳에 서 있을 뿐이었다. 아이는 다리를 찌르는 쐐기풀 때문에 한 마리 짐승처럼 잠시 고개를 숙였다가 다시 머리를 벌떡 들어 위에서 자기를 바라보고 있던 얼굴을 쳐다보았다. 그 얼굴은 눈이 없는데도 그를 뚫어져라 바라보고 있었다. 희미한 빛과 어둠이 공존하고 두개골과 치아와 텅 빈 눈썹 자리로부터 나오는, 뭐라 말하기 힘들 만큼 확고한 시선이었다. 죽은 이의 얼굴과 머리 전체가 시선이다. 그것은 무시무시했다. 눈동자가 없지만 누구든 그것이 자신을 바라본다고 느낄 것이다. 악령을 보는 것처럼 무섭다.

아이 자신도 조금씩 무서워졌다. 무감각 상태가 그를 점령해 더는 움직이지 않았다. 그는 자신이 의식을 잃고 있음을 알지 못했다. 온몸이 마비되고 관절이 뻣뻣해졌다. 배신자의 모습을 지닌 겨울이 그를 조용히 밤에 넘겨주었다. 아이는 거의 조각상이 되었다. 돌같이 차가운 냉기가 그의 뼛속으로 스며들었고, 어둠이라는 파충류가 그의 몸속으로 미끄러져 들어오는 중이었다. 눈[雪]에서 뿜어 나오는 졸음은 어두운 조수처럼 사람 몸속으로 올라온다. 아이는 시신의 부동성을 닮은 미지의 부동성에 서서히 잠식당했다. 잠이 들고 있었다.

졸음의 손에는 죽음의 손가락이 있는데 아이는 자신이 그 손에 잡혔다는 것을 느꼈다. 그는 교수대 밑에 쓰러지기 직전이었다. 이미 자기가 서 있는지도 느끼지 못했다.

항상 절박한 종말, 존재 상태에서 존재 중단으로 전이되는 과정의 사라짐, 도가니 속으로의 귀환, 어느 순간에건 미끄러질 수 있는 가능성 등이 삼라만상의 실상이다. 한순간만 지나면 아이와 죽은 사람, 생명의 태동기에 있는 자와 폐허로 변한 생명이 함께 지워지고 뒤섞일 순간이었다.

망령은 그런 사실을 깨닫고 그것을 원치 않는다는 듯 별안간 움직이기 시작했다. 아이에게 경고를 보내듯 바람이 다시 불기 시작했다.

움직이는 주검처럼 기이한 것은 없다.

쇠사슬 끝에 매달린 시신은 보이지 않는 숨결에 밀려 비스듬한 자세가 되었고 시계추가 움직이는 것처럼 느리고 음산한 정확성으로 왼쪽으로 올라갔다가 다시 떨어지고, 오른쪽으로 올라갔다가 다시 떨어지기를 반복했다. 고집스러운 왕복 운동이었다. 어둠 속에서 영겁을 재는 시계추를 보는 것 같았다.

그런 움직임이 잠시 계속되었다. 아이는 죽은 이의 움직임 앞에서 자신이 문득 깨어나는 것을 느꼈고, 자신을 덮친 오한으로 두려움을 분명하게 느꼈다. 쇠사슬은 흔들릴 때마다 흉측스러우리만큼 규칙적으로 삐걱거렸다. 가끔 숨을 고르는 듯하다가 다시 움직였다. 그 삐걱거림은 매미 노래를 흉내 냈다. 미친 듯한 바람이 접근해 점점 더 바람의 세기를 바꿔 놓았다. 별안간 미풍이 삭풍으로 변했다. 시신의 흔들거림이 더욱 음산하고 강렬해졌다. 시계추의 움직임이 아닌 격렬한 뒤흔들림이었다. 삐걱거리던 쇠사슬이 울부짖었다.

그 울부짖음이 누군가에게 들린 것 같았다. 그것이 일종의 부름이라고 한다면 그 부름에 누군가가 응했다. 지평선 끝에서 날갯짓을 하는 거대한 소음이 달려오며 갑자기 말썽이 일어났다. 무덤과 인적이 없는 곳에서 일어난 요란한 말썽이었다. 까마귀 떼가 나타났다.

날아다니는 검은 점들이 구름을 찌르고 안개를 뚫으며 수가 불어나더니, 점점 다가와 뒤섞이고 둔덕을 향해 급히 날아가고 소리 지르며 짙은 한 덩어리가 되었다. 일개 군단이 몰려온 것 같았다. 날개 달린 암흑세계 기생충들이 교수대 말뚝으로 덤벼들었다.

아이는 기겁하고 흠칫 물러섰다. 까마귀들은 말뚝 위에 모여 있었다. 시신 위에는 단 한 마리도 앉지 않았다. 자기들끼리 이야기를 나누었는데 깍깍거리는 소리가 끔찍했다. 고함지르고, 식식거리고, 날카로운 소리를 내는 것이 삶이다. 깍깍거리는 소리는 부패를 기꺼이 받아들이겠다는 뜻이다. 무덤의 고요가 깨지면서 만드는 소리를 듣는 것 같았다. 까마귀 울음소리는 속에 밤이 들어 있는 목소리다. 아이는 추위보다 두려움 때문에 꽁꽁 얼었다.

까마귀들이 갑자기 조용해졌다. 무리 중에 한 마리가 해골 위로 성큼 뛰어오르는 것을 신호로 모두들 다투어 달려들자 날개들이 구름처럼 보였다. 그다음에는 모든 날개가 다시 접혔다. 그러자 매달린 이는 어둠 속에서 움직이는 검은 수포들의 북적거림 속으로 사라졌다.

그 순간, 죽은 이가 몸을 흔들었는데 그였을까? 바람이었을까? 그가 소름 끼치게 한 번 도약했다. 마침 거세지던 폭풍우가 그를 도왔다. 유령이 발작을 일으켰다. 이미 난폭해진 돌풍이 그를 손안에 쥐고 마구 뒤흔들었다. 무시무시해진 모습으로 그가 날뛰기 시작했다. 교수대의 쇠사슬을 조종 끈으로 하는 무시무시한 인형이었다. 어느 어둠의 모방꾼이 그 끈을 낚아채어 미라 놀이를 하는 중이었다. 미라는 준비가 다 된 곡예사처럼 빙글빙글 돌고 마구 껑충거렸다. 새들이 겁을 먹고 일제히 날아오르자 그 더러운 짐승들이 한꺼번에 뿜어져 나오는 것 같았다. 그들은 다시 몰려들었다.

그러자 싸움이 시작되어 죽은 이가 기이한 생명을 얻은 것처럼 보였다. 아예 가져가기로 작정한 듯 바람이 그를 마구 들어

올렸다. 죽은 이는 몸부림을 치며 도망치려 애쓰는 것 같았지만 목에 걸린 쇠고리가 그를 붙잡았다. 새들은 화가 나고 악착스러워져서 물러섰다가는 다시 덤벼들면서 그가 보이는 모든 움직임에 반응했다. 한쪽에서는 도망치려고 하고 다른 한편에서는 사슬에 묶인 이가 쫓아가는 일이 반복됐다. 죽은 이는 삭풍의 대대적인 공격에 요동치고 충격을 주고, 분노를 폭발시키며, 오가고 올라가고 내려오면서, 흩어진 까마귀 떼를 물리치고 있었다. 죽은 이는 곤봉, 까마귀 떼는 먼지였다. 공격하는 사나운 새 떼는 포기를 모르고 악착스럽게 들러붙었다. 죽은 이는 떼 지어 몰려드는 무리들로 갑자기 광기에 사로잡힌 듯 투석기 끝에 매달린 돌을 휘두르듯이 허우적대며 수없이 허공을 때렸다. 가끔씩 모든 발톱과 날개가 그를 몽땅 뒤덮다가 깨끗이 사라지기를 반복했다. 떼거리는 자취를 감춘 듯했다가 다시 맹렬한 기세로 돌아오곤 했다.

삶이 끝난 후에도 계속되는 무시무시한 고문이다. 새들은 미쳐서 날뛰는 것 같았다. 지옥의 채광창으로 그런 새 떼들이 드나드는 게 분명하다. 발톱질, 부리질, 깍깍대기, 더는 살이 아닌 누더기 찢기, 삐걱대는 말뚝, 뼈끼리 부딪는 소리, 쇠사슬이 덜그럭대는 소리, 질풍의 포효. 이런 소동보다 더 음산한 전쟁은 없을 것이다. 악마들을 상대로 싸우는 죽음의 유령이었다.

가끔 삭풍이 두 배로 강해져 매달린 이가 자신을 축으로 삼아 회전했고, 뒤틀리며 몸뚱이가 다 드러나기도 했다. 그럴 때마다 그가 새들을 추격하는 것처럼 보였고 이빨로 새들을 물려고 하는 듯했다. 마치 검은 신들이 개입한 듯 바람은 그의 편이었고 쇠사슬은 그의 적이었다. 태풍도 전투에 가담해 죽은 이는 자신을 비틀어 꼬고 있었으며, 새 떼는 그의 몸 위에서 나선형으로 굴렀다. 회오리바람 속에서 소용돌이가 일어났다.

아래쪽에서 바다가 거대하게 포효하는 소리가 들려왔다. 아이는 그런 꿈을 보고 있었다. 문득 온몸을 떨기 시작했고 물이 흐르듯 경련이 일어났다. 그는 비틀거리고, 소스라치게 놀랐고, 넘어질 듯하다가 몸을 돌려 마치 지지대라도 되는 것처럼 이마를 두 손으로 눌렀다. 그러고는 정신을 잃어버린 듯 바람에 머리카락을 날리면서 눈을 감은 채 성큼성큼 둔덕을 내려왔다. 거의 유령 같은 모습으로 뒤에 있는 어둠 속에 고통을 팽개치고 달아났다.

7. 포틀랜드 북부

그는 숨이 턱에 닿을 때까지 뛰었다. 무작정 미친 듯이 눈 속으로, 평원 속으로, 허공 속으로 뛰었다. 그것이 몸을 데워 주었다. 그에게는 그게 필요했다. 질주와 공포감이 아니었다면 그는 죽고 말았을 것이다.

숨이 턱까지 차올라 그는 걸음을 멈추었지만 감히 뒤를 돌아볼 생각은 하지 못했다. 분명히 새들이 자신을 쫓아오는 것 같았고, 죽은 이도 쇠사슬을 풀고 자신과 같은 방향으로 걸어올 거라고 생각했으며 교수대까지도 틀림없이 죽은 이를 뒤쫓아 달리며 둔덕을 내려오고 있으리라 생각했다. 뒤돌아보면 그러한 것들을 보게 될까 봐 겁이 났다. 잠시 숨을 가다듬고 아이는 다시 도망쳤다.

실상을 파악하는 것은 아이가 할 수 있는 일이 아니다. 두려움이 커질 때마다 그는 여러 인상을 받았지만 그것을 사고와 연관 지어 결론을 내리지는 못했다. 그는 어디든지 아무렇게나 무작정 가고 있었다. 꿈속에서 흔히 겪는 불안과 괴로움 속에서 달리고 있었다. 세 시간 전에 버려진 뒤로 막연하기는 했으나 그가 향하던 목표는 이제 완전히 바뀐 상태였다. 처음에는 그저 무엇인가를 찾아 떠났지만 이제는 피하고 있었다. 더는 배고픔이나 추위도 느끼지 못하고 그저 두려울 뿐이었다. 하나의 본능이 다른 본능과 자리를 바꾼 것이다. 그의 유일한 생각은 피해야 한다는 것이다. 무엇으로부터? 모든 것으로부터. 주위 어디로 눈을 돌려 보아도 삶은 두꺼운 벽 같다는 생각이 들었다. 가능하다면 그 역시 모든 사물로부터 도망쳤을 테지만 아이들은 흔히 자살이라고 부르는 돌풍의 감옥을 모른다.

그는 달렸다.

한동안은 그저 달렸다. 하지만 숨이 찼으며 두려움도 사라졌다.

갑자기 뜻하지 않던 기력과 지혜가 생긴 것처럼 그가 우뚝 멈춰 섰다. 도망치는 것을 부끄럽게 여기는 듯 그의 태도가 굳어지는 듯하더니, 발로 땅을 구르고 단호하게 머리를 번쩍 쳐들며 고개를 돌렸다.

안개가 다시 지평선을 차지해 둔덕도, 교수대도, 까마귀들의 날갯짓도 더는 보이지 않았다. 아이는 가던 길을 향해 다시 걸었다. 이제 그는 더는 달리지 않았다. 시체를 보게 된 일이 그를 어른으로 만들어 놓았다고 말한다면 그가 받은 복합적이고 혼란스러운 인상을 제대로 표현하지 못하는 것이다. 거기에는 그보다 훨씬 많은 것이 있었고 그 이하의 것도 있었다. 초보 수준의 이해 단계에 있던 그의 생각 속에서 이해하기 어려웠던 교수대는 그에게 하나의 환영으로 남았다. 만약 그가 자신의 내면을 들여다볼 줄 아는 나이였다면 자신 속에서 다른 수천 가지 사고의 실마리를 찾을 수 있었을 것이다. 그러나 아이들의 생각이란 틀이 잡혀 있지 않기 때문에 기껏해야 먼 훗날 어른이 되어 분개라고 부르는 그 모호한 것의 씁쓸한 뒷맛만을 느낄 뿐이다.

아이에게는 감각의 끝을 아주 빨리 받아들이는 재능이 있다는 사실을 덧붙여 두자. 확산되는 고통스러움이나 멀리서 스쳐 지나가는 윤곽들은 아이에게 포착되지 않는다. 아이는 자신이 가진 나약함이라는 한계 덕분으로 지나치게 복잡한 감정으로부터 보호를 받는다. 그는 사실을 보지만 곁에 남는 것은 거의 없다. 부분적인 생각들로 만족해야 하는 어려움 따위는 없다.

인생에 관한 소송에서 그 심리(審理)란 훨씬 나중에 경험이 서류를 가지고 도착하고 나서야 비로소 시작된다. 그러면 겪은 사실과 대질심문이 이루어지는데 견문을 넓히고 성숙해진 지성이 비교 작업을 맡는다. 그 순간 젊은 시절의 추억이 표면을 깎은 양피지 초고처럼 숱한 정열 아래서 다시 모습을 나타낸다. 그러한 추억이 논리를 뒷받침하며 아이의 뇌리에서는 공상이었던 것이 어른의 뇌리에서는 삼단논법으로 변한다. 게다가 경험이라는 것 자체가 다양하고 경험 당사자의 본성에 따라 호전되기도 하고 악화되기도 한다. 좋은 천성은 무르익지만 나쁜 천성은 썩는다. 아이는 1킬로미터 정도 되는 거리를 뛰어왔고 그만큼을 또 걸었다. 갑자기 그는 배가 몹시 고프다는 생각, 둔덕 위에 있던 유령까지도 즉각 지워 버릴 정도로 먹어야겠다는 생각이 강하게 고개를 들었다. 다행스럽게도 인간 안에는 한 마리 짐승이 있어 인간을 현실로 다시 데려올 수 있다.

하지만 무엇을 먹지? 어디에 가서 어떻게 먹는단 말인가?

그는 주머니가 비어 있다는 것을 잘 알면서도 습관적으로 호주머니를 더듬어 보았다.

그런 뒤 그는 걸음을 재촉했다. 어디로 가는지도 모르는 채 혹시 있을지도 모를 인가를 향해 바삐 걸었다. 여인숙에 대한 그런 믿음은 인간의 내면에 형성된 구세주에 대한 근원적인 뿌리의 일부다. 눈으로 뒤덮인 평원에 지붕을 닮은 것이라고는 아무것도 없는 곳에서 거처에 대한 믿음은 곧 신을 믿는 것이다. 아이는 계속 걸었다. 헐벗은 황야도 끝없이 이어졌다. 그 고원에 한 번도 인간의 거처가 있었던 적이 없었다. 물론 오두막을 지을 목재가 없어 고대 원주민들이 절벽 아래 동굴에서 살았던 적은 있다. 그들의 무기는 기껏 팔매질용 가죽띠뿐이었고, 말린 소 배설물을 땔감으로 사용했으며, 종교라고는 도체스터 숲속 어느 공터에 서 있는 하일의 조각상을 모시는 정도였다. 웨일스 지방 사람들이 '플린'으로, 그리스인들이 '이시디스 플로카모스'라고 부르던 회색 산호를 채취하는 것이 생업이었다.

아이는 나름대로 최선을 다해 갈 길을 정했다. 모든 운명은 하나의 교차로이다. 방향을 선택한다는 것은 언제나 두렵다. 그 어린 것은 일찍부터 모호한 가능성 중에 하나를 선택해야만 했다. 그는 어쨌거나 앞으로 나아갔다. 그러나 다리가 무거워졌고 피로를 느끼기 시작했다. 벌판에는 오솔길도 하나 없었는데 있더라도 눈에 덮였을 것이다. 아이는 본능적으로 계속 동쪽으로 방향을 틀었다. 날카로운 돌들이 그의 발뒤꿈치를 찢었다. 밝았다면 그가 눈 위에 남긴 발자국에서 그의 피가 남긴 발그스름한 점을 볼 수 있었을 것이다.

아이에게는 모든 것이 낯설었다. 그는 포틀랜드 고원을 남쪽에서 북쪽으로 질러가고 있었는데, 그를 데리고 왔던 사람들은 행여 누구와 마주치는 것을 꺼려 서쪽에서 동쪽으로 가로질렀던 것 같았다. 그 무리는 아마 우르카가 자신들을 기다리고 있던 포틀랜드로 가기 위해 소형 어선이나 밀수선을 타고 세인트캐서린챔이나 스웬크리 등 어게스쿨 해안의 어느 지점에서 출발했을 것이다. 그리고 웨스턴의 어느 작은 포구에 상륙해서 에스턴의 내포 중 하나에서 다시 배를 탔을 것이다. 그 이동 경로는 아이가 움직이는 경로와 십자형으로 교차했다. 사정이 이러니 아이가 낯익은 길을 찾는 것은 불가능한 일이었다.

포틀랜드 고원에는 해안 쪽이 무너져 낭떠러지가 된 수종 모양의 높은 언덕들이 곳곳에 있다. 아이는 길을 찾아 헤매 다니다가 언덕 중 하나의 꼭대기에서 걸음을 멈추었다. 탁 트인 곳에서 보면 어떤 실마리라도 찾을 수 있지 않을까 하는 기대에서였다. 그의 앞에 펼쳐진 지평선 위에는 막막한 납빛 어둠만이 가득했다. 그는 어둠을 신중하게 관찰했다. 그러자 끈질긴 그의 시선 아래에서 어둠도 조금씩 바래는 것 같았다. 평원 멀리 동쪽 끝 구릉 지대의 창백한 어둠 아래에, 밤의 절벽을 닮은 창백하고 움직이는 절벽 아래에, 검은 조각들이 어렴풋하게 기어 다니기도 하고 둥둥 떠다니기도 하는 것이 마치 산사태가 흘러내리는 것과 비슷했다. 창백한 어둠은 안개였고, 검은 조각들은 연기였다. 연기가 있는 곳에는 사람이 있는 법이다. 아이는 그쪽을 향해 발걸음을 옮겼다.

꽤 먼 곳에 내리막 경사지가 희미하게 보였는데 경사지의 아래쪽 끝에는 안개에 가려 형체가 불분명한 암석 사이로, 모래톱 또는 가늘게 생긴 반도 같은 것이 있었다. 아마 그가 건너온 고원과 지평선 쪽의 평원을 연결해 주는 부분인 듯했다. 그는 반드시 그곳을 지나야 할 것 같았다.

아이는 얼마 후 정말 포틀랜드의 지협에 도착했다. 홍수 때문에 만들어진 체스힐이라고 부르는 충적지였다.

그는 고원의 경사면으로 들어섰으나 굉장히 험해 내려가기가 힘들었다. 포구에서 빠져나오려고 산을 오르던 것과는 정반대의 고역이었지만 그보다는 덜 고되었다. 모든 등반은 항상 내려가는 것을 수반한다. 그는 한동안 기어오르다가 다시 굴러 떨어지곤 했다.

발을 삐거나 잘 보이지 않는 구렁텅이로 떨어질 위험을 안고도 아이는 이 바위에서 저 바위로 건너뛰었다. 바위나 얼음덩이에서 미끄러지지 않기 위해 황무지에서 자라는 긴 넝쿨이나 가시투성이 아종을 가득 움켜잡았는데 그럴 때마다 가시가 손가락을 파고들었다. 가끔 경사가 조금 완만한 지점이 나타나면 쉴 수 있었지만 급경사가 다시 시작되면 걸음을 옮길 때마다 새로운 방법을 찾아야만 했다. 절벽을 내려갈 때는 동작 하나가 곧 문제의 해결책이었다. 죽지 않으려면 능수능란해야만 한다. 아이는 그 문제를 원숭이가 놀랄 만한 본능과 곡예사가 감탄할 만한 재주로 모두 해결했다. 경사면은 가파르고 길었지만 아이는 거뜬히 그 끝에 다다랐다.

어렴풋이 본 지협의 땅에 도착할 순간이 다가오고 있었다.

이 바위에서 저 바위로 건너뛰며 무너질 듯 급하게 내려오다가도, 가끔씩 조심성 많은 사슴처럼 귀를 쫑긋 세우곤 했다. 특히 왼쪽 멀리서 들려오는 은은한 나팔 소리와 비슷하고 깊지만 약한 소리에 귀를 기울였다. 그 순간 공기 중에는 무시무시한 북풍에 앞서 나타나는 미미한 바람의 움직임이 감지되었다. 북풍이 북극에서 오는 소리는 대부분 멀리서 들려오는 트럼펫 소리와 비슷하다. 또한 동시에, 아이는 이마와 눈과 볼 등 얼굴에 차가운 손바닥 같은 것이 이따금 닿는 느낌을 받았다. 그것은 처음에는 허공에 부드럽게 뿌려졌다가 그다음 빙글빙글 돌면서 눈 폭풍이 일어날 것을 알리는 큰 눈송이였다. 아이는 눈으로 뒤덮였다. 이미 한 시간 전부터 바다에 일던 눈 폭풍이 육지로 퍼지기 시작했다. 눈 폭풍은 서서히 평원으로 몰려들어 북서쪽에서 비스듬히 포틀랜드 고원으로 들어오고 있었다.

제2부
바다 위의 우르카

1. 인간의 영역 밖 법칙

눈 폭풍은 바다에서 일어나는 알 수 없는 현상 중에 하나이다. 대기에서 일어나는 현상 중 가장 모호한 현상이며 모든 의미에서도 그러하다. 안개와 폭풍의 결합으로 오늘날에도 그 현상이 정확히 무엇인지 파악을 못하고 있다. 그래서 많은 재난이 발생한다.

사람들은 바람과 파도만으로 모든 것을 설명하려 하지만 대기 중에는 바람 이외의 다른 힘이 있으며, 물속에도 파도 아닌 다른 힘이 존재한다. 이 힘, 대기 중과 물속에 있는 하나의 힘, 그것은 에플루비움*이다. 공기와 물은 거의 비슷하며 응축이나

* 유기체의 발산물이라는 뜻이다.

팽창을 통해 서로에게 순환될 수 있는 두 액체 덩어리이다. 그래서 호흡한다는 것은 곧 마신다는 뜻이다. 오직 에플루비움만이 유체(流體)이다. 바람과 파도는 부유물에 불과하지만 에플루비움은 하나의 조류이다. 바람은 구름으로 볼 수 있으며 파도는 포말을 통해 볼 수 있다. 그러나 가끔 "나 여기 있소!" 하고 에플루비움이 말하는데 그것이 곧 천둥이다.

눈 폭풍은 비를 동반하지 않는 마른 안개와 비슷한 문제를 제시한다. 만약 스페인 사람들이 칼리나라고 부르며 에티오피아 사람들이 쿼바르라고 부르는 안개를 설명할 수 있다면 틀림없이 자기류의 세심한 관찰을 통해 이루어질 것이다.

자기류가 없다면 많은 현상이 수수께끼로 남을 것이다. 엄밀히 따지면 폭풍이 일어날 때 풍속이 초속 3피에*에서 220피에로 변하면, 파고 3푸스**의 잔잔한 바다가 파고 36피에의 노한 바다로 변하는 원인이 된다. 또한 비록 광풍이 불 때라도 높이 30피에인 물결이 어떻게 1,500피에가 되는지는 바람의 수평 상태를 통해 알 수 있다. 그러나 태평양의 파도가 아시아 근해보다 아메리카 근해에서 네 배나 더 높은 이유는 무엇일까? 다시 말해 동쪽보다 서쪽에서 더 높은 이유는 무엇일까? 대서양

* 1피에는 32.4센티미터다.

** 1푸스는 27밀리미터다.

에서는 왜 그 반대 현상이 나타나는 것일까? 적도 해역에서는 왜 바다 한가운데가 가장 높을까? 대양의 부어오름 현상이 이동하는 이유는 무엇일까? 지구의 자전 및 항성의 인력 등과 결합된 자기류만이 이런 현상을 설명할 수 있다.

예를 들어, 서반부에서, 남동쪽에서 북동쪽으로 움직이다가 갑자기 크게 선회해 북동쪽에서 남동쪽으로 되돌아와 결국 서른여섯 시간 동안 놀랍게도 560도를 일주하는 바람의 왕복 운동을 설명하려면, 그 신비한 뒤틀림 현상이 필요하지 않겠는가? 그러한 바람의 왕복 운동이 1867년 3월 19일에 일어난 눈 폭풍의 전조였던 것이다.

오스트레일리아에서는 폭풍이 불 때 파도 높이가 80피에에 다다른다. 그것은 남극과 가깝기 때문이다. 그런 위도에서 일어나는 급작스러운 폭풍은 바람의 격변보다 지속적으로 해저에서 전기를 발생시키는 데서 기인한다. 1866년에는 대서양 횡단 해저 케이블이 정오부터 오후 2시까지 하루 두 시간씩 일종의 간헐적인 흥분 상태로 인한 기능 장애를 규칙적으로 일으켰다. 힘의 일정한 조합과 분해가 그러한 현상을 일으키며, 항해사의 계산에 필수 불가결한 그 현상을 등한히 하게 되면 난파의 위험이 뒤따른다. 지금은 하나의 숙련된 기술인 항해가 일종의 수학이 되는 날, 우리 지역의 경우 왜 북쪽에서 더운 바람이 불고 남쪽에서 찬바람이 부는지 그 이유를 알려고 노력하는 날,

온도 저하가 바다 깊이에 비례한다는 사실을 이해하게 되는 날, 지구가 그 중심부에서 교차하는 자전축과 자기축을 가지고 있어 자기극은 항상 자전축 양쪽 끝 주변을 맴돌고 광막한 자기장 내에서 분극된 하나의 거대한 자석이라는 사실을 항상 염두에 두게 되는 날, 목숨을 거는 이들이 그것을 과학적으로 걸게 될 때, 사람들이 이미 연구된 위험 위를 항해하게 될 때, 선장이 기상학자일 때, 항해사가 화학자일 때, 그런 때가 오면 수많은 재난을 피하게 될 것이다.

바다는 물의 성질과 함께 자석의 성질도 가지고 있다. 강한 힘을 가진 미지의 대양이 물결로 이루어진 대양 속을 떠다닌다. 즉 물결을 따라 흐른다. 바다에서 하나의 거대한 물만을 본다면 바다를 제대로 보는 것이 아니다. 바다란 밀물과 썰물 운동뿐만 아니라 유체의 왕복 운동이다. 그리하여 온갖 폭풍보다 여러 가지 인력이 바다를 더 복잡하게 만든다. 여러 다른 현상 중 모세관 인력을 통해 나오는 분자 접착(分子 接着) 현상은 비록 현미경을 통해서만 볼 수 있는 미세한 것이지만, 대양 속에서는 면적의 크기에 연관된다. 자기파는 공기의 파동과 물의 파동을 돕는 한편 억제하는 역할도 한다. 전력의 법칙을 모르면 수력의 법칙을 알 수 없다. 그 둘이 서로 깊숙이 연관되어 있기 때문이다. 사실 그보다 더 까다롭고 애매한 연구는 없을 것이다. 그 연구와 경험주의와의 관계는 천문학과 점성술과의 관계와 비슷하다. 하지만 그 연구가 없다면 항해도 없다.

이쯤 이야기했으니 그만 넘어가자.

바다에서 가장 가공할 만한 합성물 중 하나는 눈 폭풍이다. 특히 눈 폭풍은 자기를 띠고 있는데 자극(磁極)이 북극광뿐만 아니라 눈 폭풍도 만들기 때문에 자극은 눈 폭풍이라는 안개 속에도 있다. 또한 섬광 속에서처럼 눈송이 속에서도 자기류가 보인다. 폭풍이란 바다의 신경 발작이고 정신 착란이다. 바다도 두통을 앓는다. 폭풍을 여러 질병에 비교할 수 있는데 어떤 것은 치명적이지만 다른 것은 그렇지 않다. 어떤 것에서는 탈출이 가능하지만 어떤 것에서는 영영 빠져나오지 못한다. 눈 폭풍은 오래전부터 치명적인 것으로 알려져 있다. 마젤란 휘하 항해사 중 하나였던 하라비하는 눈 폭풍을 '악마의 못된 측면에서 나온 구름'이라고 말했다. 쉬르쿠프*는 눈 폭풍 속에는 급살병이 있다고 말하기도 했다. 옛 스페인 뱃사람들은 눈송이가 날리면 그 폭풍을 라 네바다라고 불렀고, 우박이 쏟아지는 순간에는 라 엘라다라고 불렀으며 하늘에서 눈과 함께 박쥐들이 떨어진다는 생각을 했다.

눈 폭풍은 북극권 특유의 기상 현상이다. 하지만 때로는 그것이 우리의 기후 영역까지 미끄러져 내려온다. 아니, 그것이

---

* 프랑스의 유명한 항해사이자 해적이다.

무너져 내린다고 해도 틀린 말은 아닐 것이다. 그 무너짐이 대기의 변덕과 큰 관련이 있기 때문이다. 이미 우리가 본 것처럼 마투티나 호는 포틀랜드를 떠나는 순간 폭풍의 접근으로 인해 더욱 위험해진 밤의 엄청난 위험 속으로 결연히 들어섰다. 일종의 비극적 대담성을 보이며 들어갔다. 그러나 경고는 틀리지 않았다는 점을 강조해 두자.

2. 고정된 처음의 모습들

우르카가 포틀랜드만 안에 있는 동안은 파도가 잔잔했다. 물결은 거의 움직이지 않았다. 대양은 비록 거무스름한 기운이 있었지만 하늘은 아직 밝았다. 바람도 그다지 배에 와 부딪히지 않았다. 우르카는 바람을 막아 주는 역할을 해 주는 절벽 아래로 최대한 가까이 접근해 항해했다.

비스카야 지방 소형 범선에는 열 명이 타고 있었다. 선원 셋과 일곱 명의 승객이었는데, 승객 중에 여자가 두 명 있었다. 난바다는 황혼이 되어 다시 밝아졌고 사람들의 얼굴이 선명하게 보였다. 더구나 모두들 더는 자신을 감추지 않았고 부담스러워하지도 않았다. 출발이란 해방이기 때문에 각자 자유로운 행동을 되찾았고, 소리를 지르기도 했으며 얼굴을 당당히 들기도 했다.

무리의 다양한 색채가 훤히 드러났다. 여인들은 나이를 짐작하기 어려웠는데 방랑 생활은 노화를 앞당기고 빈곤은 주름살을 만들기 때문이었다. 두 여인 중 하나는 피레네 산악 지역 출신 바스크족 여인이었고, 굵은 로사리오를 가진 다른 여자는 아일랜드 여인이었다. 그녀들은 함께 배에 오른 가엾은 사내들에게 관심이 없는 듯했다. 이미 말한 것처럼 아일랜드어와 바스크어는 친족어라 배에 오르는 순간부터 두 여인은 돛대 밑에 있는 큰 고리짝 위에 나란히 앉아 한가하게 대화를 나누었다. 바스크 여인의 머리에서는 양파와 바질 향기가 풍겼다. 우르카 선장은 기푸스코아 지방 출신의 바스크인이었다. 선원 한 명은 피레네산맥 북쪽 사면 지역 출신 바스크인이었고, 나머지 선원은 남쪽 사면 지역 출신의 바스크인이었다. 다시 말하면 같은 민족, 같은 지방 사람이긴 하지만 한 명은 프랑스인, 또 한 명은 스페인인이었다. 바스크인은 공식적인 경계 따위는 인정하지 않는다. '나의 어머니 이름은 몽타뉴이다'라는 말을 노새 몰이꾼 살라레우스가 자주 할 정도였다. 두 여인과 동행한 다섯 남자 중 한 사람은 랑그독 출신의 프랑스인이었고, 또 한 사람은 프로방스 출신의 프랑스인이었으며, 다른 한 사람은 제노바 출신이었다. 파이프 꽂이가 없는 챙 넓은 펠트 모자를 쓴 늙은이는 독일인처럼 보였으며, 무리의 우두머리인 다섯 번째 남자는 랑드 지방 소읍 비스카로스 출신의 바스크인이었다. 아이가 우르카에 오르려 할 때 발뒤꿈치로 널빤지를 바다에 빠뜨린 사람이 바로 그다. 그는 건장한 몸에 돌발적이고 재빠르며 장식 끈들과 금은 자수, 금박 등으로 화려하게 타오르는 듯한 누더기를 걸치고는 한 자리에 앉아 있지를 못했다. 그는 조금 전 자신이 저지른 일과 앞으로 닥쳐올 일이 불안한 것처럼 앉았다가는 일어섰고, 다시 선박의 앞뒤 끝을 계속 왕복했다.

우두머리와 우르카의 선장 그리고 두 선원 모두 바스크인이라서 그들은 어떤 때는 바스크어로, 어떤 때는 프랑스어로, 또 어떤 때는 스페인어로 이야기를 나누었다. 그 세 언어가 피레네산맥 양쪽 사면 지역에 뒤섞여 퍼져 있었기 때문이다. 두 여인을 빼고는 모든 사람이 거의 프랑스어로 대화했다. 그 무리에서 사용하는 은어의 밑바탕은 프랑스어였다. 그 무렵부터 여러 나라에서 프랑스어를 선호하기 시작했는데, 프랑스어에는 북유럽 언어에 나타나는 자음의 남발과 남부 유럽 언어에 보이는 모음 남발 현상이 없기 때문이었다. 유럽 상인들은 모두 프랑스어를 사용했으며 사정은 도둑들도 마찬가지였다. 런던 도둑이었던 기비가 카르투슈*의 말을 알아들었다는 것은 잘 알려진 일이다.

* 프랑스 강도 무리의 두목이다.

열 사람과 보따리들까지 더해졌지만 훌륭한 범선인 우르카는 빠르게 전진했다. 그 배로 어떤 집단을 탈출시키긴 했지만 선원들과 그 집단이 반드시 같은 패거리였던 것은 아니다. 배의 선장과 집단의 우두머리가 바스크인일 때 서로 돕는 것은 하나의 의무였으며 여기에는 어떤 예외도 없다. 이미 말한 바대로 한 사람의 바스크인은 스페인인도 프랑스인도 아닌, 그저 바스크인일 뿐이다. 피레네 지역 특유의 형제애로 언제 어디에서나 바스크인은 무조건 구출해야 한다.

우르카가 포틀랜드만 안쪽에 있을 때에는 비록 하늘이 잔뜩 찌푸리긴 했지만 도망자들이 걱정할 정도로 악화된 상태는 아니었다. 탈출하고 목숨을 구했다 생각하니 모두들 갑자기 쾌활해졌다. 어떤 사람은 크게 웃고 어떤 이는 노래를 불렀다. 메마른 웃음이었으나 자유스러웠고 나지막했으나 태평한 노래였다.

"카우카뇨."

"코카뉴!"

랑그독 지방 출신이 외쳤다. 나르본 사람들이 아주 만족스러울 때 지르는 소리였다. 그는 얼치기 선원이었는데 클라프 봉 남쪽 사면 해안에 있는 그뤼상 마을 출신으로 항해 선원이라기보다는 나룻배 사공이었다. 바주 늪에서 카누 젓는 일과, 생트뤼시 해변 소금기 많은 모래 위에서 물고기가 잔뜩 들어 있는 그물을 끄는 일이 더 익숙한 사람이었다. 또한 붉은 모자를 쓰고 스페인식으로 복잡한 성호를 그었으며, 포도주를 염소 가죽으로 만든 병에 담아 마시고, 가죽으로 만든 술 주머니를 빨아 대면서, 절인 돼지 허벅지 고기를 깎듯이 저며 먹는 부류의 사람이었다. 기도를 하노라고 무릎을 꿇으면 불경한 말을 마구 뱉으며 자기가 믿는 수호성인에게 위협적인 탄원을 하는 사람 중 하나였는데, 그들의 기도는 이러했다.

"위대한 성자시여, 저의 청을 들어주십시오. 만약에 그러지 않으신다면 당신 머리에 돌을 던지거나 당신을 찌르고 말겠습니다."

그는 필요할 때 선원들에게 요긴한 도움을 줄 수 있었다. 프로방스 출신 남자는 허름한 주방에서 무쇠솥 밑에 불을 열심히 지피며 수프를 끓였다. 수프는 일종의 푸체로로, 고기 대신 생선을 넣고 병아리 콩과 네모꼴로 잘게 썬 비계, 붉은 고추 나부랭이들을 던져 넣었다. 부이야베스를 먹는 사람이 오야 포드리다를 먹는 사람들에게 양보를 하는 꼴이었다.* 식료품 자루 하나가 풀어져 그의 곁에 놓여 있었다. 그의 머리 위 주방 천장 고리에는 철과 활석 유리로 만든 등에 불을 밝혀 놓았다. 그 옆 다른 고리에는 물총새 풍향기가 걸려 흔들거렸다. 사람들은 죽은 물총새의 부리를 끈으로 묶어 매달아 두면 새의 가슴이 항상

---

* 부이야베스는 생선국의 일종, 오야 포드리다는 여러 종류 고기와 향신료를 넣은 전골의 일종이다.

바람이 불어오는 방향을 가리킨다고 믿었다.

수프를 끓이는 중간중간 프로방스 남자는 호리병 주둥이를 입에 밀어 넣고, 아구아르디엔테*를 한 모금씩 마셨다. 투구 귀덮개 모양을 한 넓고 납작하며 고리버들로 감싼 호리병으로 가죽띠를 이용해 허리에 차고 다닐 수도 있기 때문에 '허리 호리병'이라고도 했다. 한 모금을 마실 때마다 그는 별 내용도 없는 촌스러운 노래 한 소절을 웅얼거렸다. 주제라고 해 봐야 겨우 움푹 팬 시골길이나 울타리에 석양을 받은 시골 풍경을 노래하는 것 정도였다. 떠나는 것은 가슴속이나 머리에 간직하고 있는 것에 따라 위안이 될 수도, 낙담이 될 수도 있다. 모두들 홀가분한 모습인데 무리 중 가장 나이가 많고 파이프 꽂이 없는 모자를 쓴 사람만은 달랐다. 원래 모습이 사라져 민족적 특색이 희미해지긴 했어도 독일 사람임이 분명한 노인은 머리카락이 없고 매우 엄숙해서 그의 대머리는 마치 삭발례를 받은 성직자 머리로 여겨졌다. 그는 뱃머리에 있는 성처녀상 앞을 지날 때마다 모자를 조금 쳐들고 예를 차렸는데 그때마다 나이 들어 불뚝 솟은 두개골 혈관이 보였다. 그가 두르고 있던 도체스터산 갈색 서지로 지은 낡고 닳은 긴 외투는 몸에 꼭 낄 정도로 좁은 데다 사제 법의처럼 목까지 고리단추를 채운 상의

* 증류주의 일종이다.

를 절반 정도밖에 가리지 못했다. 그는 두 손을 교차해서 뻗으려고 하다가 기계적으로 두 손을 모았다. 그는 창백한 편이었다. 용모는 특히 하나의 반영(反影)이므로 생각에 색깔이 없다고 믿는다면 잘못이다. 그의 그러한 용모는 분명 특이한 내적 상태를 나타내는 것이었다. 각기 선과 악으로 빠져들기도 하는 서로 모순된 것들의 복합에서 나오는 잔여물이었다. 그리하여 관찰자가 보기에 인간성 비슷한 것이 그에게서 언뜻 발견된다 해도 그것이 인간 이하로 보일 수도 있고, 인간 이상으로 보일 수도 있었다. 영혼의 대혼돈은 틀림없이 존재한다. 그의 얼굴에는 읽어 낼 수 없는 것이 있었다. 그 비밀스러움은 추상의 세계에 이르렀다. 그 사람이 이미 계산이라는 악의 예감, 제로라는 악의 뒷맛을 이미 맛보았다는 것을 모두 예측하고 있었다. 아마 겉으로만 그런 것일지도 모를 그의 냉정함에는 두 가지 무감각이 새겨져 있었다. 그중 하나는 망나니만이 가지고 있는 감정의 무감각이고, 다른 하나는 고위 관리만이 가지는 정신의 무감각이었다. 그에게는 모든 것이, 심지어 감동하는 것조차 가능하다고 확신할 수 있었다. 극악무도한 것도 나름대로 완전해지는 방법을 가지고 있기 때문이다. 학식이 깊은 사람은 약간 시체와 같다. 그런 면에서 보면 그는 학자였다. 그를 흘깃 쳐다보기만 해도 깊은 학식이 그의 모든 동작과 그가 입은 옷의 주름에 드러난다는 것을 짐작할 수 있었다. 얼굴은 일종의 화석이 된 얼굴이었는데, 그 진지함을 다양한 얼굴 표정을 지을 수 있게 해 주는 유동적인 주름이 방해했다. 게다가 준엄했으며 위선은 흔적도 찾을 수 없었고 냉소적이지도 않았다. 비극적인 몽상가였고 죄를 짓고 깊은 생각에 잠긴 사람이었다. 대주교의 눈총을 받고 누그러진 말썽꾼의 눈썹이었고, 몇 가닥 안 되는 회색 머리카락 중 관자놀이 위로 늘어진 것은 모두 백발이었다. 그에게서는 터키인의 숙명론이 복잡하게 뒤얽힌 기독교도 이미지가 풍겼다. 여위어 이미 가늘어진 손가락은 통풍 결절로 인해 형체를 알아보기 힘들었다. 키가 큰 데다 몸매가 꿋꿋해서 희극적으로 보였다. 그는 움직이는 배 위에서도 확신에 차고 음산한 기색으로, 아무도 쳐다보지 않으며 갑판 위를 자유롭게 천천히 걸어 다녔다. 그의 눈동자는 암흑을 조심하고 의식의 흐름이 드러나는 영혼의 미동도 하지 않는 단호함으로 가득 차 있었다.

무리의 우두머리가 가끔 빠른 갈지자걸음으로 거칠고 민첩하게 다가와 그에게 귓속말로 뭔가를 소곤거리곤 했는데 그럴 때면 노인은 고개를 젓는 것으로 대꾸를 대신했다. 어둠에게 조언을 구하는 번개 같았다.

3. 불안한 바다 위의 불안한 사람들

배에 타고 있던 사람 중 두 남자, 즉 노인과 우르카 선장만이 딴생각을 하지 않았다. 선장은 바다를, 노인은 하늘을 살피느라고 분주했다. 한 사람은 물결에서 눈을 떼지 않았고, 다른 사람은 구름을 감시했다. 선장의 근심은 물결의 움직임이었다. 노인은 수상하다는듯 구름 틈으로 별들을 주시했다.

여전히 낮의 밝음이 남아 있는 가운데 몇몇 별들이 밝은 초저녁 하늘에 약하게 빛나기 시작할 무렵이었다.

수평선이 묘한 기운을 뿜어냈다. 안개가 변화무쌍했다. 육지에도 안개가 사라졌고 바다 위 구름도 걷혔다.

포틀랜드만을 떠나기 전부터 선장은 물결에 온 신경을 쏟으며 조종에 세심한 주의를 기울였다. 그는 배가 갑을 벗어나 난바다로 나갈 때까지 기다리지도 않았다. 그는 좌현과 우현의 돛대 버팀줄들을 서로 묶어 주는 밧줄을 다시 세심하게 살폈고, 아래쪽 돛대 버팀줄을 제대로 묶었는지를 확인했으며, 장루 버팀줄의 켕김줄을 단단히 눌러 보았다. 무모하게 속도를 내기 전에 신중한 준비를 한 것이었다.

우르카는 앞쪽이 뒤쪽보다 반 바라* 정도 더 물속에 잠겼는

---

* 약 0.835미터다.

데 그것이 우르카가 가진 단점이었다. 선장은 사물의 움직임을 보고 바람의 방향을 확인하기 위해서 항로 컴퍼스에서 편차 측정용 컴퍼스로 자주 눈을 돌리곤 했다. 그리고 두 개의 조준의로 해안에 있는 사물을 관찰했다. 처음에는 비스듬히 불어오는 미풍이 확실하게 보였고 그 바람이 비록 항로에서 5포인트 벗어났어도 그는 크게 신경 쓰지 않는 것 같았다. 키의 작용이 빠른 항진 속도를 통해 유지되기 때문에 그는 가능하면 자신이 몸소 키를 잡았다. 약간의 힘이라도 낭비하지 않으려 오직 키에 의존하는 것 같았다.

실제 방위와 외견상으로 보이는 방위 간 차이는 선박의 항속이 커질수록 그만큼 커지기 때문에 우르카 역시 실제보다 더 바람의 시발점을 향해 거슬러 항해하는 것처럼 보였다. 우르카는 옆에서 불어오는 바람을 받아내지 못했기 때문에 바람을 타고 달리지 못했으며, 순풍을 만났을 때만 실제 방위를 알 수 있었다. 긴 구름 띠 한쪽 끝이 수평선에서 만나는 곳이 보이는 경우가 있는데 바로 그 지점이 바람의 시발점이다. 하지만 그날 저녁에는 바람이 여러 곳에서 일어났고 따라서 바람의 방향을 종잡기 어려웠다. 선장은 배가 착각을 일으킬까 봐 조심스럽게 운전했다.

그는 조심스럽지만 과감하게 키를 잡았다. 바람을 향해 활대를 돌리고, 급작스러운 항로 이탈을 조심하며, 침로 이탈을 경계했다. 뱃머리가 바람이 부는 쪽으로 돌아가지 않도록 했고, 편류를 관찰하고, 키로 전달되는 작은 충격도 놓치지 않았다. 배의 움직임에 따르는 온갖 상황, 가령 고르지 않은 항진 속도나 질풍에 대해서도 신경을 썼다. 해안을 끼고 항해하던 것을 뜻하지 않은 일이 생길까 봐 두려워 각거리를 약 1포인트로 유지했다. 특히 풍향기가 용골과 이루는 각이, 윷이 용골과 이루는 각보다 항상 더 넓게끔 유지했는데 항해용 컴퍼스가 너무 작아서 나침이 가리키는 풍향을 믿을 수 없었기 때문이다. 침착하게 아래쪽으로 향한 그의 눈동자는 시시각각 변하는 물의 모든 형태를 관찰했다.

어느 순간 그는 고개를 쳐들고 오리온좌에 있는 별 셋을 찾으려 애를 썼다. 그 별들을 세 동방박사라고도 하는데, 스페인의 옛 항해사들 사이에는 '세 동방박사를 발견한 사람은 곧 구원된다'는 속담이 있다.

선장이 그렇게 하늘을 살피는 동안 공교롭게도 배의 다른 쪽 끝에서 노인이 웅얼거리는 소리가 들렸다.

"북극성도 안 보이고, 그 붉은 안타레스*조차 볼 수 없군. 선명히 보이는 별이 하나도 없어."

나머지 다른 도망자들은 태평한 얼굴이었다. 하지만 탈출했

* 작은곰자리 중 가장 큰 별, 선원들에게 이정표 역할을 한다.

다는 최초의 기쁨이 가라앉자 자신들이 1월의 바다 위에 떠 있으며 삭풍이 얼음장 같다는 사실을 알아차렸다. 선실에 자리를 잡을 수는 없었다. 너무 좁기도 했지만 보따리와 봇짐이 가득 들어차 있었다. 보따리는 승객의 것이었고, 봇짐은 선원의 것이었는데 우르카는 유람선이 아니었기 때문에 밀수를 했고 당연히 배 안에는 밀수품이 있었다. 그래서 승객들은 갑판에 자리를 잡아야만 했다. 유랑민들에게는 그런 정도의 체념은 쉬웠다. 바깥에서 지내던 습관으로 밤을 그럭저럭 보내는 일에 익숙했다. 아름다운 별은 그들의 친구였고 그들이 잠드는 것을 돕는 추위는 때로 죽는 것도 도와주었다.

그날 밤에는 아름다운 별이 나타나지 않았다.

랑그독 출신 사내와 제노바 출신 사내는 선원들이 던져 준 방수포를 뒤집어쓰고 몸을 공처럼 움츠린 채 저녁 식사를 기다리며 돛대 밑부분에서 여인들 곁에 앉아 있었다.

대머리 노인은 꼼짝도 하지 않고 추위를 별로 신경 쓰지 않는 듯 뱃머리 쪽에 서 있었다.

우르카 선장이 키를 잡고 서서 목청을 높여 누군가를 불렀다. 그 소리는 아메리카에서 흔히 '탄성꾼'이라 부르는 새가 내는 감탄사와 비슷했다. 그 소리를 듣고 무리의 우두머리가 다가왔고 선장이 그에게 다시 소리쳤다.

"산속의 농부!"

그 두 바스크 단어는 옛 칸타브리아 사람들 사이에서는 엄숙한 이야기의 시작을 의미했으며 주의 깊게 들으라는 명령이기도 했다.

선장이 무리의 우두머리에게 노인을 손가락으로 가리킨 후 산악 지방의 언어라 부정확한 스페인어로 대화를 계속했다. 그들이 나눈 대화는 다음과 같다.

"산속의 농부여, 저 사람은 어떤 사람인가?"

"그저 사람이오."

"어떤 나라 말을 할 줄 아는가?"

"모든 나라 말을 하지."

"뭘 아나?"

"모든 걸."

"고향은?"

"딱히 없소. 모든 곳이 고향이지."

"어떤 신을 모시는가?"

"신!"

"당신은 그를 어떻게 부르오?"

"미치광이."

"그를 왜 그렇게 부르나?"

"현자야."

"당신네 집단에서 그는 뭔가?"

"그는 그지."

"우두머리인가?"

"아니."

"그러면?"

"영혼!"

무리 우두머리와 선장은 각자 생각에 잠겨 헤어졌고 잠시 후에 마투티나 호는 만을 벗어나 난바다의 커다란 흔들림 속으로 들어갔다.

거품이 밀려 잠시 벌어진 틈새로 바다가 끈적끈적해 보였다. 황혼이 질 무렵 어슴푸레함 속에서 물결을 보니 담즙 웅덩이 모습처럼 보였다. 여기저기에 물결이 납작하게 떠다니며 돌팔매질당한 유리창처럼 별 모양의 균열을 보여 주었다. 그 별들 한가운데에 빙글빙글 도는 구멍 속에 인광 한 가닥이 파르르 떨렸다. 그것은 올빼미 눈동자 속에 남아 있는, 빛이 사라진 음흉한 반사광과 매우 비슷했다.

마투티나 호는 챔버스 모래톱 위의 무시무시한 물결을 꿋꿋하게 용감한 수영꾼처럼 건너갔다. 챔버스 모래톱은 포틀랜드 정박지 출구에 감춰져 있는 장애물로 둑이 아니라 오히려 야외 원형 극장과 비슷했다. 물속에 있는 모래원형 경기장, 둥글게

도는 물결이 조각해 놓은 계단식 관람석, 균형 잡히고 둥글며, 융프라우처럼 높지만 물속에 잠긴 투기장이다. 환상적인 투명함 속에서 잠수부가 언뜻 본 물속 콜로세움이 바로 챔버스 모래톱이다. 히드라들이 그곳에서 싸움을 벌이고 레비아단들이 그곳에서 모임을 갖는다. 전설에 따르면 거대한 깔때기 밑에는 사람들이 산 같은 물고기라고 부르는 거대한 거미 크라켄*에게 잡혀 난파된 배들의 잔해가 있다고 한다. 이것이 바로 바다의 어둠이다.

인간에게 알려지지 않은 그런 유령 같은 실체들은 약간의 떨림으로 자신들을 수면에 드러낸다.

19세기에 이르자 챔버스 모래톱은 폐허가 되었다. 최근에 쌓은 방파제로 인해 생긴 암류가 해저의 그 높은 건축물의 윗부분을 자르고 무너뜨려 버렸다. 또한 1760년, 크로아지에 건설한 부두 때문에 조수가 드나드는 시각이 15분 정도 바뀌었다. 조수는 영원하지만 흔히 생각하는 것과는 다르게 영원은 인간에게 복종한다.

* 북유럽 전설 속에 나오는 문어다.

4. 예사롭지 않은 구름의 출현

무리의 우두머리가 처음에 미치광이라고 했다가 현자라고 얘기한 노인은 더는 뱃머리를 떠나지 않았다. 챔버스 모래톱을 지난 후로 그의 관심은 하늘과 대양 두 군데로 나뉘었다. 그는 한동안 내려다보다가는 다시 올려다보곤 했다. 특히 그는 북동쪽을 세심하게 살폈다.

선장은 키를 선원에게 맡기고 밧줄 보관함을 건너뛰어 중갑판을 지나 앞 갑판에 있는 노인에게로 다가갔다. 하지만 정면으로 접근하지 않은 채 노인 뒤쪽에 조금 물러서서 두 팔꿈치를 허리에 대고 두 손은 옆으로 뻗은 채 머리를 한쪽 어깨 위로 기울였으며, 눈을 크게 뜨고 눈썹을 치켜 올린 채 살짝 미소를 지었다. 빈정거림과 존경심 사이에서 호기심이 오락가락할 때 보이는 태도였다.

노인은 가끔 혼자 중얼거리는 습관이 있어서 그런 건지, 아니면 누가 자기 뒤에 있어서 말할 의욕이 생긴 건지 모르지만 광활한 공간을 바라보면서 혼잣말을 시작했다.

"금세기에는 적경(赤經)을 측정하는 기점이 되는 자오면을 북극성과 카시오페이아의 의자, 안드로메다의 머리, 페가수스좌에 있는 알게니브 별 등 네 개의 별이 표시하지. 하지만 그중 어느 것도 보이지 않는구먼."

그가 하는 말은 자동 기계 소리처럼 이어졌지만 서로 섞여 겨우 말인가 싶을 정도였고 어떻게 들으면 아예 발음조차 하려 하지 않은 것 같았다. 그의 말들은 입 밖으로 나와 둥둥 떠다니다 흩어져서 사라졌다. 독백은 정신세계의 내면적인 불길에서 피어오르는 연기인 것이다.

"어르신."

선장이 불렀다. 귀도 좀 어둡고 무슨 생각에 골몰해 있었는지 노인은 독백을 계속했다.

"별은 충분하지 않은데 바람이 너무 많군. 바람은 항상 자기 길을 버리고 육지로 몸을 던져. 자신을 아예 수직으로 처박는 거야. 육지가 바다보다 더 덥거든. 육지의 공기가 더 가벼워. 차갑고 무거운 바다 바람이 대기 자리를 차지하려고 육지로 서둘러 달려드는 거야. 그렇게 해서 넓은 하늘에서는 모든 방향에서 육지를 향해 바람이 불어 대는 거야. 실제 위선과 추정된 위선 사이를 갈지자형으로 항해하되 진로를 바꾸지 않고 항진 거리를 늘리는 게 중요해. 100리를 항해했는데 실제 위도와 추정된 위도 간의 차이가 3분도를 넘지 않거나, 200리를 항해했는데 4분도를 넘지 않으면 항로를 벗어나지 않은 거지."

선장이 다가가서 인사를 했지만 노인은 그를 못 보았다. 옥스퍼드나 괴팅겐 대학 교수의 긴 옷과 비슷한 옷을 입은 노인은 거만하고 무뚝뚝한 자세로 서서 꼼짝도 하지 않았다. 그는 파도와 인간에 대한 감정가처럼 바다를 유심히 관찰했다. 그는 물결을 관찰하고 있었지만, 시끄러운 물결에 발언권을 요구하고 무언가를 가르치려고 하는 것 같았다. 그는 점쟁이답기도 하고 현학자답기도 했다. 그에게는 심연의 현학자* 같은 분위기가 있었다.

그는 독백을 계속했지만 아무리 독백이라도 누군가가 들어주기를 바랐을 것이다.

"키 대신 엔진이 있으면 싸울 수 있을 텐데. 시속 40리로 항진할 경우 엔진에 가해진 힘 30리브르가 조타 작용에 끼치는 힘은 30만 리브르 정도거든. 또한 그 이상이야. 엔진에다 릴 둘을 더 만들어 다는 경우도 있으니 말이야."

선장이 다시 인사하며 그를 불렀다.

"어르신."

노인의 시선이 그에게 꽂혔다. 몸은 움직이지 않고 머리만 그에게로 돌렸다.

"나를 박사라고 부르시오."

"박사님, 저는 이 배의 선장입니다."

"좋소."

박사는—이제부터 노인을 이렇게 부르도록 하자—대화에

---

* 연금술이나 비술에 통한 사람이다.

응할 기색이었다.

"선장, 영국 팔분의(八分儀)는 가지고 계시오?"

"없습니다."

"영국 팔분의가 없으면 앞이든 뒤든 위도를 측정하기 어려울 것이야."

"바스크인들은 영국 팔분의가 만들어지기 전부터 이미 위도를 측정했는데요."

선장이 반박했다.

"바람 불어오는 쪽으로 배의 앞부분을 함부로 돌리지 말아야 할 게요."

"저는 필요할 때는 밧줄을 늦춰 줍니다."

"선박의 빠르기는 측정해 보았는가?"

"예."

"언제?"

"조금 전에요."

"어떻게?"

"속력 측정기로 했습니다."

"측정기 나무판을 지켜보았는가?"

"예."

"모래시계는 정확히 30초를 나타내겠지?"

"예."

"모래가 두 유리 공 사이의 구멍에서 주춤댄 건 아닌지 확신할 수 있겠나?"

"예."

"화승총 탄환 하나를 매달아, 그것의 떨림을 이용하는 점검도 했겠지?"

"대마 껍질에서 뽑은 납작한 줄 끝에 매단 탄환을 말씀하시는 겁니까?"

"줄이 늘어나지 않게 그것에 밀랍을 발랐나?"

"예."

"측정기도 시험해 보고?"

"모래시계는 화승총 탄환으로 점검했고, 측정기는 둥근 포탄으로 점검했습니다."

"사용한 포탄의 지름은 얼마인가?"

"1피에입니다."

"알맞은 중량이구만."

"우리의 옛 전함인 라 카스 드 파르그랑에서 사용하던 포탄이지요."

"아르마다에 속해 있던 전함이로군?"

"예."

"병사 600명과 선원 50명을 태우고, 대포 25문을 싣고 다녔던 전함이지?"

"하지만 난파되었지요."

"포탄에 가해지는 물의 충격 측정은 어찌했는가?"

"독일 저울을 사용했습니다."

"포탄을 매단 밧줄에 가해지는 물결의 충격도 감안했겠지?"

"예."

"결과는?"

"물의 충격은 170리브르였습니다."

"다시 말해서 배의 시속이 4프랑스 리외*로군."

"그리고 3네덜란드 리외를 갈 수 있다는 말이기도 합니다."

"하지만 그것은 조류의 유속을 고려하지 않은 배의 항속일 뿐이지."

"물론 그렇습니다."

"이 배는 어디로 가는 건가?"

"로올라와 산세바스티안 사이에 있는 작은 만인데 제가 잘 아는 곳입니다."

"곧바로 도착지 위선을 확인하게."

"예, 편차를 최대한 줄이겠습니다."

"바람과 조류를 조심하게. 바람이 조류를 건드리고 있어."

"배신자들!"

---

* 약 4킬로미터다.

"욕설은 삼가시게. 바다가 듣지. 그 무엇도 모욕하지 말게나. 그저 관찰하는 것으로 만족하게."

"살폈고 또 살피고 있습니다. 지금은 바람의 반대 방향으로 조류가 흐르지만 잠시 후 그 둘이 같은 방향으로 움직이게 되면 우리에게 크게 이로울 것입니다."

"해로도는 가지고 있나?"

"없습니다. 이 바닷길은 없습니다."

"그럼 대충 찾아가는 건가?"

"그럴 리가 있습니까. 나침반으로 합니다."

"나침반이 한쪽 눈이라면 항해도는 다른 눈일세."

"애꾸눈도 사물을 볼 수 있습니다."

"배와 항해로가 만드는 각은 어찌 측정할 수 있나?"

"컴퍼스도 있고 제가 짐작을 하기도 하지요."

"짐작하는 것도 괜찮지만 아는 게 훨씬 더 낫지."

"콜럼버스도 짐작을 했답니다."

"안개가 너무 심하거나 나침반의 방위 표시를 볼 수 없을 때는 바람이 불어오는 방향을 알 수 없게 되지. 그러면 추산도 수정도 불가하게 되고 그때는 신탁을 가진 점쟁이보다도 지도를 가진 멍청이가 나은 법일세."

"북풍 속에는 아직 안개도 없고 왜 잔뜩 경계해야 하는지 이유를 못 찾겠습니다."

"배는 바다의 거미줄에 걸린 파리일세."

"지금은 파도나 바람이나 모두 좋은 상태입니다."

"물결 위에서 파르르 떨고 있는 검은 점들, 그것이 바로 바다 위 인간들의 모습일세."

"오늘 밤에는 아무 일도 일어나지 않을 겁니다."

"분간할 수 없는 일이 닥칠 수도 있지. 그럼 자네는 거기에서 벗어나려고 고역을 치를 수도 있어."

"지금까지는 모든 일이 순조롭습니다."

박사의 눈이 북동쪽으로 머물렀다. 선장은 계속 이야기했다.

"가스코뉴만에 도착하기만 한다면 제가 모든 것을 알아서 하겠습니다. 아! 거기는 제 집이나 매한가지입니다. 제가 잘 압니다. 거기는 자주 성을 내는 대양이긴 하지만 그곳의 수위나 해저변의 특색을 잘 알거든요. 산 시프리아노 앞 바다 밑은 개흙이고, 시사르케 앞은 조개껍질, 페냐스 갑 근처 바닥은 모래, 보우카우트 데 미미산에는 작은 자갈들이 깔려 있습니다. 저는 그 자갈들의 색깔까지 알고 있답니다."

박사가 더는 자신의 말을 듣고 있지 않다는 걸 깨닫고 선장이 이야기를 그쳤다. 박사는 북동쪽을 뚫어져라 바라보고 있었다. 얼음장처럼 차가운 그의 얼굴 위로 무엇인가 심상치 않은 기운이 스쳤다. 모든 두려움이 돌 가면 위에 떠올랐다.

"좋군그래!"

그의 입에서 한마디가 튀어나왔다. 부엉이처럼 동그랗게 된 그의 눈동자가 드넓은 공간 속 한 지점을 응시하면서 놀라움으로 더욱 커졌다.

그가 덧붙였다.

"당연한 일이야. 맡기지."

선장이 그를 물끄러미 바라보았다.

박사는 다른 누구에게 하는 말인지 자신에게 하는 말인지 모를 말을 덧붙였다.

"나는 찬성일세."

그런 뒤에 입을 다물고 자기가 보고 있던 것에 잔뜩 주의를 쏟으며 눈을 더욱 크게 떴다. 그리고 또다시 한마디를 했다.

"저것이 아주 멀리에서 오네. 하지만 자신이 하는 일을 잘 알고 있다네."

박사의 시선과 생각이 닿아 있던 곳은 해 지는 쪽의 정반대 편이라 황혼의 거대한 반사광으로 인해 대낮처럼 밝았다. 매우 조그맣고 회색빛 안개 조각들로 둘러싸인 그 공간은 푸른빛이었는데, 하늘보다는 납의 빛깔에 더 가까운 푸른색을 띠었다.

이제는 더는 선장을 쳐다보지도 않고 바다를 향해 완전히 돌아선 박사가 집게손가락으로 그곳을 가리키며 말했다.

"선장, 저것이 보이는가?"

"뭘 말씀하시는 겁니까?"

“저기 저거.”

“뭐가요?”

“저 멀리에.”

“파란 거 말씀이십니까?”

“뭐라고 생각하는가?”

“하늘이네요.”

“하늘로 가는 사람들한테는 그럴 테지. 다른 곳으로 가는 이들에게는 전혀 다른 것이라네.”

그는 어둠 속에 고정된 시선으로 수수께끼 같은 자신의 말을 강조했다.

잠시 침묵이 흘렀다.

선장은 무리의 우두머리가 노인을 칭했던 두 가지를 머리에 떠올리며 자신에게 질문을 던졌다.

‘한낱 미치광이에 불과할까? 아니면 현자일까?’

뼈마디가 드러나고 뻣뻣한 박사의 집게손가락은 수평선의 희미하고 푸른 구석을 가리킨 채 멈춰 있었다.

선장은 그 푸른 구석을 유심히 살펴보고 혼자 중얼거렸다.

“정말 하늘이 아니라 구름이야.”

“파란 구름이 검은 구름보다 더 나쁜 법이지.”

박사가 말했다.

“눈구름일세.”

박사가 덧붙였다.

"라 뉘브 드 라 니에브."

선장은 바꾸어 말하면 이해가 더 잘 된다는 듯이 말했다.

"눈구름이 뭔지 아나?"

박사가 그에게 물었다.

"모릅니다."

"곧 알게 될걸세."

선장이 다시 수평선을 살펴보았다.

구름을 관찰하면서 선장은 낮게 중얼거렸다.

"한 달 동안의 광풍과 한 달 동안의 비, 기침하는 1월과 우는 2월, 그게 우리 아스투리아스 지방 사람들의 겨울이야. 우리 고장 비는 따뜻하고 산에만 눈이 내리지. 물론 눈사태는 조심해야 해! 눈사태는 막무가내거든. 그것은 짐승이야."

"그리고 물기둥은 괴물이라네."

박사가 대꾸했다. 박사가 잠시 침묵했다가 덧붙였다.

"저기 오네. 여러 바람이 동시에 일을 시작했군. 서쪽에서 부는 큰 바람 하나와 동쪽에서 부는 몹시 느린 바람 하나야."

"그것은 위선적입니다."

선장이 대답했다. 푸른 구름 덩어리가 점점 커지고 있었다.

"눈이 산에서 내려올 때 무섭다면, 북극에서 무너져 내려올 때는 어떨지를 한번 생각해 보게나."

박사가 선장의 말을 받았다. 박사의 눈은 흐릿했는데 수평선처럼 그의 얼굴에도 구름이 쌓이는 것 같았다.

그가 몽상에 잠긴 말투로 다시 중얼댔다.

"운명의 시간이 다가오는군. 저 높은 곳의 뜻이 살짝 열릴 거야."

선장은 자신에게 다시 질문을 던졌다.

'미치광이인가?'

그 순간 박사가 여전히 구름을 바라보며 그에게 물었다.

"선장, 영국 해협을 자주 항해해 봤나?"

"오늘이 처음입니다."

푸른 구름에 온통 정신을 빼앗긴 박사는 해면동물이 정해진 양의 물만 몸속에 간직할 수 있듯이 두려움 또한 그 정도밖에 가지고 있지 않은지라 선장의 대답에도 어깨를 움찔하는 것이 전부였다.

"어떻게 그럴 수 있는 건가?"

"박사님, 저는 평소에 아일랜드 항로로만 다닙니다. 폰타라비아를 출발해 블랙하버 혹은 섬 두 개로 이루어진 아킬까지 가곤 합니다. 때로는 웨일스 지방 끝에 있는 브레치풀트에도 갑니다. 그럴 때도 항상 실리 군도를 지나 항해하기 때문에 이 바다에 대해서 전혀 모릅니다."

"심각하군. 바다를 더듬더듬 읽는 사람은 불운을 피할 수 없지! 영국 해협은 유창하게 읽어야 할 바다라네. 영국 해협은 스핑크스야. 특히 그 밑바닥을 조심해야 하네."

"우리가 있는 이곳 수심이 25브라스입니다."

"55브라스 정도가 되는 서쪽 지점에 이르러야 하고 동쪽의 20브라스 지점은 피해야 해."

"도중에 수심을 잴 겁니다."

"영국 해협은 여느 바다와는 다르다네. 한사리 때는 조수가 50피에나 높아지고 조금일 때도 25피에가 될 지경이지. 이곳에서는 썰물이라 해도 그것이 간조가 아닐세. 아! 자네 정말 당황했나보군."

"오늘 밤에 수심을 재겠습니다."

"수심을 측정하려면 배가 서야 하는데, 그건 불가능할 거야."

"왜 그런가요?"

"바람 때문이지."

"그래도 해 보겠습니다."

"질풍은 옆구리를 파고드는 칼과 같지."

"그래도 측정하겠습니다, 박사님."

"배를 측면으로 돌려 멈추기도 힘들 거야."

"젠장!"

"말조심하게. 자극하는 이름은 가볍게 꺼내지도 말게."

"박사님께 장담하는데 제가 꼭 잴 겁니다."

"겸손하라니까. 조금만 있으면 바람이 자네의 따귀를 때릴 거야."

"그래도 측정을 해 볼 겁니다."

"물이 주는 충격이 추가 내려갈 수 없게 만들 거야. 아예 줄을 끊어 버릴걸세. 아! 이곳이 처음이라니!"

"처음이에요."

"좋아, 그러면 내 말 잘 듣게, 선장!"

잘 들으라는 말의 억양이 얼마나 강압적이었는지 선장은 허리까지 굽실거렸다.

"박사님, 말씀하시지요."

"아딧줄을 당겨서 침로를 좌현으로 돌리고, 우현 쪽 돛을 팽팽하게 당겨야 하네."

"그게 무슨 말입니까?"

"뱃머리를 서쪽으로 돌리란 말일세."

"제기랄! 빌어먹을!"

"뱃머리를 서쪽으로 돌려!"

"그렇게는 안 됩니다."

"자네 뜻대로 하시게. 내가 이러는 건 다른 사람들을 위해서라네. 나는 괜찮아."

"하지만 박사님, 뱃머리를 서쪽으로 돌리면……."

"그래, 선장."

"그건 바람을 거스르게 됩니다."
"맞아, 선장."
"마귀가 키질*하는 것처럼 불어닥칠 것입니다."
"말조심하라니까. 그렇다네, 선장."
"배를 고문용 목마 위에 올려놓는 신세가 될 겁니다."
"그렇지, 선장."
"아마 돛대가 부러질 것입니다!"
"그럴지도 몰라."
"서쪽으로 뱃머리를 돌려야겠습니까?"
"그렇다니까."
"못하겠습니다."
"그럼 자네 뜻대로 바다와 한바탕 싸워 보게."
"바람 방향이 바뀔 겁니다."
"밤새도록 바뀌지 않을 거야."
"왜요?"
"이건 길이가 1만 2,000리나 되는 긴 바람이거든."
"그런 바람을 거슬러 항해한다는 건 불가능해요."
"거듭 말하네만 뱃머리를 서쪽으로 돌려야 하네."
"해 보겠습니다. 하지만 무슨 짓을 해도 항로 이탈을 하고 말

* 배가 앞뒤로 요동하는 현상을 뜻한다.

겁니다."

"그게 위험한 거지."

"삭풍이 우리를 동쪽으로 내몰 겁니다."

"동쪽으로 가지 말게."

"왜 그렇습니까?"

"선장, 오늘 우리에게 딱 맞는 죽음의 이름이 뭔지 아나?"

"모릅니다."

"죽음의 이름은 바로 동쪽이지."

"배를 서쪽으로 몰도록 하겠습니다."

박사가 이번에는 선장을 쳐다보았다. 마치 뇌수에 생각 하나를 깊숙이 밀어 넣으려는 듯 지그시 누르는 시선으로 바라보았다. 그가 선장을 향해 완전히 돌아서서 한 음절씩 천천히 말했다.

"만약 오늘 밤 우리가 바다 한가운데에 도착했을 때 종소리가 들려온다면 이 배는 끝장일세."

선장은 어이가 없다는 표정으로 박사를 물끄러미 보았다.

"그게 무슨 말씀이십니까?"

박사는 대답하지 않았다. 잠시 밖을 향했던 그의 시선이 이제 다시 내면으로 들어가 멍해졌다. 그는 놀란 선장의 질문을 못 들은 것 같았다. 오직 자기 내면에서 들려오는 소리에만 집중하고 있었다. 그의 입술이 기계적으로 몇 마디를 중얼거리는 것처럼 흘려보냈다.

"어두운 영혼들이 자신을 정화할 순간이 왔도다!"

선장은 화가 난 얼굴로 입술을 삐죽거렸다.

"현자가 아니라 미치광이로군!"

그렇게 중얼거리며 멀어져 갔지만 뱃머리는 서쪽으로 돌렸다. 바람과 바다는 점점 더 거칠어지고 있었다.

5. 하드콰논

다양한 팽창이 안개의 형태를 흉측하게 만들고 있었다. 보이지 않는 입들이 폭풍 주머니들을 열심히 불기라도 하는 것처럼 수평선 모든 지점에서 한꺼번에 부풀어 오르고 있었다. 구름덩어리가 변하는 모습이 걱정스러울 지경이었다.

하늘은 온통 푸른 구름투성이였다. 그것들이 이제는 동쪽만큼 서쪽에도 있었다. 구름은 바람을 거슬러 나아가고 있었다. 그런 모순도 바람의 속성이다.

조금 전까지 비늘로 덮여 있던 바다가 이제는 가죽을 뒤집어써서 용이 되었다. 더는 악어가 아닌 보아였다. 더럽고 두꺼운 그 가죽은 납빛인 데다가 주름이 졌다. 표면에서는 농포 같은 파도 거품이 여기저기 흩어져 구르다가 터졌다. 거품은 나병과 비슷했다.

버려진 아이가 신호등을 밝힌 우르카를 본 것이 바로 그때였다.

15분이 흘렀다.

선장은 갑판 위로 눈을 돌려 박사를 찾았지만 박사는 더는 그곳에 없었다. 선장이 떠나자마자 그는 불편하고 기다란 몸뚱이를 구부려 뚜껑 문을 열고 선실로 들어가 버렸다. 그러고는 화덕 옆 나무판 위에 걸터앉아 호주머니에서 오돌토돌한 가죽으로 만든 잉크병과 코르도바산 가죽으로 만든 지갑을 꺼냈다. 그러고 나서 지갑에서 낡고 얼룩졌으며 노랗게 찌들어 네 조각으로 접힌 양피지를 꺼냈다. 잉크병 케이스에서 펜을 들어 지갑을 무릎 위에 펼치고 그 위에 양피지를 펴 놓았다. 그리고 요리사를 비춰 주던 등불에 의지해, 양피지 뒷면에 뭔가를 쓰기 시작했다. 파도가 요동을 쳐 그를 방해했다. 박사는 오랫동안 글을 썼다.

글을 쓰면서도 박사는 프로방스 출신 남자가 푸체로에 고추 하나씩을 넣을 때마다 간을 보듯 홀짝거리던 아구아르디엔테가 담긴 호리병을 눈여겨보았다.

박사가 호리병을 유심히 바라본 것은, 그 속에 있던 술보다는 호리병 버들 테두리 안 흰 골풀 가운데에 붉은 골풀로 엮어서 써 놓은 이름 때문이었다. 선실 안이 밝아서 그 이름이 보였다.

박사는 쓰던 것을 멈추고 작은 소리로 그 이름을 읽었다.

"하드콰논."

그는 요리사에게 말을 걸었다.

"그동안은 이 병을 유심히 보지 않았는데 그게 하드콰논의 것이오?"

"우리의 가여운 친구 말씀이십니까? 그렇습니다."

"플랑드르의 하드콰논?"

"예."

"감옥에 있는 사람 말이오?"

"예."

"샤탐의 탑에 갇혔다지?"

"그의 호리병입니다."

요리사가 대답했다.

"그는 내 친구였답니다. 기억하려고 간직하고 있는 겁니다. 언제 우리가 그를 다시 볼 수 있을까요? 맞아요, 그의 호리병이랍니다."

박사는 다시 펜을 들고 양피지에 구불구불 힘겹게 써 내려갔다. 자신이 쓰는 것을 잘 알아보게 하려고 신경을 쓰고 있는 것 같았다. 요동치는 배와 고령으로 인한 손 떨림을 이겨 내고 그는 자신이 기록하려 하던 것을 완성했다.

박사는 제때에 마쳤다. 그가 일을 끝내자마자 갑자기 바다가 요동을 쳤다. 맹렬한 파도가 우르카를 덮쳤고 보통 배들이 폭풍을 만났을 때처럼 무시무시한 춤을 추기 시작했다. 박사는 자리에서 일어나 무릎을 이용해 중심을 잡으면서 거대한 요동을 헤치고 화덕 가까이에 다가가 방금 쓴 글을 정성껏 말린 뒤 지갑 속에 양피지를 집어넣고 지갑과 잉크병을 챙겨 주머니에 넣었다. 화덕은 우르카의 내부 비품 중 다른 어느 것보다 기발했다. 아주 훌륭하게 분리되어 있었지만 솥이 흔들거렸다. 프로방스 사내가 솥을 지켜보았다.

"생선 수프예요."

"생선들이 먹겠군."

박사가 대꾸하고는 갑판으로 돌아갔다.

6. 그들은 도움을 믿는다

점점 더 걱정이 커지자 박사는 일종의 상황 점검을 시작했다. 누군가 그의 곁에 있었다면 그가 하는 말을 들을 수 있었을 것이다.

"옆질은 심하지만 키질은 충분하지 않군."

그리고 어두운 일을 생각하게 된 박사는 광산 안에 있는 광부처럼 자신의 생각 속으로 빠져들었다.

그 생각은 바다에 대한 관찰을 하게 만들었다. 관찰된 바다는 하나의 꿈이다.

영원히 요동치는 물의 어두운 형벌이 시작되려고 하는 참이었다. 파도마다 비탄의 소리가 흘러나왔다. 아직은 희미하지만 슬픈 준비가 무한의 공간에서 진행되고 있었다. 박사는 그의 눈앞에서 펼쳐지는 것을 주시하며 어느 것 하나도 놓치지 않았다. 지옥은 명상 따위는 하지 않는 법이라 그의 시선에도 명상 같은 것은 전혀 없었다.

아직은 반쯤 잠재적이지만 망망대해의 조금씩 일렁이는 수면은 바람과 안개와 파도를 점점 더 강하고 심각한 상황으로 만들고 있었다. 바다처럼 논리적인 것도 없고 바다처럼 비논리적인 것도 없다. 그런 자신의 분산은 자기 존엄성에 있으며 그것이 또한 자신의 풍족함을 구성하는 요인이 된다. 파도는 찬성하고 반대하기를 끊임없이 반복했다. 매듭을 짓다가 풀어 버린다. 파도 한쪽 경사면이 공격을 하면 다른 쪽 경사면은 해방을 시키는 식이다. 이보다 더한 환영은 없다. 번갈아 이어지며 현실 같지 않은 일렁임, 골짜기, 그물침대, 튼튼한 말의 가슴팍이 무너지는 모습, 희미한 윤곽 그런 것들을 묘사하는 것은 쉽지 않다. 표현하기 어려운 그것은 모든 곳에, 찢김, 찌푸림, 불안, 끊이지 않는 배신, 모호함, 구름으로 만든 매달이나 항상 망가진 채 있는 궁창 받침대, 공백이나 중단 따위는 모르는 풍화

작용 그리고 그 모든 정신 착란이 만들어 내는 소음 속에 있다.

북쪽에서 바람이 자신이 왔음을 알렸다. 바람이 몹시 거칠어 잉글랜드에서 멀어지는 데 굉장히 호의적이고 유익했기 때문에 마투티나 호 선장은 배의 돛을 몽땅 펴기로 결심했다. 우르카는 포말 속에서 모든 돛을 활짝 펴고 이 물결에서 저 물결로 미친 것 같은 모습으로 즐거운 듯 겅중겅중 달려 탈출하고 있었다. 도망자들도 신이 나서 크게 웃어 댔다. 손뼉을 치면서 거대한 파도와 물결, 바람, 돛, 속도, 도망, 알 수 없는 미래에 박수를 보냈다. 박사는 그들이 안 보이는 것처럼 깊은 생각에 잠겼다.

낮의 흔적은 모두 사라져 버렸다. 멀리 절벽 위에서 바라보던 아이의 시선에서 우르카가 사라졌다. 그때까지 아이의 눈은 우르카에 고정이 되어 선박에 의지하는 것이나 다름없었다. 그 시선은 운명에서 무슨 역할을 했을까? 거리가 멀어 우르카가 지워지고 더는 아무것도 안 보이자 아이는 북쪽으로, 우르카는 남쪽으로 떠났다.

7. 신성한 공포

우르카에 실려 가고 있던 사람들은 환희와 명랑함 속에서 차츰 뒤쪽으로 멀어져 작아지는 적대적인 땅을 바라보고 있었다.

포틀랜드와 퍼벡, 티네함, 킴메리지, 매트레버스, 긴 띠 모양의 안개 낀 절벽, 등대가 점점이 박혀 있는 해안 등이 황혼 속에 작아지면서 대양의 검고 동그란 모양이 조금씩 형태를 잡아 갔다.

드디어 영국이 완전히 없어지고 이제 도망자들 주위는 온통 바다였다.

갑자기 밤이 공포감을 불러왔다.

더는 면적이나 공간 개념이 없었다. 어두운 하늘이 배를 움켜쥐었다. 눈이 천천히 내리기 시작했다. 커다란 눈송이 몇 개가 마치 영혼들처럼 보였다.

바람의 장(場)에서는 이제 아무것도 보이지 않았다. 모두들 바다 한가운데 던져진 것 같은 느낌에 사로잡혔다. 무슨 일이 닥칠지 모르는 덫이었다. 북극의 사이클론은 그러한 동굴 속 어둠으로 시작된다.

히드라 아래에 있는 것처럼 거대하고 뿌연 구름 덩어리가 대양을 짓누르고 군데군데 그 창백한 복부가 파도와 맞닿아 있었다. 몇몇은 터진 주머니 같았는데 그것이 바다에 펌프질을 해서 자신이 가지고 있던 안개를 내보내고 물로 자신을 채우고 있었다. 그러한 빨아들이기 때문에 물결 위 여기저기에서 포말 원추가 불쑥불쑥 솟아올랐다. 북풍이 우르카에게 달려들었고 우르카는 그 속으로 달려갔다. 광풍과 배가 앞다퉈 다가가 서로를 모욕하는 모양새였다. 그처럼 미치광이 같은 첫 만남이 이루어지는 동안, 돛 한 폭도 줄이지 않았고, 이물의 삼각돛을 하나도 내리지 않았으며, 축범부도 전혀 건드리지 않았다. 탈출이라는 것은 그토록 광증이 따라다닌다. 돛대는 마치 겁을 먹은 것처럼 뒤로 휘어지며 우지끈거렸다.

북반구에서는 사이클론이 왼쪽에서 오른쪽으로, 즉 시곗바늘과 같은 방향으로 움직이는데 이동 속도가 때로는 시속 95킬로미터 정도에 이른다. 비록 난폭하게 도는 발작 증세 속에 있었지만 우르카는 마치 조용한 반원 속에 있는 것처럼 굴었다. 파도를 정면으로 받으면서 뒤에서 비스듬히 전해지는 충격을 피하려고 우현으로 강풍을 받아들이고, 뱃머리를 바람 쪽을 향하도록 하는 게 고작이었다. 하지만 이런 어설픈 조치는 풍향이 갑자기 바뀌면 아무 도움도 주지 못할 것이다. 인간이 접근할 수 없는 깊은 곳에서는 신비한 소리가 들려왔다.

심연의 울부짖음에 견줄 만한 것은 없다. 그것은 이 세계의 짐승 같은 광포한 음성이다. 우리가 질료라고 부르는 것, 도저히 그 신비를 밝힐 수 없는 유기체, 때로는 전율의 소이연(所以然)이 되는 미세한 의도가 그 속에서 감지되는 무한한 에너지들의 혼합물, 눈먼 밤의 코스모스, 이해할 수 없는 물체의 일면은 그만의 울부짖음을 가지고 있는데 기이하고, 길게 이어지며 집요하고 지속적이고, 언어보다 덜하고 천둥보다 더하다. 그 울부짖음이 바로 폭풍이다. 노래나 멜로디, 아우성, 말소리 같은 다른 음성은 둥지나 가족, 짝짓기, 결혼, 집 같은 곳에서 나온다. 하지만 폭풍은 전부이면서 아무것도 아닌 소용돌이였다. 다른 음성은 세계의 영혼을 표현하지만, 폭풍은 괴물을 표현한다. 폭풍은 형태가 없으며 으르렁거린다. 규정되지 않은 것이 쏟아놓은 분명하지 않은 발음이다. 비장하고 무시무시하다. 그것의 몽몽한 소음은 인간을 넘어서 인간 이상과 대화한다. 그 소음은 스스로 높아지거나 낮아지고 일렁거리고, 물결치고 영혼에게 뜻밖에 사나운 짓을 저지르기도 하는데 우리 귀 가까이에서 브라스 밴드처럼 터지며 귀찮게 굴다가 목쉰 것처럼 멀리서 들려오는 소리를 내기도 한다. 언어를 닮은 어지러운 소리, 아니 그것은 정말 하나의 언어이다. 그것은 세상이 말하게 하려는 노력이고 비범함의 말더듬이다. 캄캄하고 거대한 꿈틀거림이, 견디고 용서하고, 받아들이고, 거부하는 모든 것이, 강보 속 아기 울음소리 같은 그 소음 속에서 자신을 보여 준다. 보통 그것은 헛소리를 한다. 만성적인 병과 흡사하다. 그리고 동원된 힘이 아니라, 굳이 솟아났다가 흩어진 간질이다. 간질 발작을 보는 것 같다. 이따금씩 질료가 자신의 권리를 요구하는 것이 슬쩍 보이기도 하는데 어떤 생각이 창조의 세계를 다시 혼돈의 세계로 만드는지도 모른다. 때때로 그 소음은 불평으로 광활한 공간이 탄식하며 자신의 무죄를 입증한다. 세계의 입장을 변호하는 소리와 비슷하다. 우리는 우주가 소송이라고 생각한다.

우리는 주장들과 찬반 의견에 대해 귀 기울여 듣고 사실 여부를 파악하려고 노력한다. 어떤 망령의 탄식은 삼단논법에 집착하기도 한다. 사고를 위한 혼란이다. 그것 때문에 신화와 다신교가 존재한다. 거대한 웅얼거림이 가져오는 공포 말고도 제법 선명한 에우메니데스, 구름 속에 그려진 푸리아의 젖가슴, 거의 확인된 플루톤의 키메라 등 언뜻 보이다 사라지는 초인적인 윤곽들도 있다. 어떤 공포도 그 흐느낌과 웃음소리, 그 날렵한 소음, 그 이해할 수 없는 질문과 답변들, 그 미지의 보조자들을 부르는 소리 등에는 견주기 어렵다. 그 무시무시한 주문 앞에서 인간이 어떻게 될 것인지 알 방도가 없다. 그 준엄한 억양의 수수께끼 밑에서 인간은 한없이 작아질 수밖에 없다. 어떤 암시가 존재할까? 그 주문들은 무슨 뜻일까? 그것들은 누구를 위협하는 것일까? 어떤 이에게 하소연하는 걸까? 낭떠러지로부터 낭떠러지로, 대기로부터 물로, 바람에서 파도로, 비에서 바위로, 천정점에서 천저로, 별들에서 물거품으로 쏟아지는 고함, 심연의 부리망이 대혼란이다. 꺼림칙한 마음과의 이유를 알 수 없는 신비한 다툼으로 소동은 더욱 복잡해진다.

수다가 밤의 침묵보다 덜 음산하지는 않다. 밤의 수다에서는 잊힌 자의 노여움이 느껴진다.

밤은 하나의 존재이며 밤과 암흑은 구별해야 한다.

밤 속에는 절대가 있으나, 암흑 속에는 다양성이 있다. 문법

논리는 암흑에게 단수(單數)를 인정하지 않는다. 밤은 하나이며 암흑은 여럿이다.

밤의 신비를 간직한 안개는 그 자체가 산만하고 덧없으며 무너짐과 불길함을 가진다. 그 속에서는 더는 육지를 느끼지 못하고 다른 현실만을 느낀다. 무한하고 규정할 수 없는 어둠 속에는 살아 있는 무엇, 혹은 누군가가 있다. 하지만 살아 있는 것은 우리 죽음의 일부이다. 우리가 이 지상에서 삶의 여정이 끝날 때, 그러한 어둠이 우리에게 빛이 될 때, 우리의 삶 저 너머에 있는 생명이 우리를 가져갈 것이다. 그때를 기다리며 생명은 우리를 더듬는 것 같다. 어둠은 압박이다. 밤은 우리의 영혼에 대한 일종의 지배다. 어떨 때는 묘석 뒤에 있는 무언가가 우리를 잠식하는 것을 느낀다.

그런 미지의 존재가 우리와 가까이 있다는 사실이 생생하게 느껴지는 때는 바로 바다의 폭풍 속에 있을 때이다. 그 속에서는 공포가 기이함을 먹이로 삼아 더욱 커진다. 인간 활동을 중단시킬 수 있는 제우스는 자신의 마음에 들도록 사건을 만들기 위해 변화무쌍한 질료, 일관성 없는 사건, 그지없는 무질서, 편견 없는 확산력 같은 것을 마음대로 사용한다. 폭풍이라는 신비는 매 순간 우리가 알 수 없는 의지의 변화를 표면적이건 혹은 실질적이건 간에 받아들이고 실행한다.

시인들은 그것을 파도의 변덕이라 불렀지만 그러나 변덕은 존재하지 않는다. 우리는 자연에서 뜻하지 않은 일들이 일어날 때 그것을 변덕이라 부르고, 운명에서 일어날 때는 우연이라고 부르지만 그것은 모두 우리가 희미하게 포착할 수 있는 법칙의 일부이다.

8. 닉스와 녹스

눈 폭풍은 검정색이라는 특징을 갖고 있다. 일반 폭풍우 속에서는 땅과 바다가 어둡고 하늘이 하얗게 변하지만 눈 폭풍은 자연의 일상적 모습이 정반대로 뒤바뀌어 하늘이 까맣게 되고 바다가 하얗게 된다. 아래에는 포말 위에는 암흑, 수평선에는 연기로 담이 쌓이고, 하늘에는 검은 크레이프 천장이 만들어진다. 눈 폭풍은 장의용 검은 장막을 드리운 교회당과 모습이 비슷하지만 조명등은 하나도 없다. 파도 위에 성 엘모의 불도 없고, 불꽃도 인(燐)도 없이 그저 광막한 어둠뿐이다. 북극의 사이클론과 적도의 사이클론의 다른 점은 하나는 모든 빛을 밝히고 다른 하나는 그것들을 모두 꺼 버린다는 것이다. 세상은 갑작스럽게 지하의 천장으로 변한다. 그런 어둠 속에서 창백한 반점들이 하늘과 바다 사이에서 머뭇거리며 먼지처럼 떨어진다. 반점인 눈송이는 미끄러지고, 방황하며 둥둥 떠다니기도 한다.

그것들은 하얀 수의를 입은 유령의 눈물과 비슷하고, 그 눈물들이 다시 생명을 얻어 움직일 것만 같다. 그렇게 씨를 뿌리는 중에 미치광이 같은 삭풍이 끼어든다. 하얗게 변하는 칠흑 덩어리, 어둠 속 미치광이, 무덤이 될 수 있는 야단법석인 혼란, 영구대(靈柩臺) 아래 태풍, 그런 것이 바다의 눈 폭풍이다.

그 아래에서 깊이를 알 수 없는 미지의 대양이 떨고 있다.

전기를 일으키는 북극의 바람 속에서는 눈송이가 바로 우박이 된다. 세상은 탄환들로 가득 채워지고 물은 산탄 세례를 받고 톡톡 튄다.

천둥은 없다. 북극의 폭풍과 함께 오는 번개는 조용하다. 가끔 사람들이 고양이를 가리키며 "놈이 맹세를 하는군"이라고 하는 말을 번개에 대해서도 할 수 있을 것이다. 그 번개는 반쯤 아가리를 벌린 짐승의 냉혹한 주둥이의 위협이다. 눈 폭풍은 눈먼 벙어리 폭풍이다. 그것이 지나간 다음에 배들은 눈이 멀고 선원들은 벙어리가 되는 경우가 허다하다.

그 구렁텅이에서 빠져나오는 일은 쉽지 않다.

하지만 난파를 절대로 피할 수 없다고 하는 것은 잘못이다. 디스코와 발레신의 덴마크 어부들이나 검은 고래를 찾아 나섰던 사람들, 구리 광산에서 발원한 강의 하구를 확인하기 위해 베링 해협 쪽으로 갔던 헌, 허드슨, 매켄지, 밴쿠버, 로스, 뒤몽 뒤르빌 등은 북극에서 가장 사나운 눈 폭풍을 만났지만 이겨 내고 무사히 탈출했다.

우르카가 모든 돛을 활짝 펴고 호기롭게 들어선 곳은 그런 눈 폭풍 한가운데였다. 광란 대 광란인 것이다.

몽고메리가 루앙을 탈출하며 전속력으로 전함을 몰아 부이유 인근 센강에 매어 놓은 쇠사슬에 처박았을 때도 그런 광기에 힘입었을 것이다. 마투티나 호는 계속 달렸다. 항해 중 선체가 잔뜩 기울어져 가끔씩 수면과의 각이 15도에 불과해 아슬아슬할 때도 있었지만 불룩한 용골은 끈끈이에 붙은 것처럼 파도에 찰싹 들러붙어 있었다. 폭풍이 떼어 내려 애썼지만 용골은 잘 버텼다. 초롱불이 앞을 밝혔다. 바람 가득한 구름이 자신의 종처를 대양 위로 끌고 다니며 우르카 주변 바다를 좁히면서 조금씩 갉아먹고 있었다. 갈매기 한 마리, 심지어 절벽의 제비 한 마리도 없었다. 눈 말고는 아무것도 없었다. 물결들의 투기장은 작고 무시무시했는데 거대한 물결 서너 개만이 밀려들 뿐이었다.

가끔씩 하늘과 수평선이 어둡게 겹쳐진 곳 뒤에서 커다란 구릿빛 번개가 나타났다. 새빨갛고 넓게 퍼진 번개는 먹구름의 끔찍함을 드러내 주었다. 그렇게 심연 위로 갑작스러운 조명이 비추자 그 위로 잠깐 구름들의 모습과 천상의 대혼란이 멀리 떨어져 가는 모습이 선명히 드러났고 심연이 한눈에 들어왔다. 그 깊은 불 위에서 눈송이는 검게 변해 갔다. 그 때문에 용광로 속에서 날아다니는 검은 나비처럼 보였다. 그리고 모든 것이 한꺼번에 꺼졌다.

그와 같은 첫 번째 폭발이 끝나자 질풍은 여전히 우르카를 급히 몰아대면서 끊임없이 낮은 소리로 울부짖기 시작했다. 그것은 으르렁거리기 단계였고 두려워해야 할 소리의 감소였다. 폭풍의 독백처럼 불안한 것은 없다. 그 음울한 서창부는 서로 싸우던 신비한 힘들이 잠시 싸움을 멈추는 시간과 비슷했으며 미지의 감시자가 엿보고 있다는 표시이기도 하다.

우르카는 미친 듯 계속 질주했다. 주 돛 두 개가 특히 엄청난 기능을 발휘했다. 하늘과 바다는 먹물 같았는데, 게거품 같은 포말이 돛대보다 더 높이 뛰어올랐다. 그때마다 물 보따리들이 홍수라도 난 것처럼 갑판 위를 굴렀다. 그리하여 배가 좌우로 흔들릴 때마다 좌현과 우현의 밧줄 구멍은 모두 거품을 바다로 쏟아 내려고 입을 벌린 것처럼 보였다. 여인들은 모두 선실로 대피했고 사내들은 갑판 위에 머물러 있었다. 눈이 회오리 같아서 앞을 볼 수 없었다. 거대한 파도가 토해 내는 거품이 회오리에 가세했다. 모든 것이 미친 듯 격렬했다.

그 순간, 선미 늑골재 위에 서 있던 선장이 한 손으로는 돛대 버팀줄을 잡고 다른 한 손으로 머리에 둘렀던 천 조각을 풀러 신호등 불빛 아래에서 의기양양하게 흔들어 대며 만족한 얼굴로 헝클어진 머리를 하고 어둠에 취한 듯 고함을 질렀다.

"자유다!"

"자유다! 자유다! 자유다!"

도망자들이 계속 외쳤다. 그런 다음 무리가 모두 선구를 잡고 갑판에서 일어섰다.

"만세!"

우두머리가 소리치자 모두들 폭풍 속에서 외쳤다.

"만세!"

함성이 질풍 속으로 잦아들었을 때 엄숙한 목소리가 배 반대쪽에서 들려왔다.

"조용히들 하시오!"

모두들 고개를 돌렸다.

그들은 박사의 목소리를 알아차렸다. 박사는 짙은 어둠 속에서 돛대에 등을 기대 서 있었는데 너무 여위어서 어떤 게 돛대인지 분간이 안 될 지경이었다. 모습은 선명히 보이지 않았는데 목소리가 다시 들려왔다.

"잘 들으시오!"

모두들 잠잠해졌다.

그때 암흑 속에서 종소리가 분명하게 들려왔다.

9. 격노한 바다에 맡기다

키를 잡고 있던 선장이 웃음을 터뜨렸다.

"종소리라! 잘됐군. 우리는 좌현 쪽으로 밀리고 있는데 이 종소리는 무슨 뜻이겠소? 우현 쪽에 육지가 있다는 뜻이군."

단호하고 느린 목소리로 박사가 대꾸했다.

"우현에는 육지가 없소."

"틀림없다니까요!"

선장이 소리쳤다.

"없소."

"종소리는 육지에서 들려오는 겁니다."

"바다에서 들려오는 거라네."

자신만만하던 사람들 사이로 오싹한 전율이 흘렀다. 놀라고 짜증 난 것 같은 두 여인의 얼굴이 유령처럼 선실의 네모진 뚜껑 사이로 나타났다. 박사가 한 걸음 내딛자 그의 길쭉한 몸이 돛대에서 분리되었다. 어둠 속에서 종소리가 선명하게 들려왔고 박사는 다시 이야기를 했다.

"포틀랜드와 영국 해협의 군도 중간 바다 한가운데에 경고용 부표가 하나 떠 있소. 그 부표는 수심이 얕은 해저 바닥에 쇠사슬로 묶여 수면에 보일 듯 말 듯 떠 있소. 부표 위에 철제 사각대가 설치되어 있고 거기에 종을 하나 비스듬히 걸어 놓았지.

날씨가 험할 때 파도가 치면서 부표를 흔들면 종이 울리는 거라오. 바로 지금 당신들이 듣고 있는 저 종소리지."

박사는 바람이 더 불어 종소리가 바람 소리보다 더 커지기를 기다렸다가 다시 말을 이었다.

"북서풍이 불 때 폭풍 속에서 저 종소리를 들었다는 건 살아날 가망이 없다는 뜻이오. 왜냐고 묻고 싶소? 종소리가 들리는 것은 바람에 실려 오기 때문이오. 헌데 바람은 서쪽에서 불고 오리니 암초는 동쪽에 있소. 당신들이 종소리를 들을 수 있는 건 우리가 부표와 암초 사이에 있기 때문이지. 바람이 배를 암초 쪽으로 밀고 있는 중이오. 당신들은 부표가 금지하는 구역에 와 있는 거요. 만약 옳은 곳에 있었다면 넓은 난바다의 안전한 항로로 들어섰을 테고, 지금 저 종소리는 들리지 않았을 테지. 바람이 저 소리를 실어다 주지 못하기 때문이오. 만약 부표 곁을 지난다 해도 부표가 있다는 것조차 알지 못할 것이오. 우리는 항로에서 벗어났소. 저 종소리는 난파를 알려 주는 신호라오. 자, 이제 대책을 찾아보시오!"

박사가 말하는 동안 조금 약해진 바람에 평온해진 종이 천천히 띄엄띄엄 울렸고 그 간헐적인 종소리가 노인의 말을 행동으로 보여 주는 것 같았다. 종말을 고하는 듯한 종소리였다.

모두들 숨죽이고 때로는 박사의 목소리에, 때로는 종소리에 귀를 기울였다.

10. 거대한 야생, 그것은 폭풍이다

선장은 메가폰을 손에 들었다.

"모두들 돛을 내리시오! 시트를 풀고 돛을 내리는 밧줄을 당기시오! 서쪽으로 키를 돌려라! 뱃머리를 종 있는 쪽으로 돌려! 넓은 바다가 바로 앞에 있소. 절망하지 맙시다!"

"해 보시오."

박사가 말했다.

일종의 해상 종각(鐘閣)인 그 소리 나는 부표는 1802년에 없어졌다는 사실을 말해 두기로 하자. 고령인 항해사들은 아직도 그 종소리를 기억하고 있는데 종소리가 보내는 경고를 들었지만 항상 조금 늦는다는 게 문제라고 했다.

선장의 명령은 바로 실행에 옮겨졌다. 랑그독 출신 남자가 세 번째 선원 역할을 맡았다. 모두들 거들어 돛을 돛대나 활대에 졸라매고 아예 말아 올렸다. 가로 돛 하단을 활대 중앙부로 끌어올리는 줄과, 가로 돛자락을 추켜올리는 줄, 돛 가장자리 밧줄 등 모든 줄을 꼼꼼하게 묶었다. 보조 장색(匠色)을 띠줄에 묶어, 가로로 당긴 돛대 고정 밧줄 역할을 하게 했다. 돛대에 덧나무를 붙이고 문짝에 못질을 했는데 이것은 배에 벽을 두르는 방법이었다. 새그물에 갇힌 듯한 어수선함 속에서도 작업은 정확하게 진행되었다. 우르카는 조난에 대비해서 간소하게 정리

되었지만 모든 걸 묶어 저항할 것이 없어지자 공기와 물의 혼란이 더욱 거세졌다. 파도의 높이가 거의 극지방의 그것과 같아졌다.

폭풍은 성질 급한 망나니처럼 배를 후려치기 시작했다. 눈 깜짝할 사이에 무시무시한 힘으로 찢어 댔다. 중간 돛들이 망가졌고, 외피판이 난도질을 당한 것처럼 뜯어졌고 아딧줄 고리는 뽑히고 돛대가 부러져 부서지고 찢어지는 소리가 파편처럼 날아다녔다. 굵은 밧줄도 견디지 못했는데 눈 폭풍 특유의 자력이 밧줄을 끊는 데 일조했다. 밧줄은 바람의 영향에 자기류의 영향을 받아 끊어졌다. 사슬들이 도르래에서 벗어나 더는 역할을 기대할 수 없었다. 선수 쪽 현측, 뒤쪽에서는 후반부 선측이 지나친 압력에 휘었다. 파도가 덮쳐 나침함과 나침반을 쓸어갔다. 다른 파도는 아스투리아스의 기이한 관습에 따라 선박용 크레인에 묶어 놓은 보트를 가져가 버렸다. 또 다른 파도는 제1 기움 돛대의 활대를 가져갔다. 그리고 다른 파도 하나가 달려들어 이물에 있던 마리아 조각상과 신호등을 휩쓸어 버려 키만 남았다.

없어진 신호등 대신 불이 잘 붙는 삼 부스러기와 역청으로 꽉 찬 횃불 하나를 이물에 걸어 놓았다. 바람에 펄럭이는 누더기, 밧줄, 도르래 장치, 활대 등을 삐죽삐죽 걸린 채 둘로 꺾여 버린 돛대가 갑판 위를 어지럽게 뒹굴었고 그것이 쓰러지면서 우현 쪽 현창을 부숴 버렸다.

선장이 키를 잡은 채 소리쳤다.

"키를 잡고 있으니 희망은 있어요. 빼대는 잘 버티고 있습니다. 도끼! 도끼를 잡아요! 돛을 바다로 처박아 버려요! 갑판을 치워요!"

선원과 승객들은 신들린 것처럼 최후의 싸움에 열성적으로 달려들었다. 도끼질 몇 번으로 돛대를 뱃전 위로 밀어 버리고 갑판이 드디어 깨끗해졌다. 그러자 선장이 다시 말했다.

"이제 돛을 올리는 줄을 이용해서 나를 키에 묶어요!"

사람들이 그를 묶는 동안 그는 웃음을 터뜨리며 바다를 향해 소리를 질렀다.

"울어라, 이 늙은이야! 울어 보라고! 나는 마치차코곶에서 더한 것도 봤어."

몸이 꽉 묶이자 그는 위험한 상황이 가져다주는 기이한 즐거움에 사로잡혀 두 손으로 키를 움켜잡고 다시 소리쳤다.

"친구들이여, 모든 것이 좋아요. 뷔글로즈의 성모 마리아 만세! 뱃머리를 서쪽으로!"

그 순간 배 측면에서 거대한 파도가 밀려와 고물을 때렸다. 폭풍이 불 때는 항상 파도가 호랑이처럼 덤비는데 그것은 때맞춰 나타나는 사납고 결정적인 파도로 한동안은 바다 위로 납작 엎드려 기어 다니다가 높이 뛰어올라 으르렁거리고 이를 갈며 조난당한 배를 덮쳐 갈가리 잘라 낸다. 포말이 마투티나 호의 고물 전체를 뒤덮었고 물과 어둠이 싸우는 가운데 뭔가 부서지는 소리가 들렸다. 포말이 사라지면서 배의 뒷부분이 다시 모습을 드러냈을 때 선장도 키도 찾아볼 수 없었다.

모든 것이 뽑혀 나가 키와 묶어 놓은 사람이 어수선한 폭풍의 혼란 속으로 사라져 버렸다. 무리의 우두머리가 어둠을 뚫어지게 바라보다가 소리쳤다.

"우리를 조롱하는 거냐?"

그 소리를 뒤이어 다른 고함이 터져 나왔다.

"닻을 내립시다. 선장을 구출해요!"

사람들이 캡스턴으로 달려가 닻을 내렸다. 이런 배들은 닻이 하나밖에 없었기 때문에 만약 닻을 내릴 경우 남는 닻이 없었다. 바닥은 거친 바위인 데다 짐승처럼 날뛰는 파도도 있었다. 밧줄이 한 가닥 머리카락 잘리듯 끊어졌다.

닻은 바다 밑바닥으로 가라앉았고 망원경을 들여다보고 있는 천사상만 남았다. 그 순간부터 우르카는 표류하는 잔해에 불과했다. 마투티나 호는 더는 손을 쓸 수 없는 운행 불능 상태가 되었다. 조금 전까지만 해도 날개를 단 것처럼 무섭게 내달리던 배가 수족조차 움직일 수 없는 불구 신세가 되었다. 멀쩡한 밧줄은 하나도 없었다. 마비되어 수동적으로 변한 배는 파도의 기괴한 격랑에 고분고분하게 복종했다. 단 몇 분 사이에 독수리가 앉은뱅이로 둔갑하는 것은 오직 바다에서만 볼 수 있는 일이다. 허공에서 점점 더 끔찍한 소리가 들렸다. 폭풍은 무시무시한 허파이다. 그것은 색깔이 없는 어두움을 계속해서 더 음산하게 만든다. 바다 한가운데에 있던 종은 사나운 손이 마구 흔들기라도 한 듯 절망적으로 울렸다.

마투티나 호는 파도가 변덕을 부리는 대로 이끌려 다녔다. 항해가 아니라 코르크 마개가 둥둥 떠다니는 것같이 표류했다. 자꾸만 죽은 물고기처럼 뒤집혀 수면에 복부를 보여 줄 것만 같았다. 그런 파멸로부터 배를 구해 준 것은 완벽하게 방수된 선체였다. 흘수선(吃水線) 아래 내현에 둘러친 널빤지 중 어느 것 하나도 압력 때문에 떨어지는 불상사는 없었다. 금도 틈새도 하나 생기지 않으니 단 한 방울의 물도 화물창 안으로 들어오지 않았다. 배수용 펌프는 고장이 나서 더는 사용이 불가능했기에 다행스러운 일이었다.

우르카는 불안한 파도 속에서 흉하게 춤을 추었다. 갑판은 토하려 하는 사람의 횡격막처럼 경련을 일으켰는데 조난자들을 토해 내려 애를 쓰고 있는 듯 보였다. 조난자들은 무기력해져 밧줄 끝 고정부, 판자, 가로장, 닻줄, 돛대 잡아매는 밧줄, 매듭처럼 불룩한 평판에 박힌 못이 손을 찢는 깨진 부분, 구부러진 늑골 보강재 등 비참하게 부서진 잔해물에 들러붙어 가끔 귀를 기울이곤 했다. 종소리가 점점 약해지고 있었는데 종소리

역시 임종을 맞고 있는 것처럼 간헐적으로 헐떡거리다가 잠시 뒤에는 그 헐떡거림마저 멈추었다. 그들이 있는 곳은 어디쯤이었을까? 부표에서 거리가 얼마나 떨어진 곳일까? 그들은 종소리로 겁을 먹었지만 막상 종이 침묵하니 또다시 극도의 공포 속으로 빠져들었다. 북서풍이 그들을 다시는 돌아올 수 없을지도 모르는 길로 몰아갔다. 그들은 다시 시작된 미친 듯한 입김 속에 자신들이 휩쓸려 들어간다는 것을 느꼈다. 떠돌아다니는 배는 암흑 속에서 질주하고 있었다. 앞을 보지 못하며 뛰는 것보다 더 끔찍한 일은 없다. 사방으로 낭떠러지가 있는 것 같았다. 더는 질주가 아닌 추락이었다.

갑자기 거대한 눈안개 속에서 붉은 기운이 드러났다.

"등대다!"

조난자들이 함성을 질렀다.

11. 캐스키츠 군도

그것은 정말 캐스키츠 군도의 등대였다.

19세기의 등대는 그 위에 아주 과학적인 조명 기계를 올려놓은 큰 석재 원추체이다. 특히 캐스키츠 군도 등대는 하얀색 삼중탑으로 되어 있으며, 세 개의 옥탑 조명실을 갖추고 있다. 세

조명실이 시계의 톱니바퀴 위에서 매우 정확하게 방향을 전환하고 회전하기 때문에 난바다에 있는 선박의 당직자는 등대를 관찰하며, 빛을 발하는 동안에는 갑판 위에서 열 걸음을, 빛이 가려지는 동안에는 스물다섯 걸음을 옮길 수 있다. 초점, 팔각 원통의 회전 운동을 중심으로 모든 것이 정확히 계산되어 만들어졌으며, 팔각 원통은 넓은 반사렌즈 여덟 개로 구성되었다. 1밀리미터 두께의 유리는 바람과 바닷물을 차단하는 역할을 했으며, 수학처럼 정확하게 맞물린 장치이다. 다만, 마치 거대한 불빛을 향해 날아드는 큰 자벌레나방처럼, 가끔씩 유리를 향해 날아드는 물수리 때문에 그것이 깨질 때도 있다. 그 기계 장치를 둘러싸고, 지탱하며, 고정시켜 주는 건물 역시 수학적이다. 그곳에서는 모든 것이 간소하고, 정확하고, 군더더기가 없고, 간명하고, 엄정하다.

17세기의 등대는 해변의 땅 위에 세운 일종의 장식용 깃털이었다. 등대 탑의 건축 양식은 화려할 뿐만 아니라 사치스러웠다. 그곳에는 발코니, 난간, 망루, 작은 방, 정자, 바람개비가 설치되었다. 보이는 것이라곤 장식용 괴인면(怪人面), 조각상, 덩굴무늬, 소용돌이꼴 귀퉁이 장식, 환조, 크고 작은 조각상, 글귀를 새겨 넣은 타원형 액자 모형들뿐이었다.

에디스톤 등대에 새겨진 글귀다. 그러나 그러한 평화 선언이 언제나 바다의 마음을 잠재우지는 못했음을 지나는 길에 지적해 두자. 윈스턴리는 플리머스 앞 지형이 험한 곳에 자비로 등대를 세우며 그러한 선언문을 새겼다. 등대 탑이 준공되고 나서 그는 탑 안에 들어가 그것이 폭풍을 잘 견뎌 내는지 직접 관찰하려고 했다. 폭풍이 밀려오더니 등대와 윈스턴리를 함께 휩쓸어 갔다. 게다가 지나치게 장식한 그 건축물은 화려하게 치장한 장군들이 전쟁터에서 적의 눈에 잘 띄듯이, 모든 방향에서 질풍에 실마리를 제공한다. 석조 장식품 이외에도 철과 구리와 나무로 만들어진 장식품이 있었다. 금속 장식품은 요철을 만들었고, 목조 장식품은 돌출부를 만들었다. 등대의 윤곽에는 어느 쪽에서 바라보아도, 온갖 종류의 연장이, 벽면의 아라베스크 문양에 들러붙은 채 불거져 나와 있었는데, 권양기, 도르래, 평형추, 사다리, 적재용 기중기, 인명 구조용 갈고리 등 유용한 물건과 쓸데없는 물건이 뒤섞여 있었다. 용마루 위 조명실 둘레에는, 섬세하게 다듬은 철물에 철제 등이 매달려 있고, 각 등에는 수지(樹脂)에 흠뻑 담가 두었던 밧줄 토막을 끼워 놓았다. 오래도록 타오르며, 어떤 바람에도 꺼지지 않는 심지였다. 그리고 등대는 위로부터 밑에 이르기까지 해양기, 길쭉한 작은 기, 네모꼴 기, 국기, 삼각기, 신호용 깃발 등으로 어수선했으며, 그것들이 이 깃대에서 저 깃대로, 한 층에서 그 위층으로, 모든 색깔과 형태와 가문(家紋)과 신호와 온갖 소란을 뒤섞으며, 등대의 조명실까지 올라가, 폭풍 속에서 그 횃불 둘레에 누더기들의 즐거운 소동을 일으키곤 했다. 심연 언저리에 있는 그러한 빛의 뻔뻔스러움은 도발과 유사했고, 또한 조난자들에게 호방한 기백을 불어넣어 주었다.

그러나 캐스키츠 군도의 등대는 그러한 유행과는 전혀 상관이 없었다. 그 시절에는, 앙리 1세가 블랑슈네프의 파선 이후 만들었던, 단순하고 유치한 등대밖에 없었다. 그것은 바위 꼭대기에 설치한 격자 철망 밑에서 타는 모닥불, 철책 속에서 이글이글 피어오르는 숯불, 혹은 머리채처럼 바람에 날리는 불길에 불과했다.

12세기 이후 그 등대에 보완한 것은 1610년에 만능 갈고리를 이용해서 대장간에서 사용하는 풀무를 화덕에 설치한 것뿐이었다.

그 시대에 뒤떨어진 등대에서 바닷새들이 당하는 사고는, 오늘날의 등대에서 일어나는 사고보다 더 비극적이었다. 불빛에 이끌려 급하게 날아온 새들이 등대로 뛰어들어 화덕 속으로 떨어지곤 했는데, 새들이 그 속에서 강동대는 게 보였다. 새들은 지옥에서 죽음을 맞이하는 검은 영혼들이었다. 또한 때로는, 이글거리는 화덕 밖으로 탈출해 바위 위로 다시 떨어지기도 했는데, 몸에서 연기가 피어오르고 절룩거리며 앞을 보지 못했기 때문에 이미 반쯤 타 버린 채 램프의 불꽃에서 탈출한 파리와 같았다. 모든 선구가 갖추어져 있어 조종이 가능하고, 또 선원의 뜻대로 움직일 수 있는 선박에게는 캐스키츠의 등대가 유용하다. 등대는 선박에게 소리친다.

"조심해!"

그렇게 등대는 암초가 있음을 알린다. 그러나 파손되어 망가져 버린 배는 등대가 오히려 두렵기만 하다. 마비되어 무기력해진 선체는 무심한 물결에 저항조차 못하고 바람의 압력에 속수무책일 수밖에 없어서 지느러미 없는 물고기처럼, 날개 없는 새처럼, 바람이 미는 대로만 갈 수 없다. 등대는 선체에 마지막으로 가야 할 장소를 보여 주고, 사라지는 곳을 알려 주며, 매장 작업을 밝혀 준다. 그것은 무덤의 횃불이다.

불을 밝혀서 냉혹한 구덩이를 보여 주고, 불가피한 것을 미리 알려 주는 것보다 더 비극적인 운명의 장난은 없다.

12. 암초와의 직면

마투티나 호의 불쌍한 조난자들은 그들에게 던져진 이 신비한 조롱을 즉시 깨달았다. 그들이 처음 등대를 발견했을 때는 고무되었지만, 곧 절망 속에 빠지고 말았다. 속수무책이었다.

아무것도 할 수 없었다. 왕에 대해 왈가왈부하며 이야기하는 것은 파도에 대해서도 마찬가지일 것이다. 우리가 왕의 백성이듯, 우리는 파도의 먹이다. 우리는 그들의 모든 폭정을 감수할 수밖에 없다. 북서풍이 배를 캐스키츠 군도 쪽으로 표류시키고 있었다. 모두 그쪽으로 가고 있었다. 거스를 방법은 아무것도 없이 암초 쪽으로 빠르게 밀려가고 있었다. 바다 밑바닥이 높아지고 있음을 느꼈다. 측심연을 용도에 맞게 투하할 수 있을 경우의 이야기지만, 그것으로 수심을 측정했다면 서너 브라스를 넘지 못했을 것이다. 조난자들은 해저 암석의 깊은 구멍으로 물결이 빨려 들어가는 둔탁한 소리에 귀를 기울였다. 그들은 등대 아래에 칼날 같은 두 화강암 사이로 자연이 만든 눈뜨고 볼 수 없는 작은 항구의 좁은 수로를 발견했다. 그곳에는 인간의 유해와 난파선의 잔여물이 가득했다. 항구 입구라기보다는 짐승이나 해적이 사용하는 동굴 입구 같았다. 그들은 높이 솟은 화덕에서 탁탁 튀는 소리를 내며 무언가가 타는 소리를 들었다. 험상궂은 붉은빛이 폭풍을 밝혀 주고 있었다. 화염과 싸락눈이 만나 안개에 파문을 일으키고 있었다. 검은 연기와 붉은 연기가 두 마리의 뱀처럼 맹렬히 싸우고 있었다. 화덕에서 튀어나온 숯덩이 하나가 바람에 날렸고, 그러자 갑작스러운 불꽃의 공격에 눈송이들이 도망을 치는 것처럼 보였다. 처음에 흐릿하게 보이던 암초가 이제 분명하게 모습을 드러냈다.

뾰족한 봉우리와 기타 돌기부 척추 등을 가진 바위의 퇴적물이었다. 암초의 각은 진홍빛의 힘찬 선으로 이루어졌고, 경사면은 불빛을 받아 핏빛으로 번들거리고 있었다. 암초에 다가갈수록 부풀어 올라 높아졌고, 소름 끼치게 했다.

그때 아일랜드 여인 한 명이 가지고 있던 로사리오의 묵주알을 하나하나 미친 듯이 손가락으로 당기고 있었다.

항해사였던 선장이 사라졌기 때문에 무리의 우두머리가 선장 역할을 했다. 바스크인들은 모두 산과 바다에 대해 잘 알고 있었다. 그들은 낭떠러지에서도 대담함을 보이며, 커다란 재앙 속에서도 뛰어난 창의력을 발휘한다.

암초에 점점 가까워졌고 곧 닿을 것 같았다. 순식간에 캐스키츠 군도의 북쪽 암석에 매우 가까이 이르러 암석이 등대를 가려 버렸다. 보이는 것은 이제 암석과 그 뒤에 어른거리는 불빛뿐이었다. 안개 속의 바위는 마치 불로 머리를 단장한 검고 거대한 여인 같았다.

사람들은 그 악명 높은 암석을 비블레라고 부른다. 그것은 남쪽에 있는 또 다른 암초인 에타크오기메보다 북쪽에 버티고 서 있다.

우두머리가 비블레를 바라보며 큰 소리로 물었다.

"밧줄을 저 암석에 묶어 줄 지원자가 필요합니다. 수영할 줄 아는 사람 있습니까?"

아무 대답이 없었다.

배에 탄 사람들 중에는 수영할 줄 아는 사람이 없었다. 선원들도 마찬가지였다. 바닷사람이라고 모두 수영을 잘하는 것은 아니다.

연결 부위가 거의 떨어진 뱃전판 하나가 흔들리고 있었다. 우두머리가 그것을 꽉 잡으며 말했다.

"나 좀 도와주십쇼."

뱃전판을 떼어 냈다. 그들은 그것으로 원하는 것을 할 수 있게 되었다. 뱃전판은 방어용에서 공격용으로 용도가 바뀌었다.

뱃전판은 떡갈나무 심으로 깎아 매우 튼튼했는데, 상당히 길어서 공격용 무기나 지지대로 사용할 수 있었다. 무거운 짐을 들 때는 지지대로, 방어 탑을 상대로 해서는 파괴용 대형 망치 용도로 사용할 수 있었다.

"준비!"

우두머리가 소리쳤다.

여섯 명의 남자가 돛대 밑에 힘주어 기대서서 뱃전판을 수평으로 들어 올려 그 끝을 뱃전 밖으로 내민 다음, 그것이 한 자루의 창처럼 암초의 엉덩이 부분을 향하게 했다.

이것은 위험한 시도였다. 암초를 떼민다는 것은, 그야말로 미련한 짓이다. 여섯 남자가 반사 충격을 받아 물속으로 내동댕이쳐질 수도 있었다.

폭풍과 싸울 때는 이렇게 뜻밖의 일이 많이 벌어진다. 질풍 다음에는 암초, 바람 다음에는 화강암, 때로는 잡을 수 없는 것 그리고 꿈쩍도 하지 않는 것과 싸워야 한다.

머리를 하얗게 세게 만드는 몇몇 순간이 흘렀다.

암석과 선박이 서로를 끌어당기고 있었다.

바위는 바람을 기다리고 있었다.

거대한 물결이 무질서하게 달려들었다. 그것이 소강상태의 종지부를 찍었다. 마치 투석기가 발사체를 흔들 듯 물결은 선박을 밑에서 들어 올리더니 흔들어 댔다.

"꽉 잡으시오! 고작 바위에 불과하오. 우리는 인간이오."

우두머리가 소리쳤다.

들보를 정지시켰다. 여섯 사람은 들보와 하나가 되었다. 뱃전판의 날카로운 고리가 그들의 겨드랑이를 파고들었다. 하지만 그들은 그것을 느끼지도 못했다. 물결이 우르카를 바위에게로 던졌다.

그런 다음 충격이 일어났다.

그것은 항상 뜻밖의 일들을 감추는 포말의 구름 밑에서 일어났다.

구름이 바다로 떨어졌을 때, 파도와 바위 사이의 간격이 다시 벌어졌을 때, 여섯 남자는 갑판 위에 나뒹굴고 있었다. 그러나 마투티나 호는 암초의 둑을 따라 도망치고 있었다. 들보가 훌륭히 버틴 덕분에 방향 전환이 가능해졌다. 물결의 활주가 빨라져 캐스키츠의 암초는 순식간에 우르카의 뒤쪽으로 위치하게 되었다. 마투티나 호는 일단은 당장의 위험에서 벗어났다.

이런 일은 종종 일어난다. 테이강 하구에서 우드 데 라르고가 목숨을 구할 수 있었던 것은, 기움 돛대가 절벽에 수직으로 꽂혔기 때문이다. 해밀턴 함장의 지휘하에 있던 로열메리 호가, 스코틀랜드식의 프리게이트 함에 불과했지만, 윈터턴곶의 험한 해역에서 난파를 피할 수 있었던 이유는 브레너듐 암석을 상대로 지렛대를 그렇게 사용한 덕분이었다. 파도의 힘은 순식간에 분해되기 때문에 그 힘의 전이가 쉬웠다. 강한 충돌에서도 그것은 가능했다. 폭풍 속에는 짐승이 있는데, 특히 회오리성 돌풍은 한 마리 황소와 같아서 그것을 속여 엉뚱한 쪽으로 가게 할 수 있다.

분할선에서 접선으로 이동하려는 노력은 난파를 피하는 모든 방법이다.

뱃전판이 우르카에게 해 주었던 것은 바로 그 역할이었다. 그것이 노를 대신했고, 키의 역할을 했다. 하지만 그러한 묘책은 단 한 번으로 그칠 뿐 반복할 수는 없었다. 들보가 바다에 있었기 때문이다. 강한 충격으로 남자들이 들보를 놓쳤고, 다시 뱃전 밖으로 밀려 물결 속으로 사라졌다. 다른 재목 하나를 더 뜯어낸다는 것은 배의 골격을 몽땅 분해하는 것과 같았다.

질풍이 마투티나 호를 이끌었다. 오래 지나지 않아 캐스키츠 군도는 수평선 위의 쓸모없는 방해꾼 같았다. 그러한 경우에 암초처럼 당혹한 표정을 드러내는 것은 아무것도 없다. 자연 속에는, 특히 보이는 것이 보이지 않는 것과 뒤섞인 미지의 경개(景槪)에는, 놓쳐 버린 먹이 때문에 화가 치밀어 오른 것처럼 보이는 움직이지 않는 모습들이 있다.

마투티나 호가 도망치는 동안 캐스키츠 군도의 모습이 그러했다.

등대는 점점 뒤로 멀어지며 창백해지고 흐려지더니 어느 순간 보이지 않았다.

그렇게 불빛이 사라지는 모습은 침울했다. 짙은 안개가 흩어진 불길 위에 포개졌다. 불빛의 반짝임은 축축한 거대함 속에서 녹아 없어져 버렸다. 불꽃이 떠다니며 싸우다 가라앉더니 형태를 잃어버렸다. 익사했다고 할 만하다. 등대의 화덕은 작은 심지로 변해, 창백하고 모호한 떨림뿐이었다. 스며 나온 빛으로 이루어진 원(圓)이 둘레로 점점 커지고 있었다. 밤의 깊은 곳으로 빛이 일그러져 들어가는 것 같았다.

위협적이던 종소리도 잠잠해졌다. 또 다른 위협이었던 등대도 꺼졌다. 그러나 두 위협이 사라지자 더 끔찍해졌다. 하나는 소리였고, 다른 하나는 불이었다. 그것들은 인간적인 무엇을 가지고 있었다. 그것들이 자취를 감추자 오직 심연만 남았다.

13. 밤과의 대면

우르카는 끝없는 암흑 속에서 다시 어둠에 맡겨졌다.

캐스키츠 군도에서 도망쳐 온 마투티나 호는 파도에서 파도로 처박히듯 흘러가고 있었다. 휴식이었지만 혼돈 속에서의 휴식이었다. 바람에 선측이 밀리고, 파도에 수많은 형태로 이끌려 농락당하며, 물결의 미친 듯한 요동을 몸으로 반사하고 있었다. 키질도 거의 하지 않았다. 배의 임종을 알리는 무서운 징후이다. 부유물은 좌우로만 흔들릴 뿐이다. 키질은 싸우는 동안에 나타나는 경련이다. 오로지 키만이 역풍을 떳떳이 맞을 수 있다.

폭풍 속에서는, 특히 눈의 유성 속에서는, 바다와 밤이 서로 뒤섞여 혼합물로 변하며, 한 덩어리의 연기가 된다. 우르카는 안개, 회오리바람, 질풍, 사방으로의 활주, 받침점의 부재, 지표 상실, 멈추지 않는 질주, 계속해서 반복되는 시작, 연속되는 협로, 암흑의 수평선, 깊고 검은 공간 속에서 떠돌고 있었다. 캐스키츠 군도에서 빠져나온 것, 암초를 피한 것, 그것이 배에 타고 있는 사람들에게는 하나의 승리이자 커다란 놀라움이었다. 하지만 그들은 "우라!" 하며 환호성을 지르지 않았다.

바다에서 사람들은 경솔한 짓을 두 번 저지르지 않는다. 측심연을 투하할 수 없는 곳에서 도발적 환호성을 외치는 것은,

매우 큰 실수이다. 암초에서 도망친다는 것은 불가능한 일을 해냈다는 뜻이다. 그들은 그 사실 앞에서 돌처럼 경직되었다. 그러나 조금씩 다시 희망을 품기 시작했다. 결코 물속에 잠길 수 없는 영혼의 신기루이다. 아무리 위험한 순간에도 내면 깊숙한 곳에서, 말로 표현할 수 없는 희망의 움직임이 빛을 잃지 않을 경우, 그 사람은 조난자가 아니다. 그 가엾은 사람들은 자신들이 구조되었다고 서둘러 자신에게 고백했다. 그들은 속으로 더듬거리며 그것을 인정했다.

그러나 어둠 속에서 뭔가 거대한 것이 갑자기 모습을 드러냈다. 좌현 쪽 안개 속에, 높고 희미하고 수직이며, 귀퉁이가 모두 직각인 어마어마하게 큰 덩어리 하나가 불쑥 솟아올랐다. 심연에서 솟아오른 사각형 탑이었다. 그들은 놀라서 입을 다물지 못하고 쳐다보았다. 질풍이 그들을 그쪽으로 밀고 있었다. 그들은 그것이 무엇인지 알지 못했다. 그것은 암석 오태치였다.

14. 오태치

암초가 다시 시작되었다. 캐스키츠 군도 다음에 오태치가 나타났다. 폭풍은 예술가가 아니다. 난폭하고, 전능하며, 수단에 변화를 주지 않는다.

어둠은 고갈되는 게 아니다. 함정이나 배신은 결코 끝이 없다. 인간은 쉽게 그 능력의 한계에 이른다. 인간은 스스로를 소진하지만, 심연은 그렇지 않다.

조난자들은 자신들의 희망인 우두머리를 향하여 몸을 돌렸다. 우두머리가 할 수 있는 일은 고작 어깨를 들썩하는 것뿐이었다. 아무것도 할 수 없는 자신에 대한 침울한 경멸이었다.

바다 가운데에 있는 포석(鋪石)은 오태치 암석이다. 오태치 암석은 전체가 한 조각으로 이루어져 있는데, 높은 파도들에 방해에도 불구하고, 80피에 높이까지 솟아 있다. 파도도 배도, 모두 그것에 부딪혀 부서진다. 불변의 입방체인 암석은, 직선으로 이루어진 면을, 바다의 구불구불한 수많은 곡선 속에 수직으로 담그고 있다.

밤이면 그것은 검은 천의 주름 위에 놓인 거대한 통나무 형상을 한다. 그리고 폭풍우가 일면 천둥이라는 도끼의 일격을 기다린다.

그러나 눈 폭풍 속에서 천둥의 공격은 없다. 또한 사실이지만, 선박의 눈에는 띠가 둘러 있다. 모든 어둠이 배를 둘둘 감고 있기 때문이다. 배는 사형수처럼 준비가 되어 있다. 그러나 신속히 끝맺음해 줄 번개는 기대하지 말아야 한다.

마투티나 호는 이제 부유하는 좌초선이었을 뿐이므로, 다른 쪽으로 끌려갔던 것처럼 다시 이 암석 쪽으로 떠내려 왔다. 한 순간 위험에서 벗어났다고 믿었던 불쌍한 사람들은, 다시 극도의 불안에 사로잡혔다. 그들이 뒤에 남겨 두고 왔던 조난이 그들 앞에 다시 나타났다. 암초가 바다의 밑바닥에서 다시 나타나고 있었다. 끝난 것은 아무것도 없었다.

캐스키츠 군도가 수천 개의 칸이 있는 와플 굽는 틀이라면, 오태치는 하나의 장벽이다. 캐스키츠에서 조난당한다는 것은 갈기갈기 찢김을 의미하고, 오태치에서 조난당한다는 것은 으깨짐을 뜻한다.

하지만 한 가지 행운은 있었다.

오태치의 암석처럼 수직으로 솟은 암석에 부딪히는 파도는, 철환(鐵丸)이 그렇듯이, 여기저기로 튀며 날지 않는다. 아주 단순한 움직임에 한정되어 있다. 그저 밀물과 썰물이 전부이다. 바람이 일으키는 수면 위의 물결이 달려들고, 깊숙한 곳에서 일어나는 파도가 그 물결을 수행한다.

이와 같은 경우 삶과 죽음은 이렇게 결정된다. 만일 잔잔한 물결이 암석까지 선박을 몰고 오면, 선박이 암벽에 부딪혀 부서지고, 죽음을 맞이하게 된다. 반면에 선박이 암벽에 부딪히기 전에 물결이 되돌아와 선박을 다시 이끌어 가면, 살아남는 것이다.

고통스러운 불안감이 그들을 사로잡았다. 조난자들은 어둠 속에서 거대한 파도가 자신들을 향해 다가오는 것을 발견했다.

그 파도가 자기들을 어디까지 끌고 갈 것인가? 만약 파도가 배에 와서 부딪히면, 그들은 바위에 굴러 으스러지고 말 것이다. 하지만 파도가 선박 밑으로 지나가면…….

파도가 선박 밑으로 지나갔다.

그들은 한숨 돌렸다.

하지만 파도가 어떤 길로 되돌아갈까?? 암류가 그들을 어떻게 할까?

암류가 그들을 다시 실어 갔다.

잠시 후 우르카는 암초의 수역을 벗어나 있었다. 캐스키츠처럼 오태치 또한 그들의 시야에서 사라졌다.

두 번째 승리였다. 우르카는 두 번째로 난파될 위기에 처했지만 적시에 뒤로 물러섰다.

15. 경이로운 바다

그러는 동안 표류 중인 불쌍한 사람들 위로 갑자기 두꺼운 안개가 뒤덮였다. 주위를 둘러보아도 그들의 시야가 닿는 거리는 고작 몇 연*밖에 되지 않았다. 마치 죄인이 날아오는 돌에 맞

* 1연은 약 185.2미터다.

듯이 싸라기눈이 그들을 사정없이 두드려 모두 고개를 숙였지만, 여인들은 선실로 들어가지 않겠다고 버텼다. 아무리 절망에 빠진 사람이라도 하늘이 열린 상태에서 난파를 맞으려 한다. 죽음에 가까이 다가가 있기 때문에, 머리 위에 있는 천장이 관(棺)을 연상시키는 모양처럼 보였기 때문이다.

파도가 점점 더 부풀어 오르며 짧아지고 있었다. 물결의 팽창은 길목이 좁아졌음을 뜻한다. 안개 속에서 물결이 부풀어 오르는 것은 해협이 있다는 의미이다. 그들은 자신들도 모르는 사이에 오리니섬*의 해안을 따라가고 있었다. 서쪽의 오태치 암석과 캐스키츠 군도, 동쪽의 오리니섬. 그 사이의 바다는 좁아지고 갑갑해진다. 이러한 바다의 불편한 상태는 국부적으로 물결의 거침 정도를 결정한다. 바다 역시 다른 것과 마찬가지로 괴로워하며, 괴로우면 역정을 낸다. 그리하여 모두 그러한 항로를 두려워한다.

마투티나 호가 그 항로에 있었다.

하이드파크나 상젤리제만큼 큰 거북의 등딱지가 물밑에 있다고 상상해 보자. 등딱지의 각 줄무늬는 여울이고, 각 돌출부는 암초이다. 오리니섬의 서쪽 근해가 그러하다. 바다가 난파 기구를 덮어 감추고 있다. 바다와 암초 둑의 등딱지 위에 갈가

* 노르망디의 코텅탕 해안에서 약 15킬로미터 떨어진 섬이다.

리 찢긴 파도가 뛰어오르고 거품을 내뿜는다. 평온할 때는 찰랑거리지만, 폭풍우가 칠 때면 혼돈으로 변한다.

조난자들은 이해하지 못한 채로 새롭게 악화되는 바다를 주시하고 있었다. 그러다가 그들은 곧 그것이 난관임을 깨달았다. 하늘이 일시적으로 창백하게 개이면서, 희미하게 바다 위에 흩어졌다. 그러한 창백함이 좌현 쪽, 즉 동쪽에 가로로 놓인 둑을 드러냈다. 바람은 선박을 그 앞으로 몰고 가며 그것을 향해 달려들고 있었다. 그 둑이 오리니섬이었다.

저 둑이 무엇이란 말인가? 이러한 의문 속에서 그들은 두려움에 떨었다. 하지만 만약 누군가가 그 둑이 오리니섬이라고 말했다면, 아마 그들은 더욱 두려워했을 것이다.

오리니섬만큼 인간의 방문을 금지하는 섬은 없을 것이다. 그 섬의 물속과 물 밖을 사나운 수비대가 지키고 있는데, 오태치 암석이 그 수비대의 보초이다. 서쪽에는 뷔르후, 소트리오, 앙프록크, 니엉글, 퐁뒤크록, 쥐멜, 그로스, 클랑크, 에기용, 브라크, 포스말리에르 등이 있고, 동쪽에는 소케, 오모, 플로로, 브린블레, 켈랭그, 크로클리우, 푸르슈, 소, 누아르 퓌트, 쿠피, 오르뷔 등이 있다. 그 괴물들은 무엇일까? 히드라들일까? 그렇다. 암초라고 하는 것들이다.

레 벳*이라고 불리는 암초는 모든 여행이 그곳에서 끝난다는 사실을 의미하는 듯하다.

물과 어둠으로 인해 형태가 단순해진 암초들이 조난자들에게는 단순하고 희미한 무리의 형태, 수평선에 남은 검게 삭제된 흔적처럼 보였다.

난파는 무능의 이상(理想)이다. 육지 가까이에 있으나 닿을 수 없는 것, 물에 떠 있으나 항해할 수 없는 것, 단단해 보이나 부서지기 쉬운 연약한 것 위에 서 있는 것, 삶과 죽음이 동시에 가득 차 있는 것, 광막한 공간 속에 갇혀 있는 것, 하늘과 대양 사이에서 옴짝달싹 못하는 것, 지하 감옥의 천장 같은 무한한 공간을 머리 위에 두는 것, 바람과 물로부터 자신을 둘러싼 거대한 영역으로 도피하게 되는 것, 붙잡혀 포박되고 마비되는 것, 견딜 수 없는 압박이 아연케 하고 울화를 돋운다. 다가갈 수 없는 적의 비웃는 모습이 언뜻 보이는 듯하다. 사람들을 잡고 있는 것은 새들을 놓아 주고 물고기들을 해방시키는 바로 그것이다. 그것은 아무것도 아닌 듯하면서 또한 전부이다. 우리는 입으로 숨을 쉬어 탁하게 만드는 공기와, 우리의 손으로 떠 마시는 물에 의존한다. 험한 물결에서 한 모금 떠 마셔 보라. 그것은 약간의 쓴맛에 불과하다. 물 한 모금은 구토를, 거대한 물결은 절멸을 의미한다. 사막의 모래 알갱이와 대양의 물거품은 어지러운 감정의 표시이다. 전지전능함은 티끌을 숨기는 수고

---

* 목표 · 목적지 · 표적 등을 의미한다.

를 하지 않는다. 연약함을 강하게 만들고, 자기의 전부로 허무를 가득 채운다. 한없이 큰 것이 한없이 작은 것으로 사람을 짓누른다. 대양은 물방울로 우리를 으깨어 부순다. 누구든 놀림감이 된 느낌에 사로잡힌다.

놀림감, 얼마나 끔찍한 말인가!

마투티나 호는 오리니섬 조금 위쪽에 있었다. 그곳은 유리한 지점이었다. 그러나 섬의 북쪽 돌출부 쪽으로 표류하고 있었다. 치명적인 일이었다. 북서풍은, 시위를 당긴 활이 화살을 쏘듯 배를 북쪽 돌출부로 급히 몰아가고 있었다. 그 돌출부에는 코르블레 항구의 조금 안쪽으로, 노르망디 군도*의 선원들이 '원숭이'라고 부르는 것이 있다.

원숭이(생쥬라고도 한다)는 매우 격렬한 축에 속하는 급류이다. 바다 밑바닥 움푹 팬 곳의 묵주 알 같은 것들이 파도 속에서 소용돌이를 만들어 낸다. 그리하여 하나의 소용돌이에서 빠져나오자마자 다른 소용돌이 속으로 휩쓸려 간다. 어떠한 선박이든 그 원숭이에게 붙잡히기만 하면, 그렇게 나선형으로 굴러가다가, 날카로운 바위 끝에 선체가 갈라진다. 그러면 구멍이 난 선박은 항해를 멈추고, 선미가 물결 밖으로 나오며 뱃머리가 물속으로 잠기는데, 그때 심연의 소용돌이는 멈추고 선미가 물

---

* 앵글로 노르만 군도다.

속에 잠기며 모든 것이 닫힌다. 뒤이어 거품 구덩이가 점점 넓어지며 둥둥 떠다니고, 물결 위에는 여기저기에 거품 몇 방울만 보일 뿐이다. 물속에서 질식한 마지막 숨결이 올라오는 것이다.

영국 해협에서 가장 위험한 세 원숭이는, 거들러 샌즈의 그 유명한 모래톱 인근에 있는 것, 피뇨네와 누아르몽곶 중간의 저지섬에 있는 것, 오리니섬에 있는 것이다.

이 지역의 선원이 마투티나 호에 승선하고 있었다면, 조난자들에게 새로운 위험에 대해 알렸을 것이다. 그러한 선원은 없었지만 그들에게는 본능이 있었다. 극한의 상황에서는 제2의 눈이 움직인다. 바람이 미친 듯이 약탈을 자행하는 동안, 해안을 따라 높은 물거품 회오리가 날아오르고 있었다. 원숭이가 뱉은 침이었다. 무수한 소형 선박들이 그 함정 속에서 뒤집혔다. 그곳에서 어떤 일이 일어났는지를 모르는 조난자들은 두려워하며 접근하고 있었다.

그 돌출부 곁을 어떻게 지나갈 것인가? 그들에겐 아무 대책도 없었다.

캐스키츠 군도가, 그다음에는 오태치 암석이 불쑥 나타나는 것과 마찬가지로 그들은 이번에도 온통 바위로 이루어진 오리니섬의 돌출부가 우뚝 솟아오르는 것을 보았다. 그것은 줄지어 서 있는 거인들 같았다. 일련의 끔찍한 결투였다.

카리브디스와 스킬라*는 겨우 둘이었으나, 캐스키츠와 오태치와 오리니는 셋이었다.

암초가 수평선을 침범하는 것과 같은 현상이, 심연의 거대한 단조로움과 함께 다시 일어났다. 대양의 전투는 호메로스의 전투처럼 숭고한 이야기를 가지고 있다.

각 물결은 그들이 다가갈수록 안개 속에서 이미 끔찍한 암석의 높이를 20여 쿠데** 더 높아 보이게 했다. 암석과의 거리가 가까워질수록 돌이킬 수 없었다. 그들은 '원숭이'의 끄트머리에 이르고 있었다. 첫 번째 주름이 그들을 끌고 갈 것이었다. 파도가 한 번 더 치면 끝장날 판이었다.

그러다가 갑자기 거인의 주먹에 맞은 듯, 우르카가 뒤로 밀려났다. 물결이 배의 밑에서 박차고 일어나더니 뒤로 넘어지면서, 물거품의 갈기를 통해 그 부유물을 밀어 버린 것이다. 마투티나 호는 그 충격으로 오리니섬에서 멀리 밀려났다.

배는 다시 난바다에 떠 있었다.

그들은 어떻게 위기에서 빠져나올 수 있었던 것일까? 바람이 그들을 구한 것이다.

조금 전에는 파도가 그들을 가지고 놀더니 이제는 바람이 그

---

* 이탈리아 반도와 시칠리아섬 사이의 메시나 해협 양안에 있던 두 괴물이다.

** 1쿠데는 약 50센티미터다.

들을 가지고 놀았다. 캐스키츠 군도에서는 스스로 위험에서 벗어났는데, 오태치 암석 앞에서는 거대한 파도가 그들의 운명의 급변시켰다. 오리니섬 앞에서는 바람이 불었다. 갑자기 북쪽에서 남쪽으로 급변하는 바람이 있었던 것이다.

북서풍이 남서풍으로 바뀌었다.

조류란 물의 바람이다. 바람이란 공기의 조류이다. 그 두 힘이 서로 대립하고 있었고, 바람이 먹이에서 조류를 끌어내는 변덕을 부렸던 것이다.

대양의 변덕은 도무지 종잡을 수 없다. 그러한 변덕은 영원한 불확실성이다. 누구든 그것에 빠져들면 희망도 절망도 없다. 그것은 무엇을 행하다가 곧 그만두기도 한다. 대양은 스스로 즐긴다. 야수적 사나움의 온갖 색조가 그 넓고 음흉한 바닷속에 있다.

장 바르*는 이를 '거대한 짐승'이라 했다. 바다는 벨벳 같은 발로 정성껏 다루다가 발톱으로 공격을 가한다. 때때로 폭풍은 선박들의 조난을 재촉하고, 때로는 보호하여 잘 풀리게 한다. 부드럽게 어루만진다고까지 말할 수 있다. 바다에게는 시간이 있다. 조난자들은 그 사실을 깨닫는다.

가끔 그러한 처형이 늦춰지는 것은 해방을 의미하는 경우도

---

* 루이 14세에게 충성을 바친 프랑스의 해적이다.

있다. 그러한 경우는 매우 드물지만 조난자들은 구원의 가능성을 빨리 믿어 버린다. 폭풍의 위협이 조금만 감소해도 그들에게는 충분하다. 그들은 자신들이 위기에서 벗어났다고 확신하고, 심지어 이미 매장되었다가 부활했다고 증언하고 싶어 한다. 또한 열광적으로 그들이 아직 갖지 못한 것을 받아들인다. 불운을 담고 있던 것은 모두 고갈되었다. 명백한 사실이다. 그들은 자신들이 구조되었다는 것이 만족스럽다고 선언한다. 더는 신에게 구원을 요청할 필요가 없다. 하지만 미지에서는 너무 서둘러 확신해서는 안 된다.

남서풍은 회오리바람으로 시작되었다. 조난자들에게는 항상 거친 보조자들밖에 없게 마련이다. 마투티나 호는 죽은 여인이 머리채를 잡혀 끌려가듯, 격렬히 난바다로 끌려갔다. 성폭행의 대가를 치르고서야 티베리우스에게서 얻어 낸 사면과 흡사했다. 바람은 그들을 난폭하게 다루었다. 바람은 격노하며 그들을 도왔다. 무자비한 도움이었다.

부유물은 자신을 해방시킨 그러한 학대 속에서 결국 분해되었다.

나팔총의 탄환으로 사용할 수 있을 것 같은 굵고 단단한 우박이 선박에 체처럼 촘촘한 구멍을 낼 기세로 떨어졌다. 파도가 일렁일 때마다 우박 알갱이들이 구슬처럼 갑판 위로 굴렀다. 우르카는 파도의 부서짐과 포말의 무너짐이 반복되는 속에서, 그 형체를 알아볼 수 없게 되었다. 선박 안에 있던 사람들은 저마다 자신에 대해 생각했다.

그들은 각자 최선을 다해 꽉 매달려 있었다. 물 한 바가지가 선박을 후려치고 지나간 다음에 모든 사람들은 다 그곳에 남아 있음을 보고 서로 놀랐다. 몇몇 사람은 나무 파편에 의해 얼굴이 찢겨 있었다.

다행히 절망은 주먹을 불끈 쥐게 만든다. 공포에 빠진 아이의 손은 거인의 포옹만큼 강하다. 극도의 불안은 여인의 손가락으로 바이스를 만든다. 두려움에 사로잡힌 소녀의 발그레한 손톱은 능히 쇠를 파고든다. 조난자들은 무엇이든 잡고 매달렸으며, 서로 의지하고, 자신을 추슬렀다. 하지만 파도는 그들을 휩쓸어 갈 듯한 공포를 가져왔다.

그들은 다시 위험한 상황에서 벗어났다.

16. 불가사의한 존재의 급작스러운 부드러움

폭풍이 뚝 그쳤다. 대기에는 더는 남서풍도 북서풍도 없었다. 허공에서 들려오던 격렬한 소리도 멈추었다. 거대한 회오리바람이, 미리 약해지는 중간 과정도 없이, 스스로 심연 속으로 미끄러져 처박히듯, 하늘에서 빠져나왔다. 그것이 어디에 있는지조차 알 수 없었다. 눈송이가 우박을 대신했다. 눈이 다시 천천히 내리기 시작했다.

물결도 더는 일지 않았다. 바다가 잔잔해졌다.

이러한 급작스러운 멈춤은 눈 폭풍의 고유한 성질이다. 전류가 고갈되어 모든 것이 고요해진다. 평범한 폭풍 속에서 오래 지속되는 동요를 멈추지 않는 파도조차 그러하다. 눈 폭풍이 멈춘 후에는 성난 물결의 연장도 없다. 피로에 지친 노동자처럼, 물결은 즉시 잠든다. 물론 정역학의 법칙에 거의 위배되는 현상이다. 하지만 늙은 항해사들은 그러한 현상에 놀라지 않는다. 그들은 전혀 예측할 수 없는 온갖 일들이 바다에 있음을 알기 때문이다.

매우 드물기는 하지만, 그러한 현상은 일반 폭풍 속에서도 생기는 경우가 있다. 가령 1867년 7월 27일, 저지섬에 일어났던 그 잊지 못할 폭풍은 열네 시간 동안 맹위를 떨친 후에 문득 멈추었고, 바다 또한 즉시 잠들었다.

몇 분 후, 우르카의 주위에는 잠자는 바닷물뿐이었다.

마지막 단계는 첫 번째 단계와 닮는다. 그 순간에는 아무것도 분간할 수 없게 된다. 대기 현상으로 형성되었던 구름들이 발작하는 동안에는 보이던 것들이 모두 희미해졌다. 창백한 윤곽들이 희미한 안개 녹아 들어갔고, 끝없는 어둠이 사방에서 선박을 향해 다가오고 있었다. 그러한 어둠으로 쌓은 벽, 원형의 폐쇄, 시간이 지날수록 지름이 점점 줄어드는 원통이 마투티나 호를 감싸고 있었다. 그 모습은 거대한 부빙(浮氷)들이 서서히 모여서 다시 합쳐지는 것만큼이나 음산했다. 하늘에는 아무것도 없었고, 안개 뚜껑 하나뿐이었다. 우르카는 심연의 우물 밑바닥에 있는 것 같았다.

그 우물에는 액화된 납 웅덩이가 있었는데 그것은 바로 바다였다. 물은 더는 움직이지 않았다. 침울한 부동성이었다. 대양이 연못보다 더 사나운 적은 없다.

모든 것이 고요했고, 평온했으며, 암흑이었다. 사물의 고요는 아마 과묵함에서 비롯될 것이다.

마지막 찰랑거림이 선체를 따라 미끄러지고 있었다. 갑판은 경사를 감지할 수 없을 정도로 수평을 이루었다. 몇몇 탈구된 부분이 미약하게 건들거리고 있었다. 제1 기움 돛대에서 삼 부스러기와 역청을 태워 신호등을 대신하던 석류 모양의 초롱도 더는 흔들리지 않았고, 따라서 바다 위로 떨어지는 불티도 더는 없었다. 구름 속에 남은 바람은 더는 아무 소리도 내지 않고 있었다. 눈은 촘촘하고 부드럽게, 약간 비스듬히 내리고 있었다. 암초나 방파제로 인한 물거품 소리가 전혀 들리지 않았다. 암흑 속의 평화였다.

격노와 절정 끝에 찾아온 휴식은 오랫동안 뒤흔들린 불쌍한 사람들에게 형언할 수 없는 안락함을 느끼게 했다. 그들은 끊임없이 고문을 받고 있는 것처럼 느꼈었다. 자기들 주위와 위에서 자기들을 구해 주겠다는 승인이 이루어진 것 같았다. 그들은 다시 신념을 갖기 시작했다. 맹렬히 분노를 내뿜던 것들이 이제 모두 평온함으로 바뀌었기 때문이다. 그들에게는 평화협정이 이루어진 것처럼 보였다. 그들의 가엾은 가슴이 후련해졌다. 그들은 이제야 잡고 있던 밧줄이나 널빤지 끝을 놓고, 허리를 반듯이 펴고 서서 걷거나 조금씩 움직일 수 있었다. 그들은 자신들이 형언할 수 없을 만큼 평온해졌음을 느꼈다. 낙원 같은 그 모호한 심연 속에서는 또 다른 일이 벌써 준비되고 있었다. 그들은 확실히 질풍과 물거품과 온갖 바람과 격노에서 해방되었다.

그들은 이제 자신을 위한 여러 가능성을 염두에 두고 있었다. 서너 시간 후면 해가 뜰 것이고, 근처를 지나던 배가 그들을 발견하면 구조될 것이다. 가장 어려운 고비는 넘겼다. 다시 삶으로 돌아가고 있었다. 중요한 것은 폭풍이 끝날 때까지 물 위에서 견디었다는 사실이다. 모두 속으로 중얼거렸다.

"이제 끝났어."

갑자기 그들은 정말 끝났다는 것을 알게 되었다.

피레네산맥 북쪽 바스크 지역 출신인, 갈데아순이라는 선원이 밧줄을 찾으러 화물창으로 내려가더니, 이내 다시 올라와 말했다.

"화물창이 가득 찼습니다."

"무엇으로?"

우두머리가 물었다.

"물로 가득 찼습니다."

선원이 대답했다. 우두머리가 언성을 높였다.

"그게 무슨 뜻이야?"

"그러니까……, 30분 후에 우리가 모두 가라앉는다는 뜻입니다."

갈데아순이 대답했다.

17. 마지막 수단

용골에는 틈이 있었다. 물길이 생긴 것이다. 언제였을까? 이에 대해 아는 사람은 아무도 없었다. 캐스키츠 군도에 이르면서였을까? 오태치 암석 앞에서였을까? 오리니섬 서쪽 여울에서였을까? 아마도 그들이 '원숭이'에 닿았을 때일 가능성이 가장 크다. 그들은 심한 충격을 받았는데, 경련적인 바람이 거세지며 그들을 뒤흔들었기 때문에 물길을 전혀 알아차릴 수 없었다. 경련이 일어났을 때는 물린 자국을 느끼지 못하기 마련이다.

피레네산맥 남쪽에 있는 바스크 지역 출신인 다른 선원 아베

마리아가, 화물창으로 내려갔다가 올라오더니, 사람들에게 말했다.

"용골에 있는 물의 깊이가 두 바라쯤 됩니다."

약 6피에였다.

아베마리아가 덧붙였다.

"40분 안에 침몰할 겁니다."

침수로가 어디에 있단 말인가? 그것이 보이지 않았다. 물에 잠겨 있었다. 화물창에 고인 물의 양이 틈을 가리고 있었다. 선박의 복부 어딘가에, 배가 물에 잠기는 부분에, 구멍이 생겼을 것이 틀림없었다. 그것을 살펴보는 것도, 틀어막는 것도 불가능했다. 상처를 치료할 수 없었다. 그렇지만 물이 빠른 속도로 들어오는 것은 아니었다.

우두머리가 큰 소리로 말했다.

"펌프로 퍼내야겠어."

갈데아순이 말했다.

"펌프도 사라져서 없습니다."

"그럼 상륙합시다."

우두머리의 말이었다.

"육지가 어디에 있습니까?"

"몰라요."

"저도 모르겠습니다."

"어디엔가는 있겠지."

"그렇겠죠."

"누군가 우리를 데려가 주시오."

우두머리가 다시 말했다.

"항해사가 없습니다."

갈데아순이 대답했다.

"당신이 키 손잡이를 잡게."

"키 손잡이가 없습니다."

"아무 막대라도 좋으니 그것으로 키 손잡이를 만듭시다. 못, 망치, 모든 연장들을 가져오시오."

"연장통은 물속에 있어서 남은 것이 하나도 없습니다."

"하지만 어느 쪽으로든 가야죠."

"키도 없습니다."

"보트는 어디에 있소? 그것을 타고 노를 저읍시다."

"보트도 사라졌습니다."

"부유물을 타고 노를 저읍시다."

"노도 없습니다."

"그러면 돛은 어떻소?"

"돛도, 돛대도, 모두 사라졌습니다."

"뱃전판 하나를 떼어 돛대를 만들고, 방수포로 돛을 만듭시다. 여기에서 빠져나가야 하지 않소. 바람에 우리를 맡깁시다."

"바람이 불지 않습니다."

바람은 정말 그들을 떠나 버렸다. 폭풍이 떠났는데, 구원이라고 여겼던 그 떠남이 곧 그들을 파멸시키고 있었다. 남서풍이 계속 불고 있었다면, 그들을 미친 듯이 어느 해안으로든 밀고 갔을 테고, 물이 차는 속도보다 빨랐을 테고, 아마도 그들이 물에 잠기기 전에 어느 모래사장까지 그들을 휩쓸어 가서 표착하게 했을 것이다. 격노하는 폭풍이 그들을 육지에 닿게 할 수도 있었을 것이다. 그러나 이제는 바람이 없으니 그러한 희망도 없었다. 폭풍이 없어 그들은 죽어 가고 있었다.

최후의 상황이 나타나고 있었다.

바람, 우박, 돌풍, 회오리바람 등은 싸워서 이길 수 없는 적이다. 폭풍은 갑옷을 입지 않고 있기 때문에 잡힐 수도 있다. 계속해서 모습을 노출시키고, 멋대로 움직이며, 자주 헛손질을 하는 폭력에 대해서는 방책을 가지고 있다. 그러나 고요함에 대해서는 속수무책이다. 움켜잡을 수 있는 하나도 없기 때문이다.

바람이란 난폭한 러시아 기병의 공격과도 같다. 잘 버티기만 하면 스스로 와해된다. 반면에 고요함은 사형 집행관의 집게이다.

물은 빠르지 않고, 멈추지도 않으며, 육중하게 그리고 항거할 수 없는 기세로, 화물창 안으로 들어오고 있었다. 수위가 오를수록 그만큼 배는 내려가고 있었다. 매우 느린 속도였다.

마투티나 호의 조난자들은 자신들 아래에서 가장 큰 절망적인 재앙, 무기력한 재앙이 시작되고 있음을 조금씩, 절실히 느끼고 있었다. 무의식적인 현상에 대한 조용하고 불길한 확신이 그들을 사로잡고 있었다. 대기는 조금도 움직이지 않았고, 바다 또한 잠잠했다. 부동(不動)은 냉혹하다. 끌어당기는 힘이 그들을 조용히 잡아당기고 있었다. 말없이, 노여움과 열정과 의지와 지식이 없는 물의 두터운 저편에서, 지구 운명의 중심부가 그들을 조용히 끌어당기고 있었다. 쉬고 있던 공포가 그들을 자신과 혼합시키고 있었다. 그것은 더는 파도의 크게 벌린 아가리도, 바람과 바다로 이루어진 위협적이고 사나운 이중 턱뼈도, 물기둥의 비웃음도, 거품을 머금은 파도의 식욕도 아니었다. 알 수 없는, 무한의 검은 하품이 그 가엾은 사람들 아래에 있었다. 그들은 죽음이라는 평화로운 심연 속으로 빠져 들어가고 있음을 느꼈다. 물 위에 떠 있던 선박의 표면이 점점 줄고 있다는 것이 전부였다. 남은 부분이 언제 완전히 사라질지 예측할 수 있었다. 높아지는 조수에 의해 잠기는 것과는 정반대였다. 물이 그들을 향해 올라오는 것이 아니라 그들이 물을 향해 내려가고 있었다. 그들의 무덤이 저절로 파이고 있었다. 그들의 체중이 곧 무덤을 파는 일꾼이었다.

그들은 인간의 법이 아니라 자연의 법에 의해서 처형되고 있었다.

눈이 내리고 부유물이 움직이지 않았기 때문에 하얀 붕대가 갑판 위에 깐 천처럼 보였다. 배는 수의로 덮이고 있었다.

화물창은 점점 무거워지고 있었다. 새어 들어오는 물을 막을 방법이 없었다. 물론 불가능한 일이었겠지만 물을 퍼낼 삽조차 없었다. 그들은 불을 밝히고 횃불 서너 개를 만들어 그럭저럭 각 구멍에 꽂아 세워 놓았다. 그리고 갈데아순이 오래된 가죽 물통 몇 개를 가져왔다. 그들은 화물창의 물을 퍼내기 위해 일렬로 줄지어 섰다. 그러나 물통들은 더는 사용할 수 없는 상태였다. 어떤 것은 가죽의 꿰맨 부분이 뜯겨 나갔고, 다른 것은 밑창에 구멍이 나 있었다. 그래서 물이 퍼내는 중간에 다 새어 버렸다. 받는 것과 돌려주는 것 사이의 불균형이 실소를 자아내게 할 지경이었다. 한 톤이 들어오면 한잔이 나가는 식이었다. 다른 결과는 얻을 수가 없는 상황이었다. 백만금을 한 푼씩 지출해 다 쓰겠다는 구두쇠의 씀씀이와 다름없었다.

갑자기 우두머리가 말했다.

"짐을 버립시다."

폭풍이 몰아치는 동안 갑판에 있던 고리짝 몇 개를 묶어 두었던 것이다. 그 고리짝들은 여전히 토막 난 돛대에 묶여 있었다. 일제히 달려들어 묶인 것을 풀고, 고리짝들을 깨진 뱃전을 통해 물속으로 던져 버렸다. 그 짐 중의 하나는 바스크 여인의 것이었는데, 그녀는 한숨을 지으며 탄식했다.

"오! 빨간색 안감의 내 외투! 오! 자작나무 껍질로 만든 레이스가 달린 내 가여운 양말! 오! 마리아 축일 미사에 갈 때 달려고 했던 나의 은 귀걸이!"

갑판은 깨끗이 비워졌다. 선실만 그대로였다. 선실은 짐으로 가득 차 있었다. 앞에서 말한 것처럼 그 속에는, 승객들의 짐과 선원들의 보따리로 차 있었다. 승객들의 짐을 꺼내어 전부 깨진 뱃전을 통해 던져 버렸다.

선원들의 보따리도 모두 바닷속으로 던졌다.

선실도 깨끗이 비워졌다. 등과, 나무토막, 통, 자루, 들통, 육류 저장통, 수프가 들어 있는 냄비 등 모든 것이 물속으로 사라졌다.

이미 오래전에 불이 꺼진 철제 화덕의 나사를 풀고, 그것을 떼어 낸 다음 갑판 위로 끌어 올려, 뱃전으로 끌고 가서 배 밖으로 내던졌다.

선박 내현에 둘러친 널빤지나 늑골 보강재, 켕김줄, 부서진 선구에서 떼어 낼 수 있는 것은 모두 떼어 물속으로 던졌다.

때때로 우두머리가, 횃불 하나를 들고서 선박 앞부분에 표시된 수준 계측기를 살피며, 배가 어느 정도로 침몰했는지 확인하곤 했다.

18. 절대적 수단

가벼워진 부유물은 조금 덜 가라앉았으나 여전히 가라앉고 있었다.

이처럼 절망적인 상황에서는 더는 해결책도 없었고, 일시적 완화제도 없었다. 마지막 수단도 이미 써 버린 상황이었다.

"혹시 아직도 바다에 던져 버릴 것이 남아 있소?"

우두머리가 소리쳤다.

그때까지 아무도 신경 쓰지 않았던 박사가 선실 뚜껑 문 한 구석에서 불쑥 나오며 말했다.

"있소."

"그게 뭐요?"

우두머리가 물었다.

박사가 이렇게 대답했다.

"우리의 죄."

순간 전율이 흘렀고 일제히 소리쳤다.

"아멘."

박사는 창백한 얼굴로 서서 손가락 하나를 들어 올려 하늘을 가리키며 말했다.

"무릎을 꿇으시오."

모두들 비틀거렸다. 무릎을 꿇는 첫 동작이었다.

박사가 다시 말했다.

"바다에 우리가 지은 죄를 던집시다. 죄가 우리를 무겁게 짓누르고 있소. 그것이 이 배를 바닷속으로 가라앉게 하고 있소. 구출될 것이라는 생각을 버리고 이제 구원받을 생각을 합시다. 특히 우리가 저지른 마지막 죄가, 아니 우리가 조금 전에 저지른 죄가, 제 말을 듣고 계신 가엾은 분들이시여, 그것이 우리를 짓누르고 있소이다. 뒤에 살인 의도를 몰래 품은 채 심연의 뜻을 시험하는 것은 불경스럽고 오만불손한 짓이오. 어린아이에게 저지른 짓은 곧 신에게 저지른 짓과 같다오. 배를 탈 수밖에 없었소. 나도 그 사실은 알고 있다오. 그러나 출항은 곧 불가피한 파멸을 불러왔소. 우리의 죄가 저지른 어둠으로 인해 예고된 폭풍이 결국 일어나고 말았소. 잘된 일이라고 생각하오. 또한 그 무엇도 아쉬워하지 마시오. 이곳에서 그리 멀지 않은 곳, 저 어둠 속에, 보빌의 모래톱과 우그의 갑이 있소. 그곳은 프랑스요. 우리가 피신할 수 있었던 곳은 오직 스페인뿐이었소. 우리에게 프랑스가 영국보다 덜 위험한 것은 아니오. 우리가 바다를 무사히 벗어났다면, 아마 교수대에 도착했을 것이오. 목이 매달리거나 익사하거나, 둘 중 하나밖에, 다른 선택이 우리에게는 없소. 우리를 위해 신께서 선택해 주셨소. 신의 은혜에 감사를 드립시다. 그분께서 우리에게 정화를 위한 무덤을 허락하시는 것이오. 형제들이여, 피할 수 없는 일이었소. 조금 전에 우리가 저 높은 곳으로 어떤 이를, 그 아이를, 보낼 수 있는 일을 저질렀고, 지금 이 순간에는, 내가 말하고 있는 바로 이 순간에, 우리의 머리 위에서, 우리를 바라보고 있는 심판관 앞에서, 우리를 규탄하는 영혼이 있을지도 모른다는 사실을 생각하시오. 이 절대적인 집행 유예의 순간을 의미 있게 보냅시다. 만약 그것이 아직도 가능하다면, 우리의 능력이 닿는 한, 우리가 저지른 악을 속죄하려고 힘써 노력합시다. 만약 그 애가 우리보다 오래 산다면, 그를 도웁시다. 그가 죽는다면, 그의 용서를 얻을 수 있도록 노력합시다. 우리가 저지른 가증할 죄악을 벗어 던집시다. 우리의 의식을 짓누르는 이 무거운 짐을 내려놓읍시다. 우리의 영혼이 신 앞에서 심연 속으로 처박히지 않도록 최선을 다해 노력합시다. 그것이 진정 무서운 조난이기 때문이오. 몸뚱이는 물고기들에게로 가고, 영혼은 악마들에게 갈 수밖에 없기 때문이오. 여러분 스스로를 가엾게 여기시오. 다시 말씀드리지만, 무릎을 꿇으셔야 하오, 회개는 물속에 가라앉지 않는 배와 같습니다. 나침반이 없습니까? 틀린 말씀입니다. 여러분에게는 기도가 있습니다."

늑대들이 갑자기 양으로 변했다. 그러한 변화는 극심한 고뇌에 사로잡혔을 때 일어난다. 어두운 문이 조금 열리면, 믿는 것이 어려울지 모르지만, 믿지 않는 것은 불가능해진다. 인간이 애써 그린 종교의 다양한 초벌 그림이 아무리 불완전하다고 할

지라도, 신앙의 형태가 아무리 조잡하더라도, 교리의 윤곽이 언뜻 본 영원의 윤곽과 일치하지 않더라도, 절대의 순간에 영혼은 전율을 일으킨다. 삶 이후에 무엇인가가 시작된다. 그와 같은 압박이 임종을 고통스럽게 한다.

임종은 계약 기간의 만기이다. 그 운명적인 순간에는, 누구든 작게라도 책임감을 느낀다. 과거에 있었던 일이 미래에 일어날 일을 복잡하게 만든다. 과거가 돌아와 다시 미래 속으로 들어간다. 알고 있던 것이 미지의 세계와 마찬가지로 심연이 되는데, 그 두 심연의 한쪽에는 저지른 잘못이 있고 다른 한쪽에는 기대가 있어, 그것들의 반향을 뒤섞는다. 죽어 가는 사람을 공포에 떨게 하는 것은 이러한 두 심연의 뒤섞임이다.

그들은 삶에 대한 마지막 희망을 모두 써 버렸다. 그들이 다른 편으로 돌아선 것은 그러한 이유 때문이다. 마치 어둠처럼 그들에게는 아무런 희망도 남아 있지 않았다. 그들은 그러한 사실을 깨달았다. 그것은 음산한 눈부심이었다. 그러나 공포감이 뒤를 이었다. 죽어 가며 깨닫는 것은 번개 속에서 목격하는 사물과 비슷하다. 전부가 보이는가 싶다가 이내 아무것도 보이지 않는다. 보다가는 이내 더는 보지 못한다. 죽음 후에 눈이 다시 뜨일 것이고, 번개였던 것이 태양으로 변할 것이다.

그들은 박사에게 일제히 외쳤다.

"당신! 당신! 오직 당신밖에 없어요. 우리는 당신을 따르겠어요. 이제 무엇을 해야 하나요? 말씀해 주세요."

박사가 대답했다.

"미지의 심연을 건너, 무덤 저 너머, 즉 삶의 저편에 도달하는 일이 남았소. 내가 세상을 더 많이 아는 자이니, 내가 감당해야 할 위험이 가장 크오. 가장 무거운 짐을 진 사람에게 건너갈 다리를 선택하라 한 것은 잘한 일이오."

그가 뒤이어 덧붙였다.

"지식이 양심을 짓누른다."

그리고 다시 말했다.

"우리에게 남은 시간이 얼마나 있소?"

갈데이순이 뱃머리의 눈금을 들여다보고 나서 대답했다.

"15분 정도입니다."

"좋소."

박사가 대답했다.

그가 팔꿈치를 괴고 있던 선실의 뚜껑문이 일종의 탁자 역할을 했다. 박사는 호주머니에서 잉크병과 펜 그리고 지갑을 꺼낸 다음, 지갑에서 양피지 한 장도 꺼냈다. 몇 시간 전에, 그가 이면에 무엇인가를, 구불구불하고 촘촘하게 스무 줄쯤 써 내려간, 바로 그 양피지였다.

"불을 좀 비춰 주시오."

그가 말했다.

폭포의 포말처럼 떨어지던 눈발이 횃불을 하나씩 꺼뜨리고, 이제 남아 있는 것은 하나뿐이었다. 아베마리아가 그것을 뽑아 들고, 박사의 곁에 와서 섰다.

박사가 지갑을 호주머니에 다시 넣은 다음 펜과 잉크병을 뚜껑문 위에 놓고, 접어 두었던 양피지를 펴면서 말했다.

"잘 들으시오."

그러고 나서 바다 한가운데에 떠 있는, 흔들거리는 무덤의 판자와 같은 점점 작아지는 배다리 위에서, 박사의 엄숙한 낭독이 시작되었고, 모든 어둠조차 그 소리에 귀를 기울이는 듯했다. 그의 주위에 둘러선 죄인들은 모두 고개를 숙이고 있었다. 횃불의 타오르는 불길이 그들의 창백함을 더욱 돋보이게 했다. 박사가 읽고 있던 것은 영어로 쓰여 있었다. 가끔 처량한 시선 중 하나가 설명을 바라는 눈길을 보내면, 박사는 낭독을 중단하고, 방금 읽은 부분을 프랑스어나 스페인어, 혹은 바스크어나 이탈리아어로 옮겨서 다시 읽어 주었다. 억눌린 흐느낌 소리와 가슴팍을 둔탁하게 치는 소리가 들렸다. 선박은 계속해서 가라앉고 있었다.

박사는 낭독을 끝내고 양피지를 뚜껑문 위에 펼쳐 놓은 다음, 펜을 집어 들고 자신이 쓴 글 아래쪽에 남겨 둔 여백에 서명했다.

"닥터 게르아르두스 게에스트문드."

그리고 다른 사람들을 돌아보며 말했다.

"와서 여기에 서명하시오."

바스크 여인이 다가와 펜을 집어 들고 서명했다.

"아순시온."

바스크 여인이 펜을 아일랜드 여인에게 건넸다. 아일랜드 여인은 글을 쓸 줄 몰랐기 때문에 십자가 하나를 대신 그렸다.

박사가 십자가 옆에 이렇게 썼다.

"에뷔드 지방 티리프섬 출신의 바라바라 페르모이."

그런 다음 펜을 무리의 우두머리에게 넘겼다.

우두머리가 서명했다.

"가이스도라, 캅탈."

제노바 출신 남자는 "지안지라테"라고 서명했다.

랑그독 출신 남자는 이렇게 서명했다.

"자크 카투르즈, 일명 나르본 사람."

프로방스 출신 남자가 서명했다.

"마옹 도형장에서 온 뤽 피에르 캅가루프."

그 서명들 밑에 박사가 간략하게 덧붙여 기록했다.

"선원 세 사람 중 선장은 파도에 휩쓸려 갔고, 남은 두 사람만 서명한다."

두 선원은 그 내용 아래쪽에 서명했다. 북쪽 바스크인은 "갈데아순"이라고 서명했다. 남쪽 바스크인의 서명은 이러했다.

"도둑놈 아베마리아."

그런 다음 박사가 말했다.

"캅가루프."

"예."

프로방스 사내가 대답했다.

"자네, 하드콰논의 호리병을 가지고 있는가?"

"예."

"그것을 나에게 주게."

캅가루프는 마지막 남은 화주 한 모금을 비운 다음, 호리병을 박사에게 건넸다. 선박 내부의 물이 점점 차오르고 있었다. 부유물은 더욱 깊숙이 바다로 침몰하고 있었다.

갑판의 사면(斜面)은, 점점 커지며 잠식해 오는 얇은 물결들로 덮여 가고 있었다.

모두 선박의 현호 위에 모였다.

박사는 횃불에 쪼여서 서명의 잉크를 말렸다. 그러고는 양피지를 호리병의 지름보다 더 작게 접은 다음, 그것을 호리병 속으로 밀어 넣었다. 그리고 다시 소리쳤다.

"마개."

"어디에 있는지 모르겠습니다."

캅가루프가 대답했다.

"여기 역청을 칠하지 않은 밧줄의 끄트머리 한 토막을 드릴

게요."

자크 카투르즈가 말했다.

박사가 밧줄 끄트머리로 호리병을 봉했다. 그리고 다시 소리쳤다.

"역청."

갈데아순이 뱃머리로 가서, 막 꺼져 가고 있던 석류 모양의 신호등을 숯불 끄는 단지로 누른 다음, 그것을 선수재에서 내려 박사에게 가져왔다. 거기에는 끓는 역청이 반쯤 채워져 있었다.

박사가 호리병의 가는 목을 역청에 담갔다가 다시 꺼냈다.

모든 사람들이 서명한 양피지를 담은 호리병은 이제 봉해지고 역청 칠까지 끝냈다.

"다 됐군."

박사가 말했다.

그러자 둥글게 서 있던 사람들의 입에서, 온갖 언어로 불분명하게 웅얼거리는, 납골당의 음침한 소음이 들리기 시작했다.

"그렇게 이루어지리다."

"저의 죄이옵니다."

"그렇게 이루어지리다."

"마침 잘됐어."

"아멘."

그들의 말을 듣지 않겠다는 하늘의 무시무시한 거부 앞에서, 바벨의 어두운 음성들이 암흑 속으로 흩어지는 소리를 듣는 것 같았다.

박사는 죄악과 절망을 함께 나눈 동료들에게 등을 돌린 다음, 뱃전으로 몇 걸음 다가갔다. 뱃전에 이르러 그는 무한을 한동안 뚫어지게 바라보더니, 가슴속 깊은 곳에서 울려 나오는 소리로 말했다.

"그대 내 곁에 있는가?"

그는 아마 어느 환영에게 말하고 있었을 것이다.

부유물은 계속 밑으로 처박히고 있었다.

박사의 등 뒤에 있는 사람들도 모두 생각에 잠겨 있었다. 기도는 불가항력적인 힘이다. 그들은 스스로 고개를 숙인 것이 아니었다. 그들의 고개는 억지로 꺾이고 있었다. 그들의 회개에는 본의 아닌 것이 있었다. 그들은 바람이 없어 축 처지는 돛처럼 휘고 있었다. 그리고 그 흉측한 무리는, 두 손을 모으고 이마를 숙여, 신에 대한 절망적인 신뢰의 자세를 조금씩, 다양하게 그러나 억눌린 듯, 취하고 있었다. 심연에서 올라온 듯한 존경스러운 빛이 악당들의 얼굴에 어렴풋이 어른거리고 있었다.

박사가 그들에게로 돌아왔다. 그의 과거가 어떠했다 할지라도, 종말에 임한 그 노인은 위대했다. 그를 둘러싸고 있던 광대한 망설임이 그의 사념을 붙잡고 있었으나, 그를 당황케 하지는 않았다. 그는 불시에 일을 당한 사람이 아니었다. 그에게는 태연한 잔혹함이 있었다. 신의 위엄이 그의 얼굴에 감돌고 있었다.

늙고 깊은 사념에 잠긴 그 도적은, 자신도 모르게 교황의 거조를 보였다.

그가 말했다.

"정신들 차리시오."

그러고는 잠시 바다를 유심히 살피더니 한마디 더 했다.

"이제 우리는 곧 죽을 거요."

그런 다음 아베마리아의 손에서 횃불을 빼앗아 들고 그것을 흔들었다.

불꽃 한 가닥이 횃불에서 떨어져 나와 어둠 속으로 날아올랐다.

박사가 횃불을 바다로 던졌다.

횃불이 꺼졌다. 모든 빛이 사라졌다. 남은 것은 미지의 광막한 어둠뿐이었다. 저절로 닫히는 무덤과 흡사한 그 무엇이었다.

급작스러운 암흑 속에서 박사의 목소리가 들려왔다.

"기도합시다."

모두 무릎을 꿇었다.

그들이 무릎을 꿇은 곳은 이미 더는 눈 위가 아니라, 물속에서였다.

그들에게 남은 시간은 단 몇 분뿐이었다.

오직 박사만이 서 있었다. 눈송이가 그의 몸뚱이 위에 멈추며, 그 위에 하얀 눈물을 별처럼 뿌려 놓았고, 어두운 배경에 그의 모습을 드러나게 해 주었다. 암흑 속에서 말을 하는 조각상 같았다.

그의 발밑에서는, 부유물이 완전히 잠길 순간을 알리는 거의 분간할 수 없는 흔들림이 시작되었는데, 박사가 성호를 그으며 목소리를 높였다.

"하늘에 계신 우리 아버지."

프로방스인이 프랑스어로 주기도문을 따라 읊었다.

"Notre Pre qui tes aux cieux."

아일랜드 여인이 웨일스어로 받아서 말했다. 바스크 여인도 이해했다.

"Ar nathair ata ar neamh."

박사가 계속했다.

"Sanctificetur nomen tuum(온 세상이 아버지를 하느님으로 받들게 하시며)."

"Que votre nom soit sanctifi."

프로방스 남자가 따라 읊었다.

"Naomthar hainm."

아일랜드 여인이 중얼거렸다.

"Adveniat regnum tuum(아버지의 군림이 오게 하시며)."

박사가 계속했다.

"Que votre rgne arrive."

프로방스 남자가 받았다.

"Tigeadh do rioghachd."

아일랜드 여인의 음성이었다. 물은 무릎을 꿇고 있는 사람들의 어깨까지 차올랐다. 박사가 기도를 계속했다.

"Fiat voluntas tua(아버지의 뜻이 이루어지게 하소서)."

"Que votre volont soit faite."

프로방스 남자가 겨우 웅얼거렸다. 그리고 아일랜드 여인과 바스크 여인이 동시에 외쳤다.

"Deuntar do thoil ar an Hhalmb(하늘에서와 같이 땅에서도)!"

"Sicut in coelo, et in terra."

박사의 말이었다. 그의 말에 답하는 음성이 없었다.

그가 아래를 내려다보았다. 모든 이들의 머리가 이미 물속에 잠겨 있었다. 단 한 사람도 일어서지 않았다. 그들은 모두 무릎을 꿇은 채 물속에 잠겼다.

박사는 뚜껑문 위에 놓아두었던 호리병을 오른손에 들고, 그것을 머리 위로 추켜올렸다.

부유물은 계속 침몰하고 있었다.

물속으로 빠져 들어가면서도 박사는 주기도문의 나머지 구절을 중얼중얼 말했다.

그의 가슴팍까지 잠시 물 위에 보이더니. 이내 머리만 보였고, 그 다음에는, 호리병을 들고 있는 팔만 보였다. 그의 팔이 호리병을 무한한 세상에게 보여 주려는 것 같았다.

그의 팔도 사라졌다. 깊은 바다에는 기름 한 통에 이는 주름만큼도 물결이 일지 않았다. 눈이 계속 내리고 있었다.

무엇인가가 물 위로 떠올라, 조류를 타고 어둠 속으로 사라졌다. 엮은 버들로 감싼, 마개에 역청을 먹인 호리병이었다.

제3부
어둠 속의 아이

1. 체스힐

육지에서도 폭풍의 강렬함은 바다 못지않았다.

버려진 아이 주위에도 어김없이 광풍이 매섭게 몰아쳤다. 눈먼 힘들이 쏟아 내는 무의식적인 노기 속에서, 약하고 순진한 존재들이 어떻게 되든 신경 쓰는 이는 없다. 어둠은 약자를 가리는 법이 없고, 사물에게는 기대하던 자비로움이 없다.

문득 육지에서도 바람은 거의 불지 않았다. 추위 속에는 알 수 없는 부동의 무엇이 있었다. 우박은 단 한 알갱이도 떨어지지 않았다. 내리는 눈의 많은 양이 공포를 불러일으켰다.

우박은 때리고, 들볶고, 상처를 내고, 귀를 아프게 하고, 부순다. 그러나 눈송이는 더욱 치명적이다. 냉혹하고 부드러운 눈송이는, 조용히 자신의 일을 할뿐이다. 눈송이를 탐욕스런 눈빛으로 바라보면 즉시 녹아 버린다. 위선자가 천진해 보이는 것처럼 눈송이는 순결해 보인다. 순백이 천천히 쌓이고 쌓인 눈송이는 눈사태에 이르고, 위선자는 범행에 도달한다.

아이는 안개 속을 계속해서 걸어 나갔다. 안개는 부드러운 장애물이다. 그런 특성 때문에 위험이 비롯된다. 그것은 물러서는 동시에 버티기도 한다. 안개 또한 눈과 같이 배신을 잔뜩 품고 있다. 그 모든 위험 한가운데로 뛰어들게 된 기이한 투사였던 아이는, 어느덧 내리막길 아래에 도달해 이미 체스힐로 들어서 있었다. 그는 아무 영문도 모르는 채로, 양쪽에 대양이 있는 지협 위를 걸어가고 있었다. 안개 속에서, 눈 속에서 그리고 암흑 속에 있었기 때문에 자칫 길을 잘못 들어서면, 오른쪽으로는 깊은 포구로, 왼쪽으로는 난바다의 거친 파도 속으로 떨어질 수밖에 없었다. 그는 그러한 사실을 알지 못한 채 두 심연 사이를 걸어가고 있었다.

그 시절 포틀랜드의 지협은 독특할 만큼 거칠고 험난했다. 지금은 더는 그 시절의 지형을 찾아볼 수 없다. 포틀랜드의 암석을 이용해 로마 시멘트를 만들 생각을 하게 된 이후, 그곳의 모든 암석에 손질을 가했고, 그러한 손질로 인해 암석은 원래와는 다른 모습이 되었다. 아직도 그곳에서는 석회암, 편암, 반암 등의 층이, 잇몸에서 치아가 솟아나는 것처럼, 역암층에서 솟아나 있는 것을 발견할 수 있다. 그러나 오시푸라주들이 날아와 흉측하게 앉아 있곤 하던, 삐죽삐죽하고 거친 그 모든 산봉우리들을, 곡괭이가 잘라내고 평평하게 만들어 버렸다. 시샘을 일삼는 사람들처럼 정상만을 어지럽히기 좋아하는 랍들과 스테르코레르들*이 만남을 가질 수 있는 봉우리들은 이제 더는 없다. 옛 웨일스어에서 흰 독수리를 뜻하던, 고돌핀이라는 이름을 가진 거대한 돌도 더는 볼 수 없게 되었다. 아직도 여름이면, 해면처럼 구멍이 뚫려 버린 그 땅에서, 로즈메리와 플레이움, 야생히소푸스, 달여 먹으면 효능이 뛰어난 강심제를 얻을 수 있는 바다 회향풀, 모래에서 자라며 돗자리를 엮는데 유용한, 마디투성이 풀 등을 채취한다. 그러나 용연향이나 흑주석, 초록색과 푸른색과 샐비어 잎 색 등 세 가지 종류가 있는 판암 등은, 그곳에서 더는 발견할 수 없다. 여우들과 오소리, 수달, 담비들도 더는 그곳에 살지 않는다. 포틀랜드의 절벽에도 콘월 곶처럼 영양이 있었다. 그러나 지금은 더는 그들을 볼 수 없다. 움푹 파여들어간 몇몇 해안에서는 아직도 가자미나 밴댕이류가 잡히기도 한다. 그러나 질겁한 연어들은, 미카엘 축일과 크리스마스 사이의 기간에도, 알을 낳기 위해 웨이강을 거슬러 오르지 않는다. 크기는 새매와 비슷하고, 사과를 두 조각으로 잘라서 씨만을 발라 먹었으며 엘리자베스 여왕의 치세에도 볼 수 있었

---

* 둘 다 갈매기의 일종이다.

다는, 그 신비스러운 새도 더는 없다. 영어로는 코니시 처프라 칭하고 라틴어로는 피로카락스라 칭하며, 불이 붙은 포도 덩굴 햇가지를 지붕에 떨어뜨리는 나쁜 짓을 일삼는다는 작은 까마귀 또한 그곳에서 더는 만날 수 없다. 스코틀랜드 군도에서 섬사람들이 등유로 사용하는 기름을, 그곳에서 물고 날아와서 부리로 뿌린다는, 신비한 마법의 새 풀머도 더는 볼 수 없다. 해질무렵, 썰물이 나간 반짝거리는 해변에서도, 발은 돼지처럼 생겼고 송아지처럼 우는 소리를 낸다는, 전설적인 짐승 네츠를 더는 만날 수 없다. 귀는 돌돌 말려 있고 어금니가 뾰족하며, 발톱이 없는 발로 몸을 끌고 다니는, 수염 난 물개들도, 이제는 그곳 해변 모래에 밀려오지 않는다. 이제는 옛 모습이 남아 있지 않은 포틀랜드에는 숲이 없어 원래 밤꾀꼬리가 없었다. 그러나 그곳에 둥지를 틀었던 매와, 백조, 바다 거위들은 영영 날아가 버렸다. 오늘날의 포틀랜드 양들은 살집이 좋고 털이 가늘다. 그러나 두 세기 전 그곳에서, 소금기가 묻은 풀을 뜯던 많지 않던 암양들은, 몸집이 작고 육질은 가죽처럼 질겼으며, 털도 몹시 거칠었다. 마늘을 수시로 먹고, 일백 세의 장수를 누리며, 800미터쯤 떨어진 곳에서 길이 1온의 화살로 갑옷을 뚫던 옛 목동들이 몰고 다니던, 켈트인들이 기르는 가축다운 양이었다. 척박한 땅이 양털을 거칠게 만들었다. 오늘날의 체스힐은 예전의 체스힐과 전혀 닮은 구석이 없다. 돌까지 갉아먹는다는, 솔

랭그스 군도의 미친 듯한 바람과 인간이, 그만큼 훼손했기 때문이다.

오늘날에는 혀처럼 생긴 땅에 철로가 놓였으며, 그것이 장기판처럼 새로 지은 집들이 들어선 체실턴까지 이어지고, '포틀랜드 역'도 하나 생겼다. 옛날 물개들이 기어 다니던 곳에 열차가 지나다닌다. 200년 전의 포틀랜드의 지협은, 암석 척추를 가지고 있는 하나의 모래 등성이었다.

어린아이를 노리던 위험은 다른 방식으로 다가왔다. 내리막길에서 아이에게 위험스러운 것은, 절벽 밑으로 굴러떨어지는 것이었다. 반면 지협에서의 위험은, 수많은 구덩이 속으로 빠지는 것이었다. 낭떠러지를 지나고 나니 웅덩이가 기다리고 있었다. 해변에서 만나는 모든 것들이 함정이다. 바위는 미끄러웠고, 모래톱은 끊임없이 움직인다. 의지할 만한 곳으로 보이는 것은 모두 덫이다. 마치 유리판 위를 걷는 격이다. 모든 것이 발밑에서 갑자기 갈라질 수 있다. 그러면 갈라진 틈으로 영영 사라져 버리는 것이다. 대양은 잘 만들어진 극장처럼 제3의 무대 밑 가동 무대(可動 舞臺)를 숨기고 있다.

지협의 두 경사면이 등을 맞대고 있는 긴 화강석 뼈대는 접근하기 곤란하다. 그곳에서는 연출 용어로 '실물'이라고 부르는 것을 만나기가 어렵다. 인간은 대양에게서 환대를 기대할 수 없다. 물결로부터는 물론이고 암석에게도 환대받지 못한다. 바다가 환대하려고 기다리는 대상은 새와 물고기뿐이다. 특히 지협은 벌거벗겨져 있고 까다롭다. 양쪽에서 그것을 마모시키고 파고드는 파도가, 지협의 모습을 가장 엉망인 상태로 만들어 놓았다. 어디를 보더라도 날카롭게 생긴 돌출부, 닭의 볏이나 톱처럼 찢어진 돌의 넝마, 날카로운 어금니투성이인 상어의 턱뼈처럼 돌 레이스를 늘어뜨린 동굴들, 밟아서 미끄러지면 목이 부러질 수도 있는 위험천만한 젖은 이끼 그리고 급히 굴러가서 즉시 바닷물에 도착르는 바위들뿐이다. 하나의 지협을 건너가려 하는 사람은, 한 걸음씩 발을 옮길 때마다, 집채만큼 크고 모양이 기이한 덩어리들을 만난다. 경골 모양, 견갑골 모양, 대퇴골 모양 등 껍질 벗긴 암석들의 흉측하게 생긴 해부 현장을 목도하게 된다. 바닷가의 가느다란 선을 아무 이유없이 "코트, 프랑스어로 갈비뼈. 늑골이란 뜻도 있음"이라 부르는 것은 아니다. 그곳을 지나치는 사람은 엉망으로 널려 있는 잔해를 헤쳐나가야 한다. 지협을 통과하는 수고는 거대한 해골을 뚫고 길을 스스로 만드는 것과 비슷하다.

어린아이에게 헤라클레스의 노역을 맡기는 격이다.

밝은 대낮이었다면 좀 나았을 수 있지만, 밤이었다. 안내자가 필요했겠으나, 그는 여전히 혼자였다. 어른의 강건함도 아직 갖추지 못했으련만, 그에게는 아이의 가녀린 힘밖에 없었다. 안내자가 없으면 오솔길이나마 그에게 도움이 되었을 텐데, 오솔길조차 없었다.

그는 본능적으로 암석들의 날카로운 사슬을 피해 최대한 해변을 따라갔다. 그가 웅덩이를 만난 곳은 그곳이었다. 웅덩이는 그가 가는 길에 계속 많이 나타났는데 웅덩이의 종류는 물웅덩이, 눈 웅덩이, 모래 웅덩이 등 세 가지였다. 그중 모래 웅덩이가 가장 무서운 웅덩이이다. 모래 웅덩이에 빠지는 것은 곧 매몰됨을 뜻한다.

맞닥뜨린 것이 무엇인지 알면 놀라 두려움에 빠진다. 하지만 그것이 무엇인지조차 모른다는 것은 더 끔찍하고 무서운 일이다. 아이는 알 수 없는 위험을 상대로 싸우고 있었다. 그는 무덤일지도 모를 그 어딘가에서 길을 찾으려고 더듬고 있었다.

그는 조금도 망설이지 않았다. 바위들을 만나면 돌아서 걷고, 위험한 틈바구니들은 피하려고 했다. 본능적으로 함정을 알아챘으며, 장애물로 인한 수많은 굴곡도 마다하지 않았다. 그는 앞으로 나갔다. 곧게 갈 수는 없었지만 꿋꿋하게 걸었다.

필요한 경우에는 과감히 물러서기도 했다. 유사(流砂)의 흉측한 끈끈이로부터 적시에 모면했다. 윗몸을 흔들어서 자신에게 내려앉은 눈을 털기도 했다. 무릎까지 올라오는 물속에 들어간 것이 한두 번이 아니었다. 물에서 나오자마자 그의 젖은 누더기가 끝없는 밤의 추위에 즉시 얼어붙었다. 얼어서 뻣뻣해진 옷을 입고도 그는 빨리 걸었다. 하지만 그의 상체를 감싸고 있던 선원 작업복만은, 물에 젖지 않고 따뜻하게 보존하려고 노력했다. 그는 여전히 극심한 배고픔을 느끼고 있었다.

심연에서의 모험은 어느 면에서든 한계가 없는 것이다. 어떤 일이든 일어날 수 있다. 심지어 구원도. 탈출구가 보이지 않으나 발견할 수도 있다. 숨 막히는 눈의 소용돌이에 둘러싸인 채, 헤아릴 수 없는 두 아가리 사이에 있는 좁은 제방 위에서 길을 잃은 아이가, 앞도 보이지 않는 그 속에서, 어떻게 지협을 건넜는지는, 아이 자신도 설명할 수 없었을 것이다. 그가 미끄러졌고, 기어올랐고, 굴렀고, 더듬어 찾았고, 걸었고, 견뎠다는 것, 그것이 전부이다. 이것이 모든 승리의 비결이다. 한 시간이 채 되지 않았을 무렵, 그는 땅이 다시 높아짐을 느꼈다. 그는 다른 쪽 가장자리에 이르러 체스힐을 벗어나고 있었다. 진정한 육지에 도착해 있었다.

오늘날 샌드퍼드 캐슬을 스몰마우스 샌드로 이어 주는 다리가 그 시절에는 존재하지 않았다. 그렇게 더듬어 나가면서 아이는 아마 와이크 레지스 근처까지 거슬러 올라갔을 것이다. 그곳에는 당시 혀 모양과 비슷하게 생긴 모래톱 하나가 있었는데, 이스트 플릿을 통과하는, 자연스럽게 형성된 두렁길이었다.

지협을 무사히 빠져나오긴 했지만, 그는 폭풍과 겨울 그리고 밤과 맞닥뜨렸다.

그의 앞에는 다시 평원의 끝없는 암흑이 펼쳐지고 있었다.

그가 오솔길을 찾으려고 땅을 내려다보았다. 문득 그가 몸을 굽혔다.

눈 속에서 어떤 흔적 같아 보이는 것을 언뜻 보았기 때문이다. 정말 하나의 흔적, 발자국이었다. 하얀 눈이, 찍힌 자국을 선명하게 드러내 주었고, 또 잘 보이게 해 주었다. 그는 자국을 골똘히 들여다보았다. 맨발 자국이었다. 어른의 발보다는 작고, 아이의 발보다는 컸다.

아마 여인의 발이었을 것이다. 그 발자국 다음에 다른 자국 하나가 있었고, 그 너머에 또 하나가 보였다. 발자국은 한 걸음 거리로 이어져 있었고, 평원의 오른쪽으로 향하고 있었다. 발자국은 찍힌 지 얼마 안 되었고, 그 위에 눈이 거의 덮이지 않았다. 여인 하나가 그곳으로 지나간 것이 틀림없었다.

아이의 눈에 연기가 있는 것처럼 보였던 방향으로 어떤 여인이 걸어갔음이 틀림없었다. 발자국에서 눈을 떼지 못한 채 아이는 그 자국을 따라가기 시작했다.

2. 눈의 효과

그는 한동안 발자국을 따라서 걸었다. 불행하게도 발자국은 점점 희미해지고 있었다. 눈발은 촘촘하고 무시무시하게 내렸다. 우르카가 그 눈을 맞으며 난바다에서 파국을 맞은 것도 바로 그 순간이었다.

선박처럼, 그러나 그것과는 다르게, 곤경에 빠져 있던 아이는 앞을 가로막고 있던 풀리지 않는 암흑의 교차점 속에서, 눈 위에 찍힌 발자국 이외에는 다른 방법이 없었던지라 그것이 미로의 실이라도 되는 양 발자국에 집착했다.

문득 뒤에 내린 눈이 결국 발자국을 지워 버렸는지, 또는 전혀 다른 어떤 이유 때문이었는지, 발자국은 사라져 버렸다. 모든 것이, 반점 하나 없이, 형체도 없이, 평평하고 하나로 연결되어, 깨끗이 밀어내 버린 듯했다. 땅 위에는 하얀 천 한 조각, 하늘에는 검은 천 한 조각뿐, 더는 아무것도 없었다. 그곳으로 지나간 여인이 마치 하늘로 날아가 버린 것 같았다.

당황한 아이는 몸을 굽혀 열심히 찾았지만 헛일이었다.

그가 다시 몸을 일으키는데, 어렴풋하게 어떤 소리가 들리는 듯했다. 그러나 소리를 들었는지 확신할 수가 없었다. 그것은 하나의 목소리, 하나의 숨결, 어둠 같기도 했다. 짐승보다는 인간 같았고, 살아 있는 인간보다는 무덤 속의 인간 같았다. 그것은 분명 소리였지만 꿈속의 소리였다.

아이는 유심히 살폈지만 아무것도 보이는 것이 없었다.

적나라하고 창백한 적막만이 그의 눈앞에 끝없이 펼쳐져 있었다.

그는 귀를 기울였다. 들었다고 믿었던 것은 이제 들리지 않았다. 어쩌면 아무것도 듣지 못했는지도 모른다. 다시 귀를 기울였다. 모든 것이 고요했다. 안개가 주는 막연함 때문에 아마 환청에 사로잡혔던 모양이다. 그는 다시 걸어가기 시작했다. 그를 이끌어 줄 발자국이 더는 없었기 때문에, 무작정 앞으로 걸었다.

그곳을 채 떠나기도 전에 다시 소리가 들려왔다. 이번에는 의심할 여지가 없이 분명하게 들렸다. 그것은 흐느낌에 가까운 신음 소리였다.

그는 돌아섰다. 천천히 여기저기 바라보며 어두운 공간을 살폈다. 그러나 아무것도 보이지 않았다.

그때 다시 소리가 들려왔다.

고성소(古聖所)가 비명을 지를 수 있다면 아마 그런 소리를 낼 것이다.

그 음성보다 더 폐부를 찌르고 비통하게 느껴지고 약한 것은 없을 것이다. 그것이 진정한 목소리였기 때문이다. 그것은 하나의 영혼에서 울려 나왔다. 그 가냘픈 음성이 심장을 두근거리게 했다. 하지만 거의 무의식적으로 내는 소리인 것처럼 들렸다. 도움을 청하는 괴로움 비슷한 그 무엇, 하지만 자신이 고통이라는 사실도, 도움을 청하고 있다는 사실도 모르는, 그 무엇이었다. 최초의 숨결일 수도 있고 마지막 한숨일 수도 있는 그 비명은, 생명이 스러지기 직전에 하는 헐떡거림 및 그것을 여는 고고 지성(呱呱之聲)과 등거리에 있었다. 그것은 호흡하기도 하고, 질식하는 것처럼 들리기도 하고, 울기도 했다. 보이지 않는 곳에서 들려오는 가련한 애원의 소리였다.

아이는 먼 곳, 가까운 곳, 깊은 곳, 높은 곳, 낮은 곳 등 모든 곳을 차례로 주의를 기울였다. 그러나 아무도 없었다. 아무것도 없었다.

귀를 기울였다. 다시 목소리가 들렸다. 아이는 분명히 그 소리를 들었다. 그 음성은 새끼 양의 울음 소리처럼 느껴졌다.

아이에겐 두려움이 덮쳐왔고, 도망쳐야겠다고 생각했다.

신음 소리가 다시 들려오기 시작했다. 네 번째였다. 그 소리는 이상하리만큼 가엾고 호소력을 가지고 있었다. 의도한 것이라기보다는 기계적인 절박한 몸부림을 한 끝에, 신음 소리도 곧 사그라질 것 같았다. 그것은, 광막함 속에 유보 상태로 있는 많은 도움의 손길을 향한, 절체절명의 그리고 본능의 간청과 같았다. 혹시 그곳에 있을지도 모를 절대자에게로 향한, 죽어가는 자의 알아들을 수 없는 속삭임이었다. 아이는 소리가 들려오는 쪽으로 다가갔다.

여전히 아무것도 보이지 않았다.

그는 주위를 살피며 더 다가갔다.

신음 소리는 계속되고 있었다. 발음이 분명치 않아 알아들을 수 없었지만, 음성은 맑았고 떨리는 것이 느껴졌다. 아이는 그 소리에 아주 가까이 다가가 있었다. 하지만 도대체 어디에 있단 말인가?

그는 탄식의 주변에 있었다. 그 탄식의 떨림이 그의 곁에서 울려 퍼지고 있었다. 보이지 않는 것 속에서 떠다니는 인간의 신음 소리, 그것이 바로 아이가 만난 것이었다. 아니, 적어도 그것이 그가 받은 인상이었다. 그가 빠져들어 길을 잃어버린, 그 깊은 안개처럼 희미한 느낌이었다.

어서 도망쳐야 한다고 그를 등 떠미는 본능과, 그 자리에 머물러야 한다고 설득하는 본능 사이에서 한참 망설이고 있는데, 몇 발자국 앞의 눈 속에서 인간의 몸뚱이만 한 물결 같은 기복이 그의 눈에 띄었다. 구덩이의 불룩한 부분과 유사한, 길고 좁은 나지막한 돌출부였는데, 하얀색 묘지에 있을 것 같은 무덤처럼 생긴 모습이었다.

동시에 다시 소리가 들렸다. 그 밑에서 들려오는 것이었다. 아이는 몸을 굽히고 기복을 이룬 부분 앞에 웅크리고 앉아서, 두 손으로 그곳을 파헤치기 시작했다.

치워 버린 눈 밑에서 형체 하나가 천천히 나타나는 듯하더니 문득 그의 손 아래, 그가 만든 움푹 파인 공간에 창백한 얼굴 하나가 불쑥 나타났다.

소리를 낸 것은 그 얼굴이 아니었다. 눈은 감겨져 있고 입은 벌린 상태였는데, 입에는 눈이 가득 차 있었다.

얼굴은 꼼짝도 하지 않았다. 아이가 손으로 만져도 움직이지 않았다. 아이는, 추위 때문에 손가락 끝이 저렸지만, 그 얼굴의 차가움에 손끝이 닿는 순간 온몸에 섬뜩함을 느꼈다. 그것은 어느 여인의 얼굴이었다. 헝클어진 머리카락이 눈과 뒤섞여 있었다. 여인은 이미 죽어 있었다.

아이는 다시 눈을 파헤치기 시작했다. 여인의 목이 드러났다. 그다음 상반신의 윗부분이 드러났는데, 누더기 아래로 살결이 보였다. 문득, 더듬고 있던 그의 손끝에 어떤 움직임이 느껴졌다. 눈 속에 파묻혀 꿈틀거리는 작은 무언가가 움직이고 있었다. 아이는 서둘러서 눈을 치웠다. 그리고 미숙아의 가엾은 몸뚱이 하나를 찾아냈다. 가냘프고, 추위에 파랗게 질렸지만 아직 살아서, 알몸으로, 죽은 여인의 헐벗은 젖가슴에 매달려 있는 아기였다.

작은 여자 아기였다.

아기는 애초 천에 감싸여 있었으나, 그 누더기조차 충분하지 못했고, 게다가 몸부림을 치는 바람에 몸이 넝마 조각 밖으로 나와 있었다. 아기의 밑에 있던 눈은 비쩍 말라버린 불쌍한 팔과 다리에, 위에 있던 눈은 아이의 숨결에, 조금 녹아 있었다. 유모들이 본다면 아기가 태어난 지 다섯 달이나 여섯 달쯤 되었다고 할 수 있었을 것이다. 하지만 아기는 태어난 지 일 년쯤 되었을지도 모른다. 가난함 속에서 아이가 자라다 보면 가슴

아픈 감축을 피할 수 없기 때문에 때로는 구루병에 걸리기도 하기 때문이다. 얼굴이 공기에 닿자 아기는 울음을 터뜨렸다. 절망적인 흐느낌의 이어짐이었다. 아기의 흐느낌을 듣지 못하는 것으로 볼 때, 아기의 엄마는 정말 깊게 죽음에 들었음이 분명했다. 아이는 아기를 품에 안았다.

뻣뻣하게 굳어 버린 아기 엄마의 모습은 음산한 기운이 감돌았다. 유령 같은 빛이 그녀의 얼굴에서 새어 나오고 있었다. 휑하게 벌어진 숨결이 끊긴 입은, 암흑세계의 분명하지 않은 언어로, 눈에 보이지 않는 세계에서 사자(死者)들에게 던지는 질문에 답변을 시작하는 것 같았다. 얼어버린 평원의 창백한 반사광이 그 얼굴 위로 비추고 있었다. 갈색 머리카락 밑에 있는 아직 젊은 이마와, 화가 난 듯한 눈썹의 찡그림, 좁은 콧구멍, 굳게 감긴 눈꺼풀, 서리에 얼어붙은 속눈썹 그리고 눈 귀퉁이에서 입 귀퉁이로 이어지는 깊은 눈물 주름 등이 선명하게 보였다. 죽은 여인을 눈이 비춰 주고 있었다. 겨울과 무덤은 서로에게 해를 끼치지 않는 사이다. 시신이란 인간으로 만든 얼음덩이이다. 벌거벗은 젖가슴은 비장하게 보였다. 그 젖가슴은 이미 제 할 일을 다 했다. 그리고 삶이 결여된 존재가 준 숭고한 생명의 낙인을 간직하고 있었다. 그 위에는 처녀의 순결함 대신 모성의 위엄이 자리하고 있었다. 한쪽 젖꼭지 끝에 하얀 진주 하나가 얹혀 있었다. 꽁꽁 언 젖 한 방울이었다.

먼저 이 사실부터 짚고 넘어 가자. 아이가 길을 잃고 헤매던 평원에서, 구걸하는 여인 하나가, 젖먹이 아기에게 젖을 먹이며 쉴 곳을 찾아 헤매다가, 몇 시간 전에 길을 잃고 말았다. 그녀는 몸이 얼어서 마비된 채 눈보라 속에 쓰러져, 다시 일어서지 못했다. 무섭게 내리는 눈이 그녀를 뒤덮었다. 그녀는 아기를 자신의 몸에 최대한 밀착시켜 껴안았다. 그리고 끝내 숨을 거두었다.

어린것은 그 대리석처럼 굳은 젖을 빨려고 애를 썼다. 본능적으로 갖게 되는 불가사의한 신뢰이다. 마지막 숨을 거둔 후에도 어미는 아기에게 젖을 줄 수 있는 모양이다.

그러나 아기의 입은 젖꼭지를 제대로 찾지 못했다. 죽음이 빼앗아간 젖방울이 그곳에 얼어붙었으며, 그래서 눈 밑에서, 무덤보다는 요람에 더 익숙했던 아기가 울음소리를 냈던 것이다.

버려진 아이가 죽어 가는 아기의 소리를 들은 것이다.

그가 묻혀 있던 어린것을 찾아냈다.

그리고 자신의 품에 거둔 것이다.

아기는 아이의 품을 느끼자 울음을 멈추었다. 두 아이의 두 얼굴이 서로 맞닿았다. 그러자 젖먹이의 파리해진 입술이 젖꼭지를 찾듯 소년의 볼에 닿았다.

어린 여자아이는, 피가 얼어붙어서 심장이 멎기 직전이었다. 아기의 어머니가 이미 죽음의 일부를 아기에게 주었다. 시체는 전염되는데, 그때 제일 먼저 옮는 것이 냉각 현상이다. 아기의 두 발과 두 손, 두 팔, 두 무릎은, 얼음에 마비된 듯 차가웠다. 아이는 그 차가움이 끔찍하게 느껴졌다.

그에게는 아직 젖지 않아서 따뜻한 옷, 즉 선원 작업복이 있었다. 그는 아기를 죽은 여인의 가슴 위에 내려놓은 다음 옷을 벗었다. 벗은 옷으로 아기를 감싼 후 다시 품에 안았다. 그리고 삭풍이 몰고 온 눈보라 속에서 거의 벌거숭이가 됐음에도 불구하고 어린것을 안고 다시 길을 떠났다.

아기는 아이의 볼을 다시 찾는데 성공해 입술을 밀착시켰다. 그리고 다시 온기를 느꼈는지, 잠이 들었다. 어둠 속에 버려진 두 영혼이 나눈 첫 입맞춤이었다.

아기의 엄마는, 여전히 눈 위에 등을 대고 얼굴은 밤의 하늘을 향한 채 누워 있었다. 그러나 어린 소년이 어린 여자 아기를 감싸려고 옷을 벗었을 때, 끝없이 깊은 곳에 있던 그녀는 아마 소년을 보았을지도 모른다.

3. 괴로운 길은 짐으로 인해 더욱 어려워진다

우르카가 해변에 아이를 내버려 두고 포틀랜드의 정박지를 떠난 지 네 시간이 지났다. 그가 버려진 이후, 그가 걸었던 그

긴 시간 동안, 이제 어쩌면 그가 들어가게 될 인간 세상에서, 그는 아직 세 사람밖에 만나지 못했다. 남자 한 명, 여인 한 명 그리고 아이 한 명과의 만남이었다. 남자란 둔덕 위에 있던 그 남자였고, 여인이란 눈 속에 있던 여인이었으며, 아이란 그의 품에 안고 있는 어린 여자아이였다.

그는 피로와 배고픔으로 지칠 대로 지친 상태였다. 힘은 점점 줄어들고 짐은 늘어났지만, 그는 전보다 더욱 꿋꿋하게 앞으로 걸어갔다.

이제 그는 거의 맨몸이나 마찬가지였다. 그에게 남아 있던 얼마 안 되는 누더기들이 서리에 얼어붙어, 유리 조각처럼 날카로워졌고, 그의 살갗에 상처를 냈다. 그의 몸은 점점 얼고 있었다. 그러나 다른 아이의 몸은 뜨거워지고 있었다. 그가 잃고 있던 것이 사라지는 것은 아니었다. 그녀가 그가 잃어버린 것을 다시 받아들이고 있었다. 그는 그 열기를 느꼈다. 그것이, 가엾은 어린 여자아이에게는 생명의 부활이었다. 그는 계속해서 앞으로 걸었다.

때때로, 아기를 꼭 끌어안은 채, 그는 몸을 굽혀 눈을 한 줌 집어서, 그것으로 발을 문질렀다. 발이 얼지 않도록 하는 것이었다.

또한 어떤 때는, 타는 듯한 목마름 때문에, 눈을 조금 입에 넣고 빨았다. 갈증이 잠시 사그라드는 듯했으나, 그것이 곧 신열로 바뀌었다. 완화된다고 생각했지만 실은 악화되는 것이었다. 눈 폭풍이 어찌나 맹렬한지 아예 형체가 없어질 정도였다. 눈 홍수라는 것도 있을 수 있는 일이다. 그날이 다름 아닌 눈 홍수였다. 그 발작 증세가 대양을 뒤집어엎으며 동시에 연안 지역에 혹독하게 불어오고 있었다. 아마 그 순간, 우르카가 암초와의 싸움에서 산산조각이 난 채 분해되고 있었을 것이다.

매섭게 불어오는 찬바람 속에서, 계속 동쪽을 향해 걸으며, 그는 넓은 설원을 가로질러 건넜다. 몇 시나 되었는지조차 알 수 없었다. 오래전부터 연기도 보이지 않았다. 암흑 속에서는 그러한 표시가 금세 지워진다. 게다가 불이 꺼질 시각이 훨씬 지난 것 같았다. 또한 그가 잘못 본 것일 수도 있었다. 그가 향하고 있는 쪽에는 도시도 마을도 없을 수도 있었다.

이러한 여러 가지 의혹 속에서도 그는 굽히지 않고 걸었다.

어린것이 두세 차례 울음을 터뜨렸다. 그럴 때마다 그는 달래며 걸었다. 그러면 아기가 금세 평온을 되찾고 울음을 그쳤다. 결국 아기는 잠이 들어 깊게 잤다. 그는 추위에 오들오들 떨면서도, 아기의 체온이 따뜻한지 확인하곤 했다.

그는 아기를 감싼 작업복 자락으로 어린것의 목 주변을 여며주었다. 벌어진 옷깃 틈 사이로 서리가 들어가 녹으면서 옷과 아기 사이로 스며들지 않을까 걱정스러워서였다.

평원은 물결처럼 굴곡져 있었다. 경사면 아래 낮은 곳에 바람이 불어서 쌓인 눈더미가, 어린 그에게는 너무 깊었기 때문에, 그는 몸이 거의 반쯤 파묻힌 채 걸어야 했다. 그는 눈을 무릎으로 밀어내면서 걸었다.

움푹 파인 지점을 지나자, 매서운 바람이 쓸고 가서 눈이 적게 쌓인 평지가 나타났다. 그곳에서 빙판을 발견했다.

아기의 미지근한 숨결이 그의 볼에 닿으면 잠시 따뜻하게 느껴지다가, 그의 머리카락 사이에 멈춰서 얼음이 되었다.

그는 경계해야 할 일이 있음을 깨달았다. 결코 넘어져서는 안 된다는 것이었다. 넘어지고 나면 영영 다시 일어날 수 없을 것 같았다. 극도로 지친 상태였기 때문에, 납덩이 같은 암흑이, 이미 죽은 여인처럼, 그를 땅바닥에 넘어뜨리면, 얼음이 살아 있는 그를 땅바닥에 접합시켜 버릴 것 같았다. 그는 경사가 급하게 진 곳을 내려오면서도 무사했다. 수많은 웅덩이 사이에서 비틀거리긴 했지만 무사히 빠져나왔다. 단순한 넘어짐은 곧 죽음이었다. 잘못 헛디딘 한 걸음이 무덤의 뚜껑을 열지도 몰랐다. 그렇기 때문에 결코 미끄러지지 말아야 했다. 더는 무릎으로 버티고 다시 일어설 기운이 남아 있지 않았다. 그런데 온통 미끄러운 것들이 그의 주위를 감싸고 있었다. 보이는 것은 서리와 언 눈뿐이었다.

그가 안고 있는 어린것이 걷는 것을 극도로 복잡하게 만들었다. 그의 피로감과 지친 상태를 감안할 때, 그에게는 아기의 무게가 너무나 버거웠다. 아기가 그에게 커다란 장애물이었다. 아기는 그의 두 팔을 점거하고 있었다. 빙판 위를 걷는 사람에게는, 두 팔이 균형을 잡는데 필요한 자연적인 평형추였다.

그는 이를 포기할 수밖에 없었다.

평형추를 포기하고 그저 걸었다. 자기의 짐 때문에 자신이 어떻게 될지 까맣게 모른 채로 말이다.

어린 여자아이는 고뇌의 물그릇을 넘치게 하는 결정적인 한 방울의 물이었다.

그는 평균대 위에 올라가 있는 듯, 한 걸음 옮길 때마다 좌우로 흔들리며, 또한 어느 시선을 위한 것도 아닌 균형의 기적을 일으키며, 앞으로 걸었다. 다시 말하건대, 어쩌면 너무나 고통스러운 길에 나선 그를, 먼 암흑 속에 열려 있는 눈들이 지켜보고 있었을 것이니, 그것은 아기 어머니의 눈과 신의 눈이었을 것이다.

그는 비틀거리고, 넘어지고, 다시 중심을 잡기도 하고, 아기를 살펴보고, 옷자락으로 아기를 여며 주고, 머리를 감싸 주고, 다시 비틀거리며 앞으로 걸어가다가, 미끄러지면 즉시 몸을 일으키곤 했다. 바람은 비겁하게 그를 밀었다.

그가 필요 이상으로 멀리 가고 있었던 것이 분명하다. 정황을 살펴보면 그는, 훗날 빈클리브스 농장이 들어선 곳, 오늘날 사람들이 스프링 가든과 퍼슨네이지 하우스라고 부르는 두 지점 사이에 있는, 벌판에 있었던 것이 확실하다. 오늘날에는 소작지 농가들과 작은 별장들이 들어섰지만, 당시에는 황무지였다. 한 세기가 채 흐르기 전에 초원과 도시가 서로 갈리는 경우는 종종 있는 일이다.

그의 시야를 흐리게 만들던 얼음장 같은 광풍이 멈추는 순간, 문득 그의 앞쪽 조금 떨어진 곳에, 눈 때문에 더욱 도드라져 보이는 일단의 합각머리와 굴뚝이 보였다. 하나의 윤곽과는 반대되는 것이며, 오늘날 사람들이 사진의 원판이라고 부를 수도 있을 그 무언가, 암흑의 지평선에 하얗게 그린 하나의 도시였다.

지붕들과 집들과 하나의 숙소! 그는 이제 어딘가에 도착했다! 그는 희망적이면서 형언할 수 없는 용기가 솟아오르는 것을 느꼈다. 표류하는 선박에서 바다를 살피던 사람이 "육지다"라고 외칠 때, 이러한 감정을 느낄 것이다. 그는 발걸음을 재촉했다.

그는 드디어 사람들에게 접근하고 있었다. 생물체에 닿으려고 하고 있었다. 더는 무서워할 것이 없었다. 그의 내면에 갑자기 열기가 생겼다. 그것은 안도감이었다. 지금까지 있다가 드디어 빠져나온 그곳, 그 모든 것은 막을 내렸다. 이제부터는 어둠도, 겨울도, 폭풍도 없을 것이다. 모든 좋지 않은 것은 이제 모두 그의 뒤로 사라진 것 같았다. 아기도 더는 무겁게 느껴지지 않았다. 그는 달리다시피 하고 있었다.

그는 눈을 지붕들 위에 고정시켰다. 삶이 그곳에 있었다. 그는 지붕들로부터 시선을 떼지 않았다. 죽어서 땅속에 묻힌 사람이, 살짝 열린 무덤의 뚜껑 사이로 세상을 바라본다면 그렇게 바라볼 것이다. 그가 바라보던 것은, 연기를 내뿜는 것처럼 보였던 굴뚝이었다.

그러나 굴뚝에서는 연기가 단 한 가닥도 피어오르지 않았다.

그는 순식간에 사람들이 사는 곳에 도착했다. 도시의 외곽에 도착했는데, 그곳은 활짝 열린 거리였다. 그 시절, 통행을 막는 울타리는 이미 없어졌다.

거리가 시작되는 곳에 집 두 채가 있었다. 그 두 집에는 촛불도 램프의 불빛도 새어 나오지 않았다. 그곳뿐만 아니라 거리 전체가, 도시가, 눈에 보이는 모든 곳이 그러했다.

오른쪽에 있는 집은 집이라기보다는 하나의 지붕에 불과했다. 보잘것없이 허술한 집이었다. 벽은 짚을 잘라서 섞은 흙으로 발랐고, 지붕은 짚으로 이은 집이었다. 짚이 벽보다 많았다. 담벼락의 발치에 난 키 큰 쐐기풀이 처마 끝에 닿아 있었다. 그 오막살이에는, 고양이가 다니는 통로처럼 보이는 출입문 하나와 천장의 채광창에 불과한 창문 하나밖에 없었다. 그것들이 모두 닫혀 있었다. 그 옆에 있는 돼지우리에 짐승이 있는 것으로 보아, 사람이 사는 집임에 분명했다. 왼쪽에 있는 집은, 널찍하고, 높고, 온통 석재로 지었고, 지붕은 판암으로 덮었다. 그 집 또한 닫혀 있었다. 부자가 사는 집과 가난한 사람이 사는 집이 그렇게 마주하고 있었다.

아이는 주저하지 않았다. 그는 큰 집 앞으로 다가갔다. 굵은 못을 박아서, 장대한 떡갈나무 체커 놀이판처럼 보이는 그 두 쪽 출입문은, 안쪽에 실한 빗장과 자물쇠가 있을 것 같은 대문 중 하나였다. 대문에는 철로 된 노커 하나가 걸려 있었다.

그가 노커를 추켜올렸다. 그에게는 그것도 힘들었다. 마비된 그의 손이, 손이라기보다는 잘려 나간 손의 기부(基部)에 더 흡사했기 때문이다. 아이는 문을 한 번 두드렸다.

아무 대답이 없었다.

한 번을 더 치고 나서 다시 두 번을 쳤다.

집 안에서는 아무 기척도 느껴지지 않았다.

그가 다시 두드렸다. 역시 아무 대답이 없었다.

아이는 사람들이 모두 잠들었거나, 혹은 일어날 마음이 없는 것이라고 생각했다.

그렇게 생각하며 그는 가난한 집으로 향했다. 땅바닥의 쌓인 눈 속에 있던 조약돌 하나를 집어들어 나지막하게 문을 두드렸다.

대답이 없었다.

그는 발뒤꿈치를 들고 발끝으로 서서 창문을 두드렸다. 유리가 깨지지 않도록 조심스럽게, 그러나 충분히 소리가 들리도록 힘을 주어 두드렸다.

아무런 소리도 들리지 않았고, 발걸음을 떼는 기척도 없었으며, 불빛 하나도 생기지 않았다.

아이는, 그 집 사람들도 역시, 잠자리에서 일어나고 싶지 않은 모양이라고 생각했다.

돌로 지은 저택과 오막살이 속에는, 가엾은 사람들이 내는 소리를 듣지 못하는 난청이 있었다.

아이는 더 멀리 가 보기로 결심했다. 그러고는 그의 앞에 연이어 서 있는 집들이 이루고 있던 해협 속으로 걸어 들어갔다. 그곳은 무척 어두웠기 때문에, 도시의 입구라기보다는, 두 절벽 사이에 있는 협곡 같았다.

4. 황무지의 다른 모습

그가 들어간 곳은 웨이머스였다.

그 당시에 웨이머스는 웅장하고 화려한 오늘날의 웨이머스가 아니었다. 옛날의 웨이머스에는, 지금의 웨이머스처럼 직선으로 이루어진 부두나, 조지 3세를 기리는 동상과 여인숙이 없었다. 그 시절에는 조지 3세가 아직 태어나지 않았을 때였기 때문이다. 또한 그와 같은 이유로, 동쪽의 푸른 동산 경사진 곳에, 잔디를 마치 머리 가죽 벗기듯 도려내어, 그곳에 드러난 석회암 선을 이용해 지면에 그린, 아르팡* 면적을 차지하는 백마 그림 화이트 호스, 즉 등에 왕 한 명을 태우고, 조지 3세를 기념해 꼬리를 도시 쪽으로 향하고 있는 그 백마도 없었다. 그러한 예우는 물론 당연하다. 조지 3세는 젊었던 시절에도 결코 가져 본 적이 없던 기지를 노년에 잃어버렸던지라, 그의 치세 중에 일어난 모든 불운은 그의 책임이 아니었다. 그는 순진한 사람이었다. 그러니 그를 기리는 동상을 세우지 않을 이유가 어디 있겠는가?

180년 전의 웨이머스는 뒤섞인 어린이용 장난감처럼 균형이 잡혀 있지 않았다. 전설에 따르면, 아스타로트**가 가끔 배낭을 짊어지고 이곳을 거닐었는데, 그 배낭 속에는 모든 것들이 들어 있어서, 심지어 집 안에 있는 여인들도 있었다고 한다. 그 마귀의 배낭에서 떨어진 엉망진창의 허술한 집 무더기를 상상해 보면, 정돈되지 않은 웨이머스의 모습을 상상할 수 있을 것이다. 게다가 집 안에는 여인들이 있다. 그러한 집들의 견본으로 아직도 '음악가들의 집'이 남아 있다. 사람이 조각한 것에 벌레

* 프랑스 토속의 경작지 면적 단위다.

** 악마학에 등장하는 지옥의 제후다.

가 다시 조각해 놓은 목재로 지은 소굴들과, 바닷바람에 쓰러지지 않기 위해 서로 기댄 몇몇 기둥들이 형성한 구불구불하고 자연스럽지 않은 좁디좁은 골목과 도로, 춘분이나 추분 조류에 자주 잠기는 교차로만을 남겨 놓은, 건들거리는 남루한 건물들의 혼합물, 혹은 오래된 교회당 주위에 몰려 있는 노파 같은 낡은 집들의 더미, 그것이 바로 웨이머스였다. 웨이머스는, 영국 해안으로 흘러와 좌초한 옛 노르망디 마을의 모습이었다.

오늘날엔 호텔로 변한 웨이머스의 선술집에 들어간 여행객은, 튀긴 도다리와 포도주 한 병을 25프랑에 즐기는 대신, 몇 푼 하지 않는 생선 수프로 만족해야 하는 수모를 겪어야 했다. 물론 수프는 매우 맛있었다. 그러나 비참했다.

버려진 아이가 주운 아이를 안고 첫 번째 길을 따라 걸었고, 계속해서 두 번째 길과 세 번째 길을 차례로 살펴보았다. 그러면서 건물들의 모든 층과 지붕을 자세히 훑었다. 그러나 모두 닫혀 있었고 불이 꺼져 있었다. 가끔씩 대문을 두드려 보았지만 아무도 응답하지 않았다. 따스한 이불 속에 들어가 있는 것만큼 인간의 심장을 딱딱하게 만드는 것은 없다. 문을 두드리는 소리와 움직임에, 아기가 잠에서 깨어났다. 아기가 그의 볼을 젖꼭지 빨듯 빠는 바람에 그는 아기가 깨어난 사실을 깨달았다. 아기는 울지 않았다. 그를 엄마로 알고 있는 것 같았다.

그는 하마터면 집보다는 조각상이, 거처보다는 울타리가 더

많던 스크램브리지의 수많은 갈림길 사이에서 배회할 뻔하다가 오늘날까지도 트리니티 스쿨 근처에 존재하는, 좁은 통로로 때마침 들어서게 됐다. 그 좁은 통로가 그를 어느 해변으로 이끌어 주었는데, 그 해변은 난간 등을 갖춘 초기 단계의 부두였고, 오른쪽에는 다리 하나가 있었다.

그것은 웨이머스를 멜콤레지스로 연결시켜 주던 웨이 교였고, 그 다리의 아치 아래로 부두가 백 워터와 통한다.

그 시절에는 웨이머스가, 항구 도시였던 멜콤레지스의 외곽지대였다. 그러나 오늘날에는 멜콤레지스가 웨이머스 지역에 포함된 행정 지역이다. 작은 마을이 큰 도시를 흡수한 것이다. 그 모든 것이 그 다리를 통해서 이루어졌다. 다리란 사람들을 빨아들이는 특별한 흡착기여서, 때로는 건너편 마을을 희생시켜 한쪽 강가 마을을 성장하게 만들기도 한다.

아이는 그 다리로 갔다. 그 시대에는 지붕을 얹어 짠 목조 인도교였다. 그는 인도교를 건넜다.

다리에 지붕이 있었기 때문에 바닥 나무판에는 눈의 흔적이 없었다. 그의 벗은 발들은, 마른 나무 위를 걸으며, 잠시 동안 편안함을 느낄 수 있었다.

다리를 건너자, 그는 멜콤레지스에 이르렀다.

그곳에는 석조 가옥보다 목조 가옥의 수가 더 적었다. 그곳은 마을이라기보다는 도시에 가까웠다. 다리와 이어진 거리는 상당히 아름다웠는데, 당시 그곳을 세인트토머스 가라고 했다. 소년은 그 길로 접어들었다. 그곳에는 높은 석재 합각머리들이 많았고, 여기저기에 상점 진열대들도 보였다. 그는 다시 문을 두드리기 시작했다. 이제는 누구를 부르고 소리칠 여력조차 남아 있지 않았다.

웨이머스에서처럼 멜콤레지스에서도, 아무도 대답하지 않았다. 자물쇠들은 모두 단단히 잠겨 있었다. 창문들 또한, 그들의 눈이 눈꺼풀에 덮여 있듯, 덧창으로 닫혀 있었다. 갑자기 잠에서 깨어나는 기분 나쁜 일을 피하기 위해, 할 수 있는 모든 대비책을 마련한 것이다.

어린 방랑자는 말로 정의할 수 없는 잠든 도시의 압력을 견뎌내고 있었다. 마비된 개미집의 침묵이 현기증을 불러일으킨다. 모든 마비 상태가 그들의 악몽을 뒤섞으며, 깊은 잠들이 하나의 거대한 군중을 이루고, 널브러져 있는 인간의 몸뚱이들로부터 무수한 꿈들로 만들어진 연기가 피어오른다. 잠은 생명 바깥의 어두운 접경지대를 지니고 있다. 그리하여 잠든 사람들의 분해된 생각들은 그들 위에서 둥둥 떠다니는데, 그것은 살아 있으며 동시에 죽은 연기와 안개이며, 허공에서 역시 사유하고 있을지도 모를 개연성과 섞인다. 그로 인해 복잡하게 뒤얽히게 된다. 이 구름과 같은 꿈은 자신의 짙은 농도와 투명성을 오성이라는 별 위에 더한다. 그렇게 되면 명확한 시각을 환영이 대신하게 되고, 감은 눈꺼풀 위에서는, 무덤 속에서 파괴 작용이 일어나듯, 실루엣들과 모습들이, 촉진할 수 없는 것 속에서, 풍화되기 시작한다. 그다음에는 신비한 존재들이 흩어져서, 잠이라는 죽음의 외곽에서 우리의 생명과 섞이게 된다. 망령과 영혼의 그러한 교착이 허공에서 이루어진다. 깨어 있는 사람조차도, 음울한 생명으로 가득한 공간이 자신을 짓누르고 있음을 느낀다. 주변의 환영이, 짐작되는 그러한 실체가, 그를 거북하게 만든다. 다른 사람들의 잠에서 발산된 유령들 사이로 지나가는 깨어 있는 사람은, 곁으로 지나가는 형체들로부터 자신도 모르는 사이에 물러서고, 보이지 않는 존재와의 적대적인 접촉에 대한 막연한 두려움을 느끼거나 느낀다고 믿으며, 매 순간, 곧 사라져 버릴 형언할 수 없는 만남이, 갑작스럽고 모호하게 이루어진다고 느낀다. 꿈들이 밤에 확산되는 것이 한창 이루어지는 한가운데를 걸어가노라면, 숲 한가운데에 서 있는 것과 같은 효과가 있다.

이러한 현상을 원인을 알 수 없는 두려움이라고 일컫는다.

어른이 느끼는 그러한 감정을 아이는 더 강하게 느낀다.

밤이 주는 그러한 공포감이, 유령과 같은 집들로 인해 더욱 커지고, 홀로 투쟁하고 있던 아이를 짓누르는 모든 음산한 것에 힘을 더해 주고 있었다.

그는 콘이어 레인으로 들어섰고, 그 길 끝에 있는 백 워터를 보고는, 그것이 대양이라고 생각했다. 그는 바다가 어느 쪽에 있는지 더는 알 수 없었다. 그는 발걸음을 돌려, 왼쪽에 있는 메이든 가로 접어들었고, 다시 세인트앨번스 로까지 거슬러 올라갔다.

그곳에서, 굳이 고를 것도 없이 되는 대로 처음 만나는 집들부터 문을 두드렸다. 마지막 남은 기운을 쥐어짜서 두드리는 소리는, 급박하고 고르지 못했으며, 잠시 멈추었다가 다시 시작할 때는 거의 신경질적이었다. 그의 신열에 뒤따르는 맥박이 문을 두드리는 것 같았다.

소리 하나가 들려왔다.

시간을 알리는 종소리였다.

그의 뒤편에서, 느릿느릿 새벽 3시를 알리는 종소리가, 세인트니콜라스 성당의 낡은 종각에서 울려 퍼졌다.

그런 다음 곧 모든 것이 다시 고요 속에 잠겼다.

단 한 사람도 창문을 열지 않았다는 사실이 놀라운 일처럼 생각할 수도 있다. 하지만 그러한 침묵을 어느 정도는 설명할 수 있다. 1690년 1월은, 꽤 전염성 강한 흑사병이 런던을 휩쓴 직후였기 때문에 병든 떠돌이를 대하는 것이 두려워, 어디에 가든 그들이 환영받기 힘든 시절이었다는 사실은 말해 두어야겠다. 사람들이 창문조차 살짝 열어 보지 않은 것은, 환자들의 독기(毒氣)를 호흡하게 될까 봐 무서웠기 때문이었다.

아이에게는 밤의 추위보다 인간의 싸늘함이 더 냉혹하게 와 닿았다. 그것은 의도적인 차가움이었다. 그는 고독할 때도 느껴보지 못한 상심과 비통함에 사로잡혔다. 모든 사람들의 삶 속으로 돌아왔지만, 지금도 그는 여전히 혼자였다. 그가 느끼는 건 불안함의 극치였다. 무자비한 황무지는 무엇인지 이미 알고 있었지만 냉혹한 도시는 그가 감당하기에 너무 지나친 것이었다.

그가 조금 전에 헤아리면서 들은, 시각을 알리는 종소리는, 그의 절망감을 더 크게 만들었다. 어떤 특수한 경우에는, 시각을 알리는 종소리처럼 가혹한 것이 없다. 무관심의 선언과도 같다. 그것은 영원의 다음과 같은 말이다.

"나와 무슨 상관이야!"

아이는 걸음을 멈추었다. 그 비참한 순간에 아이가 차라리 그곳에 누워 죽어 버리는 것이 더 낫겠다고 자문하지 않았을지, 단언하기 어려운 일이다. 그러는 동안, 아기는 머리를 그의 어깨에 기댄 채, 다시 잠이 들었다. 아기의 그를 향한 맹목적인 신뢰가 그를 다시 걷게 만들었다.

오직 무너지는 것들로만 둘러싸인 그였건만, 그는 스스로 받침대라고 어렴풋하게 생각했다. 의무에 대한 신비스러운 요구였다.

그러한 생각들과 그가 처해 있던 상황은 그의 나이에는 어울리지 않았다. 아마 다 이해하지는 못했을 것이다. 하지만 그는 본능에 따라 행동했다. 그저 자신이 할 수 있는 것을 했던 것이다.

그는 존스턴 로 쪽을 향해 걸었다.

그러나 그의 걸음은 더는 걷는 것이 아니었다. 기어가다시피 하고 있었다.

그는 왼쪽으로 세인트메리가를 끼고, 좁은 골목길을 따라서 갈지자로 걸었다. 그리고 두 오막살이 사이의 구불구불한 길을 지나, 상당히 넓은 공터에 도달했다. 건물이 없는 휑한 빈터였는데, 오늘날의 체스터필드 광장이 있는 자리일 것이다. 이어진 집들은 거기까지였다. 오른쪽에는 바다가 보였고, 왼쪽에는 도시라고 생각할 만한 것이 거의 없었다.

그는 어떻게 해야 했을까? 들판이 다시 펼쳐지고 있었다. 동쪽에, 비스듬한 넓은 눈밭이 레디폴의 넓은 경사지를 두드러지게 보여 주고 있었다. 계속 걸어갈 것인가? 앞으로 나가 다시 황무지로 들어설 것인가? 뒤로 물러서서 다시 거리로 되돌아가야 하나? 입 다문 평원과 귀머거리 도시 사이에서, 두 침묵 사이에서, 어떻게 할 것인가? 두 가지의 거부 중 어느 것을 선택할 것인가?

그때 갑자기 위협하는 소리가 들려왔다.

5. 인간 혐오증이 가족을 만들다

어둠 속에서 정체를 알 수 없고, 불안감을 주는, 기이한 이빨 가는 소리가 아이에게까지 들려왔다.

사람이 깜짝 놀라 물러서게 할 만한 소리였지만 아이는 오히려 앞으로 나아갔다.

침묵 때문에 두려움에 떨고 있는 사람들에게는 위협하는 소리마저 반갑게 느껴지는 법이다.

이빨을 가는 소리가 오히려 아이를 안심시켰다. 그 위협이 그에게는 하나의 약속이었다. 그것이 비록 한 마리 맹수일지라도, 그곳에 살아서 깨어 있는 어떤 존재였기 때문이다. 그는 이빨 가는 소리가 들려오는 쪽을 향해 걸어갔다.

어느 모퉁이 하나를 돌아가자, 모퉁이 뒤에, 무덤을 비추는 거대한 조명등 같은 눈과 바다의 반사광 아래에, 마치 그곳에 피신해 온 듯한 은신처가 보였다. 오두막이 아니라면 짐수레임이 분명했다. 바퀴가 달려 있었으니 짐수레였다. 지붕이 있었다. 지붕이 있는 것을 보면 사람이 거처하는 곳이 틀림없었다.

지붕 위로 도관(導管) 하나가 솟아 있고, 도관을 통해 연기 한 가닥이 피어오르고 있었다. 연기는 주홍빛을 띠었다. 안에 따뜻한 불이 있음을 알려 주는 징후였다. 뒤에 돌쩌귀가 불룩 나와 있는 것으로 보아 문이 있음에 틀림없었고, 문 한가운데에 뚫린 정사각형 창을 통해 오두막 안의 불빛이 보였다. 아이가 다가갔다.

이빨을 갈던 것이 그가 다가오는 것을 알아차렸다. 그가 오두막 가까이 다다르자, 위협은 한층 더 맹렬해졌다. 이제는 단순한 으르렁거림이 아니었다. 위협적인 울부짖음이었다. 쇠사슬을 난폭하게 당기는 듯한 날카로운 소리가 들리더니, 문득 출입문 밑 두 뒷바퀴 사이에서, 날카롭고 하얀 이빨이 모습을 드러냈다.

두 바퀴 사이에서 무시무시한 주둥이가 나타나던 바로 그 순간에, 사람의 머리 하나가 거의 동시에 창문 밖으로 불쑥 나왔다.

"조용히 해."

머리가 한 말이었다.

주둥이는 조용해졌다.

머리가 다시 말했다.

"누가 있나?"

아이가 대답했다.

"예."

"누구?"

"저요."

"너? 네가 누군데? 어디서 왔는데?"

"힘들어요."

아이가 대답했다.

"몇 시지?"

"추워요."

"거기서 뭐하는 거니?"

"배가 고파요."

그 말에 머리가 대답했다.

"모든 사람이 귀족처럼 행복할 수 있는 건 아니지. 이제 가거라."

머리는 창문 안으로 다시 사라졌고, 창도 닫혔다.

아이는 고개를 숙여 내려다보며 잠든 어린것을 품에 다시 고쳐 안은 다음, 다시 길을 떠나기 위해 남아 있지 않은 힘을 모았다. 그가 몇 걸음 걸었고 점점 그곳에서 멀어지기 시작했다.

한편, 창이 닫힘과 거의 동시에, 출입문이 열렸다. 그러고는 디딤대 하나가 내려졌다. 조금 전 아이에게 말을 하던 목소리가, 오두막 안에서 화내며 소리쳤다.

"안 들어오고 뭐하는 거야?"

아이가 뒤돌아봤다.

"들어오라니까. 배고프고 춥다면서 들어오지 않는 저런 녀석을, 도대체 누가 나에게 보낸 거야!"

거부당했다가 안으로 들어오라고 하자, 아이는 움직이지 못하고 그 자리에 가만히 서 있었다. 다시 목소리가 들려왔다.

"들어오라니까, 녀석아!"

아이는 마음을 굳게 먹은 다음 디딤대의 첫 계단에 발을 내디뎠다.

그러나 수레 아래에서 으르렁거리는 소리가 들렸다.

아이가 멈칫 물러섰다. 벌린 주둥이가 다시 나타났다.

"조용히 해!"

남자의 목소리가 높아졌다. 주둥이가 다시 들어갔고 이내 으르렁거림도 멈추었다.

"올라와라."

남자가 다시 말했다.

아이는 몹시 힘겹게 세 계단을 올라갔다. 그는 안고 있는 아기 때문에 움직임이 불편했다. 어린것은 잠들어 있었던 데다 남서풍이 몰아치던 순간에 작업복으로 둘둘 말아 서둘러 싸안았기 때문에 전혀 보이지 않았다. 게다가 실제로 형태가 불분명한 작은 덩어리에 지나지 않았다.

아이는 세 계단을 지나 문턱에 이르렀다. 그리고 멈춰 섰다.

오두막 안에는 촛불도 밝혀져 있지 않았다. 아마 절약하기 위해서일 거라고 아이는 생각했다. 가건축물 내부는 무쇠 난로의 공기구멍을 통해 새어 나온 붉은빛으로 밝히고 있었고, 난로 속에서는 이탄이 탁탁 소리를 내며 타고 있었다. 난로 위에는 넓고 가운데가 움푹 파인 그릇 하나와, 어느 모로 보아도 먹을 것이 들어 있는 것으로 보이는 냄비 하나가 놓여 있었다. 냄비에서 좋은 냄새가 나고 있었다. 오두막의 물건으로는, 고리짝 한 개, 걸상 한 개, 불을 켜지 않고 천장에 매달아 둔 등 한 개가 눈에 띄었다. 그리고 판자벽에는, 시렁받이 위에 선반 몇 개를 얹었고, 잡다한 것들이 걸려 있는 막대 하나가 있었다. 선반과 막대 못에는 유리 제품과 구리 제품, 증류기 하나, 흔히 그를루라고 부르는, 밀랍을 잔 알로 만드는 데 쓰이는 그릇 비슷하게 생긴 식기 하나 그리고 아이는 도무지 무엇인지 예측조차 못할 기이한 물건들, 즉 화학자의 조리 기구들이 쌓여 있고 걸려 있었다. 오두막은 난로가 앞쪽에 자리한 장방형이었다. 그것은 작은 방이라고 부르지 못할 만큼 작았다. 기껏 커다란 상자라고 부를 만했다. 난로가 빛을 밝혀 주고 있던 오두막 내부보다는, 눈의 반사광을 받은 바깥이 더 밝았다. 그 가건축물 속에 있던 모든 것은 불분명하고 뿌옇게 보였다. 하지만 난로에서 새어 나온 불빛이 천장을 비추어, 그곳에 굵은 글씨로 써 놓은 것만은 분명히 읽을 수 있었다.

철학자, 우르수스

아이가 들어온 곳은 호모와 우르수스의 집이었다. 조금 전에 으르렁거리고 말을 한 주인공이 바로 그들이었다.

문턱에 도달한 아이가 발견한 것은, 키가 크고, 얼굴에 털이 없으며, 야위고 늙은 사람이었다. 쑥색 옷을 입고 난로 곁에 서 있던 그의 벗겨진 머리는 천장에 맞닿아 있었다. 그 남자가 발돋움한다는 것은 불가능해 보였다. 오두막의 높이는 그의 키와 비슷했다.

"들어와라."

남자가 말했다. 그는 우르수스였다.

아이는 집 안으로 들어섰다.

"보따리는 내려놔라."

아이는 자신이 들고 온 무거운 짐을 조심스럽게 고리짝 위에 내려놓았다. 아기가 놀라서 깨어날까 두려웠기 때문이다.

남자가 아이에게 다시 말했다.

"그 물건을 참으로 조심스럽게 내려놓는구나! 그것이 성골함이라 할지라도 더 조심할 수는 없을 것 같다. 너의 그 넝마 덩어리에 금이라도 생길까 봐 두려우냐? 아! 고약한 건달 녀석! 이 시각에 거리를 돌아다니다니! 너 누구냐? 말해 봐. 아, 참, 아니다, 대답하지 마라. 급한 일부터 해결하자. 춥다고 했지. 그러니 우선 이 불부터 쬐거라."

그러면서 남자는 아이의 양어깨를 잡고 난로 앞으로 밀었다. 그러면서 말을 계속 이어 나갔다.

"몸이 다 젖었구나! 거기다 꽁꽁 얼었어! 이 꼴로 어느 집으로 들어갈 수 있었겠느냐! 이 악당 녀석아, 이 썩은 누더기부터 우선 벗어 버려라!"

그러더니, 한 손으로는, 몹시 흥분해서 거칠게 아이의 누더기를 잡아채서 벗기고, 다른 한 손으로는 못에 걸려 있던 남자용 셔츠 하나와, 오늘날에도 사람들이 키스마이퀵이라고 부르는, 뜨개질 한 재킷 하나를 당겨 내렸다.

"자, 받아라, 별로 좋지는 않은 옷이다."

남자는 보따리 속에서 양모로 된 헌 옷을 꺼내더니, 그것으로 불 앞에서 아이의 팔과 다리를 문질러 주었다. 황홀해 기절할 지경이 된 아이는, 벌거숭이가 되었건만 따뜻한 그 순간, 천국을 직접 보고 만지는 것 같았다. 팔과 다리를 문질러 준 다음, 남자는 아이의 발을 닦아 주었다. 그러면서 한마디 했다.

"송장 녀석, 다행히 동상은 걸리지 않았구나. 앞발이나 뒷발이 얼어붙지는 않았을까 걱정했는데, 내가 멍청했군! 불수가 되지는 않겠구나. 이제 옷을 입어라."

아이는 셔츠를 입었고, 남자가 그 위에 뜨개질한 재킷을 입혀 주었다.

"자, 이제……."

남자는 그러면서 등받이가 없는 나무 걸상을 아이의 발 근처로 민 다음, 그의 양어깨를 다시 잡아서 걸상 위에 앉혔다. 그러고는 난로 위에서 김을 모락모락 피우고 있던 그릇을 집게손가락으로 가리켰다. 아이가 그릇 속에서 얼핏 발견한 것 또한 천국이었다. 그것은 감자와 비계였다.

"배가 고플 테니 어서 먹어라."

그러면서 남자는 선반에서 단단한 빵 한 덩이와 철제 포크 하나를 집어 아이에게 건넸다. 아이는 망설였다.

"내가 상까지 차려 줘야 하냐?"

남자가 말했다.

그러고는 아이의 무릎 위에 음식 그릇을 놓아주었다.

"전부 먹어라!"

아이는 극심히 배가 고픈 상태였기 때문에 당황할 겨를도 없었다. 아이는 음식을 먹기 시작했다. 이 가엾은 존재는 먹는다기보다 삼키는 것에 더 가까워 보였다. 빵 깨무는 기분 좋은 소리가 오두막을 가득 채웠다. 남자가 투덜대며 말했다.

"천천히 먹어라, 식충이 같은 녀석! 탐식가군, 불량배 녀석! 배고픈 불량배 녀석들은 처먹는 방법도 불쾌하기 짝이 없단 말이야. 귀족들의 식사가 어떻게 이루어지는지 한번 보아야 해. 나는 공작들이 식사하는 것을 여러 번 보았지. 그들은 아예 먹지를 않지. 그런 게 고상한 거야. 그들은 마실 뿐이야. 자, 새끼 멧돼지 녀석, 잔뜩 먹어라!"

기갈이 심한 배는 듣지 못하는 것이 특징이다. 아이는 남자가 심한 욕설을 내뱉어도 신경 쓰지 않았다. 게다가 욕설은 남자가 베풀어 준 자비로움으로 인해 완화되었다. 그는 우선 두 가지 급한 일과 두 가지 즐거움에만 집중했다. 그것은 언 몸을 녹이고 배고픔을 면하는 일이었다.

우르수스는 은밀하게 소리를 죽여, 작은 소리로 주문을 외우는 것처럼 중얼거리는 것을 이어 나갔다.

"나는 유명한 루벤스의 그림들이 전시되어 있는 밴퀴팅 하우스에서 제임스 국왕이 식사하는 것을 직접 본 적이 있지. 전하께서는 음식에 손을 대지 않았어. 그런데 이 거렁뱅이 녀석은 음식을 아예 뜯어먹고 있어! 뜯어 먹는다는 말은 짐승이라는 말에서 유래했지. 난 대체 무슨 생각으로 지옥의 신들에게 일곱 번이나 바쳐진 이 웨이머스에 왔는지! 오늘 아침부터 아무것도 팔지 못했어. 쌓인 눈에 대고 떠들어 대고, 폭풍우를 위해서 플루트를 연주한 셈이야. 단 1파딩도 벌지 못했는데, 저녁에는 가난뱅이까지 몰려들다니! 정말 흉악한 동네야! 멍청한 행인들과 싸움질을 벌이고, 주먹다짐을 하고, 경쟁을 해야 하다니! 그들은 동전 몇 푼만 내놓으려 해서, 나 역시 그들에게 싸구려 약만 건네지! 오늘은 그것마저 벌지 못했어! 사거리에 멍청이가 단 한 명도도 나타나지 않으니, 내 금고에도 단 1페니도 들어오지 않는군! 어서 먹어라, 지옥에서 온 녀석아! 비틀고 우적우적 깨물어라! 우리는, 식객들의 파렴치에는 대적할 만한 것이 아무것도 없는 세상에 살고 있어. 내 돈으로 부지런히 살이나 찌워라, 기생충아! 이 녀석은 굶주림에만 시달린 것이 아니라 아예 돌아버렸군. 저건 식욕이 아니라 난폭함이야. 녀석은 광견병 바이러스에 심하게 감염되었어. 누가 알겠어? 아마 흑사병에 걸렸을지도 모르지. 강도 녀석아, 너 흑사병에 걸린 거냐? 이 녀석이 흑사병을 호모에게 옮기면 어떡해야 하나! 아! 그건 절대 안 돼! 천박한 백성들이 떼거리로 죽어 간다고 해도 난 신경 쓰지 않아. 하지만 내 늑대를 죽게 하고 싶지는 않아. 이런, 나까지 배가 고프네. 분명히 말해 두는데, 이건 기분 나쁜 사건이야. 오늘 나는 밤늦도록 일해야 했어. 살다 보면 무언가를 급하게 해야 할 때가 있는 법이지. 오늘 밤 나는 무척 배가 고팠지. 나는 혼자라서, 내가 불을 지폈고 감자 한 알과, 빵 한 덩이, 비계 한 점, 우유 한 방울을 따뜻하게 데우며 난 생각했지. '좋아! 식사를 즐길 수 있겠군.' 그런데 덜컥! 바로 그 순간에 저 악어 녀석이 날벼락처럼 떨어지다니! 녀석이 내 음식과 나 사이로 당당하게 끼어들어 버렸어. 내 식당은 이제 완전히 초토화 되었어. 먹어라, 곤들매기야, 실컷 먹어라, 상어 녀석아. 도대체 너의 목구멍 속에는 이빨이 몇 개나 있는 거냐? 게걸스럽게 처먹어라, 늑대 새끼야. 아니야, 그 말은 취소한다. 나는 늑대를 존중한다. 내 먹이를 몽땅 삼켜라, 보아뱀 같은 녀석아! 나는 오늘 밤 늦게까지, 위장이 텅 비고, 목구멍은 메말랐고, 췌장은 비탄에 잠기고, 내장이 파열되도록 일을 했어. 그런데 그 보답이라는 것이 겨우 다른 녀석이 먹는 것을 구경이나 하는 거라니. 어쩔 수 없지. 두 사람이 나눠 먹어야지. 빵과 감자와 비계는 녀석에게 주었지만, 내게는 남은 우유가 있어."

그 순간, 몹시 가엾고 계속되는 울음소리가 오두막 속에서 터져 나왔다. 남자가 귀를 기울였다.

"이제는 울기까지 하는구나, 밀고자 녀석! 왜 울어?"

아이가 고개를 돌렸다. 하지만 그가 울지 않는 것은 확실했다. 그는 입안 가득 음식을 물고 있었다.

울음소리가 계속해서 들렸다.

남자가 고리짝으로 다가갔다.

"이제 보니 이 보따리가 떠들어 대고 있군! 요사파드의 계곡이로군! 보따리가 울부짖다니! 네 보따리가 왜 저토록 우는 것이냐?"

그가 선원 작업복을 풀어 헤쳤다. 그 속에서 아기의 머리가 모습을 드러냈는데, 입을 크게 벌리고 울고 있었다.

"아니, 이게 누구야? 도대체 어떻게 된 일이야? 또 하나가 있잖아. 아직 끝난 게 아니었단 말이야? 누구야! 전투 개시! 하사, 보초를 세워! 두 번째 쾅! 도대체 내게 무엇을 가져온 것이야, 이 강도 녀석아? 애가 몹시 목이 마른 모양이군. 자, 서둘러, 마실 것을 주어야겠어. 젠장! 이제 나는 우유조차 마실 수가 없게 되었잖아."

그는 선반 위에 있던 잡동사니 무더기 속에서, 붕대 두루마리 하나와, 타월 하나, 작은 유리병 하나를 집어 들면서 미친 사람처럼 중얼거렸다.

"빌어먹을 마을이군!"

그러고는 어린것을 골똘히 살피며 말했다.

"계집아이군. 날카로운 울음소리를 들으면 알 수 있지. 이 아이도 완전히 젖었군."

그러고는 아이에게 한 것처럼, 입혔다기보다는 감겨져 있던 넝마 조각들을 잡아당겨서 찢었다. 그런 뒤에, 거칠고 초라하긴 했지만 깨끗하고 잘 마른 천으로 그녀를 감싸 주었다.

재빠르고 거칠게 옷을 입히는 바람에, 어린것이 마구 울음을 터트렸다.

"고양이처럼 우는 소리를 내는군."

우르수스가 중얼거렸다.

그는 늘어진 타월 한 조각을 이빨로 자른 다음, 붕대 두루마리에서 천 한 조각을 정방형으로 찢어 내고, 그것에서 실 한 가닥을 뽑아냈다. 그리고 다시, 우유가 담겨 있던 냄비를 난로에서 들어 내리더니, 유리병에 우유를 가득 부은 다음, 타월로 병을 막고 그 위에 천을 씌운 후, 그렇게 만든 병마개에 실을 감았다. 그러고는 유리병을 자신의 뺨에 대보았다. 아기에게 너무

뜨겁지 않은지 확인하기 위해서였다. 그런 다음, 여전히 울면서 필사적으로 날뛰는 젖먹이를 왼팔로 안았다.

"어서, 먹어라, 아가! 제발 이 젖꼭지를 물어라."

그러면서 병마개를 어린것의 입에 대주었다.

어린것은 게걸스럽게 우유를 마셔 댔다.

우르수스는 어린것에게 우유병을 기울여 대주면서 으르렁거리듯 중얼거렸다.

"모두들 마찬가지야, 겁쟁이들! 원하던 것을 손에 넣으면 모두들 조용해지지."

어린것은, 무뚝뚝한 구원자가 마련해 준 젖꼭지를 얼마나 온 힘을 다해서 빨며 낚아챘던지, 발작적으로 기침을 해 대기 시작했다.

"그러다가 숨이 막혀 죽겠다. 요것이 만만찮은 먹보군!"

우르수스가 화를 내며 말했다.

그는 아기가 빨고 있던 타월을 입에서 떼어 낸 다음, 기침이 멈추기를 기다렸다가, 입술에 젖병을 갖다 대며 중얼거렸다.

"빨아라, 이 바람둥이 계집아."

그러는 동안 아이가 포크를 내려놓았다. 어린것이 우유를 마시는 모습을 보며 먹는 것조차 잊어버렸던 것이다. 조금 전, 그가 먹는 것에 열중하고 있는 동안, 그의 시선에 어려 있던 것은 만족감이었다. 그러나 이제는 감사하는 눈빛으로 바뀌었다. 그는 아기가 되살아나는 것을 물끄러미 지켜보고 있었다. 자신이 시작한 그 부활의 완성이, 그의 눈동자를 형언할 수 없는 빛으로 가득 채우고 있었다. 우르수스는 화를 토하는 듯한 말을 잇몸 사이로 계속 중얼거리고 있었다. 어린 소년은 가끔, 설명할 수 없는 감동으로 축축해진 눈을 쳐들어 우르수스를 바라보았다. 항상 학대만 받다가 모처럼 따스함을 느낀 아이에게 전해지는, 표현할 수 없는 감동이었다.

우르수스가 문득 화를 내듯 무뚝뚝하게 말했다.

"젠장, 어서 먹으라니까!"

"그러면 아저씨는요? 아저씨는 잡수실 것이 없잖아요?"

아이가 눈물을 글썽이며 떨리는 목소리로 말했다.

"너나 다 먹어라, 불한당 같은 녀석! 너에겐 그렇게 많은 음식이 아니야. 나에게도 넉넉하지 못한 양이니까."

아이는 포크를 다시 집어 들었다. 그러나 더는 먹으려고 하지 않았다. 우르수스가 부르짖듯 고함을 질렀다.

"어서 먹으라니까! 나 때문이냐? 누가 너에게 날 걱정해 달라더냐? 이봐, 가난뱅이 교구의 맨발 벗은 못된 새끼 사제 녀석아, 어서 다 먹어. 너는 먹고 마시고 잠자러 이곳에 온 거야. 그러니까 먹어, 그러지 않으면, 너와 너의 우스꽝스러운 꼬마 년을 쫓아내겠어!"

우르수스가 위협하자 아이는 다시 먹기 시작했다. 접시에 남아 있던 것을 모두 먹는 건 어려운 일이 아니었다.

우르수스가 혼자 중얼거렸다.

"이 건물은 너무 엉성하게 지어졌어. 창문으로 바람이 들어오잖아."

실제로도 앞쪽 유리창 하나가 깨져 있었다. 수레가 심하게 덜컹거렸기 때문이거나, 혹은 어느 말썽꾸러기가 던진 돌멩이에 맞았기 때문에 그렇게 된 것 같았다. 우르수스가 깨진 부분에 별 모양으로 오린 종이 한 장을 붙였으나, 그것조차 전부 붙어 있지 않았고 일부가 들떠 있었다. 매서운 바람이 그 틈으로 들어오고 있었다.

우르수스는 고리짝 위에 엉거주춤한 자세로 앉아 있었다. 어린것은 그의 팔과 무릎에 기대어, 신 앞에 모인 게루빔들처럼 혹은 젖꼭지 앞에 있는 어린아이들처럼, 기쁨에 들뜬 반쯤 잠든 상태로 병의 꼭지를 기분 좋게 빨아 대고 있었다.

"아예 취했군!"

우르수스가 중얼거렸다. 그러더니 다시 한마디를 했다.

"그러니 절제해야 한다고 어디 설교를 해 보시지!"

바람이 불어서 이번에는 유리창에 붙어 있던 종잇조각을 아예 떼어 냈고, 그것이 오두막 안을 한 번 빙글빙글 돌며 날았다. 그러나 한창 다시 태어나는 데 집중하고 있던 두 아이는 그것을 전혀 신경 쓰지 않았다.

어린 여자아이가 마시고 어린 소년이 먹는 동안, 우르수스는 계속 투덜거렸다.

"음주벽은 젖먹이 시절부터 시작되는 거야. 틸롯슨 주교가 되어 도를 넘은 음주를 나무라며 천둥처럼 호통을 쳐도 헛수고야. 지긋지긋한 외풍이군! 그런데 내 난로는 너무 낡았어. 연기가 마구 새어 나와 도첩권모증에 걸린 것 같은 지경이 되었어. 추워서 불편하고 연기도 불편하군. 도무지 앞이 잘 보이질 않아. 어린것이 나의 환대를 맘껏 이용하는군. 그런데 나는 아직 이 얼굴조차 자세히 들여다보지 않았어. 이곳에는 편안함이 부족해. 주피터를 두고 단언하건대, 나는 아늑한 방에서의 맛있는 식사를 소중하게 여기지. 나는 선천적으로는 감각적인 사람인데, 그런 사명을 잃어버린 상태야. 현인 중 가장 위대한 현인은, 식탁에서의 즐거움을 오랫동안 간직하기 위해, 두루미의 목을 가졌으면 좋겠다고 한 필록세네스였어. 오늘은 돈을 한 푼도 벌지 못했어! 하루 종일 아무것도 못 팔았어! 이건 재앙이야. '주민들이시여, 하인들이시여, 평민들이시여, 여기 의사가 왔습니다, 약이 있습니다.' '이 늙은이야, 헛수고하고 있어. 너의 약보따리를 어서 다시 묶어. 이곳에서는 모든 사람이 건강하게 지내.' 아픈 사람이 한 명도 없다니, 이곳이야 말로 저주받은 도시야! 오직 하늘만이 설사를 하는군. 무슨 눈이 이렇게 많이 오는 거야! 아나크사고라스는 눈이 검다고 가르쳤어. 추위는 곧 우울함을 불러오니, 맞는 말이지. 얼음, 그것은 밤이야. 바람은 왜 이리 세게 부는 건지! 지금 바다 위에 떠 있는 사람들의 즐거움이 어떠할지 알 것 같군. 폭풍은 우리의 이 볼품없는 상자 위로 지나가는 악마들의 소리, 무리를 만들어 무너지듯 달리는 몰이꾼들의 사냥개 부르는 외침 소리야. 구름 속에서 어떤 삭풍은 꼬리를 한 개 가지고 있고, 어떤 녀석은 뿔을 가지고 있고, 어떤 녀석은 혀에 불꽃을 달고 있고, 어떤 녀석은 날개에 발톱을 가지고 있고, 어떤 녀석은 대법관처럼 뚱뚱한 배를, 어떤 녀석은 아카데미 회원의 큰 머리를 가지고 있는데, 소리를 통해 이런 형태를 구분할 수 있지. 바람이 부는 것에 따라서 악마들도 달라져. 귀로 듣고 눈으로 보는데, 폭풍의 요란스런 소음은 그것이 곧 하나의 형태야. 참 그렇군, 바다 위에도 사람들이 있지, 이건 분명해. 친구들이여, 폭풍우에서 빠져나오시오. 삶에서 벗어나기 위해 나도 해야 할 일이 많소. 아, 젠장, 내가 여인숙을 하고 있었나? 왜 나그네들이 나에게 찾아오는 거지? 온 세상의 고뇌가 구차한 나에게까지 구정물을 튀기는군. 거대한 인간 진흙탕의 징그러운 물방울이 내 오두막에까지 튀어 들어오는군. 나는 행인들의 맹렬한 탐욕 앞에 내던져졌어. 나는 그들 앞에서 한 덩이 먹이일 뿐이야. 굶어 죽게 된 자들의 먹이야. 겨울, 밤, 판자로 만든 오두막, 그 밑에 있는 가엾은 친구 하나, 폭풍, 감자 한 알, 한 줌밖에 안 되는 난롯불, 기생충들, 모든 틈바구니로 들어오는 바람, 돈은 땡전 한 푼도 없고, 울부짖기 시작하는 보따리들! 그것들을 풀어 보면 거렁뱅이들뿐이야. 이것이 나의 운명이란 말인가! 게다가 법조차 지켜지지 않잖아! 아! 짝까지 함께 데려온 부랑자, 간악한 소매치기, 못된 의도를 품고 있는 미숙아, 아! 너는 통금 시간이 지났는데도 거리를 배회하지! 만약 우리의 착하신 왕께서 그 사실을 아신다면, 너를 지하 감옥에 냅다 던져서, 네가 절실히 깨닫게 교육을 좀 하시련만! 신사께서 이렇게 늦은 시간에 아가씨와 함께 산책을 하다니! 영하 15도의 추위에, 모자도 쓰지 않고, 신발도 없이! 그런 짓은 금지되었다는 걸 알아야지. 규칙과 법령이 있다고, 이 반역자들아! 떠돌이는 처벌받고, 자기 소유의 집을 가지고 있는 정직한 사람들은 법의 보호를 받을 수 있지. 왕들은 백성의 아버지니까. 난 내 집을 가지고 있어! 누가 너를 보았다면, 너는 광장 한가운데서 채찍질을 당했을 것이고, 그것은 그래야만 마땅한 일이야. 국가를 잘 다스리기 위해서는 질서가 필요한 법이니까. 너를 경찰관에게 데려가지 않은 것은 내 잘못이야. 하지만 나는 이렇게 생겨 먹은 사람이야. 나는 옳은 게 무엇인지 알지만 반대로 행동하거든. 아! 난봉꾼 녀석! 저런 몰골로 나를 찾아오다니! 저것들이 처음 내 집에 들어올 때는, 눈이 묻어 있는 것을 미처 발견하지 못했어. 너희들이 묻혀 온 눈이 녹으니, 내 집이 온통 젖었어. 내 집에 홍수가 났어. 이 호수를 말리려면

12파딩 정도의 석탄을 태워야겠군. 이 가건축물 속에서 셋이 살기 위해서는 어떻게 해야 하지? 이제 모든 것이 끝났어. 이제 나는 보육원을 연 거나 다름없어. 미래의 영국 거지들이 내 집에 와서 젖을 떼고 나갈 판이야. 가난이라는 위대한 쓰레기가 잘못 낳아 놓은 태아들을 거둬들이고, 교수대의 사냥감들이 더욱 추하게 완벽해지도록 나이 어릴 때부터 훈련시키며, 젊은 사기꾼들을 철학자로 만드는 것이, 나의 직업이며 사명이고 역할이 된 거야! 곰*의 혀는 신의 도구야. 다시 말하면, 만약 내가 지난 30년 동안 저런 부류들에게 속아서 이용당하지 않았다면, 나는 지금 부자가 됐을 거고, 호모도 살이 통통하게 올랐을 거야. 또한, 헨리 8세의 주치의였던 리나크르 박사 못지않게 많은 의료 기구를 갖추고, 온갖 종류의 다양한 짐승과 이집트의 미라, 다른 유사한 것 등 희귀한 것들로 가득한 진찰실도 하나 가질 수 있었겠지! 나도 의과대학의 일원이 되었을 것이고, 그 유명한 하비가 1652년에 세웠다는 도서관을 자유롭게 출입하며, 런던이 전부 내려다보이는 그 건물의 옥상 누각에서 연구할 수 있는 권리도 얻었겠지! 그리고 태양의 흑점에 대해서 연구를 하면서, 안개와 같은 성질을 가진 수증기가 그 천체에서 분출된다는 것을 증명할 수도 있겠지. 그것은, 성 바르텔로메오 축

* 우르수스 자신을 가리킨다.

일에 일어난 학살 사건 한 해 전에 시작된 황제의 보호를 받던 요하네스 케플러라는 사람의 견해야. 태양은 가끔씩 연기를 뿜어내는 굴뚝이야. 내 난로도 마찬가지지. 그래, 나는 재산을 모았어야 해. 그럼 지금과는 다른 인물이 되었을 텐데. 이렇게 말도 저속하게 하지 않았을 것이고, 네거리에서 과학의 품격을 떨어뜨리지도 않았을 거야. 민중은 배움이 필요 없어. 민중이란 지각없는 덩어리에 불과해. 온갖 연령층과 성향과 계급과 성별이 섞여 있는, 질서가 없는 혼합물일 뿐이야. 그리하여 시대를 막론하고, 현인들은 그들을 경멸하는 것을 망설이지 않았고, 가장 정상적인 현인들조차도, 민중의 염치없는 행동과 광란을 당연히 혐오하게 되었지. 아! 존재하는 것은 무엇이든 나에게 지루함만 안겨 주지. 이런 기분을 느끼면 오래 살지 못한다고들 하던데. 인생이란 순식간에 지나가 버려. 아니, 그렇지 않아. 아주 길어. 우리가 용기를 잃지 않도록, 우리가 존재하는 것에 만족하는 멍청함을 간직할 수 있도록, 온갖 밧줄과 못을 이용해서 목을 매 자살할 멋진 기회들을 우리가 이용하지 못하도록, 자연은 가끔씩 인간을 보살피는 척하지. 오늘 밤에는 그것조차 하지 않았어. 음험한 자연은, 밀을 성장하게 하고 포도를 무르익게 하며, 꾀꼬리에게 노래를 부르도록 하지. 이따금씩 비추는 서광 한 줄기, 혹은 진을 한 잔 마시는 게 사람들이 행복이라고 부르는 것들이야. 고통의 거대한 수의 둘레를 장식하는 얇은 천 조각에 불과하지. 우리 앞에 펼쳐진 운명은, 악마가 그 천을 짜고, 신께서는 그것으로 가장자리 장식만 만드셨어. 어쨌든 네가 나의 저녁거리를 먹어 버렸어, 도둑놈 같으니라고!"

그러는 동안, 화가 났음에도 불구하고 부드럽게 그가 품에 안고 있던 젖먹이는, 슬그머니 다시 눈을 감았다. 배가 부르다는 표시였다. 우르수스가 유리병을 들여다보더니, 으르렁거리듯 중얼거렸다.

"다 마셨구나, 염치도 없는 것!"

그가 일어났다. 그러고는 왼쪽 팔로 어린것을 안아 들고, 오른손으로 고리짝 뚜껑을 열더니 그 속에서 곰의 모피를 한 장 꺼내 들었다. 그가 자신의 '진정한 가죽'이라고 부르던 그것이었다.

그러는 동안에도 그는 다른 아이가 먹는 소리를 들었고, 아이를 옆으로 쳐다보며 중얼거렸다.

"이제부터 내가, 한창 크는 저 식충이를 먹이고 길러야 한다면, 만만찮은 힘든 일이겠군! 아무리 일을 해도 늘 배고픔에 시달리겠어."

그러면서도, 여전히 팔 하나만으로, 최선을 다해 곰의 모피를 고리짝 위에 펼쳤다. 잠든 어린 것을 깨우지 않기 위해, 팔꿈치를 이용하며 조심스럽게 행동했다. 그런 다음 어린것을 모피 위에 놓고 난롯가 가까운 쪽에 눕혔다.

그 일을 마치고 나서 그는 빈 유리병을 난로 위에 놓으며 불평했다.

"이제 목이 마른 건 나야!"

그가 냄비 속을 들여다보았는데 거기에는 우유가 몇 모금 남아 있었다. 그는 냄비를 입술에 가져다 댔다. 마시려고 하는 순간 그의 눈이 아기의 얼굴과 마주쳤다. 그는 우유를 마시려던 냄비를 난로 위에 다시 내려놓았다. 그리고 유리병을 집어 들고 마개를 열더니 남은 우유를 몽땅 냄비 속에 부었다. 우유가 병을 채울 만큼만 남아 있었다. 다시 타월로 병 주둥이를 막은 후, 천을 씌우고 실로 묶었다.

"여전히 배가 고프고 갈증이 나는군."

그가 다시 중얼거렸다.

그러고는 다시 한마디 했다.

"빵이 없을 때는 물을 마시면 돼."

난로 뒤에 주둥이가 깨진 단지 하나가 보였다.

그가 그 단지를 아이에게 내밀며 말했다.

"마실 테냐?"

아이는 물을 마시고 나서 다시 먹기 시작했다.

우르수스는 단지를 다시 집어 들고 그것을 입에 대었다. 난로 근처에 있었던 단지 속의 물은, 온도가 고르지 않게 변해 있었다. 그가 몇 모금 마시더니 얼굴을 찌푸렸다.

"맑다고 하는 물아, 너는 거짓말하는 친구를 닮았구나. 겉은 미지근하고, 속은 차가워."

그러는 동안에 아이가 식사를 마쳤다. 접시는 텅 빈 것 이상으로, 깨끗하게 닦여 있었다. 그는 재킷 사이와 무릎 위에 떨어진 빵가루를 모아서 입에 넣고 우물거리며 생각에 잠겨 있었다.

우르수스가 그를 바라보며 말했다.

"아직 끝난 게 아니다. 이제 우리 두 사람만 남았어. 입이란 먹는 데만 쓰이는 것이 아니야. 말을 하는 데도 사용하는 것이지. 이제 몸도 따뜻해졌고, 배도 부를 테니, 주의하고 내 질문에 대답해 봐. 우선, 넌 어디에서 왔지?"

"모르겠어요."

"뭐라고, 모르겠다고?"

"오늘 저녁에 바닷가에 버려졌어요."

"아! 부랑배 녀석! 이름이 뭐지? 부모가 버리고 갈 정도로 고약한 녀석이로군."

"저는 부모님이 안 계세요."

"내 성격을 조금이라도 알아 두도록 해라. 나는 누구든지 나에게 헛소리에 불과한 노래를 하는 것을 딱 싫어한다. 너에게는 부모님이 계신다. 누이가 있다는 게 그 증거지."

"내 누이가 아니에요."

"네 누이가 아니라고?"

"아니에요."

"그럼 누구야?"

"주운 아기에요."

"주웠다고!"

"예."

"도대체 어떻게 그랬지! 네가 저것을 주웠다고?"

"예."

"어디에서 주운 거냐? 만약 거짓말하면 가만두지 않겠다."

"눈 속에서 죽은 어느 여자 위에서 주웠어요."

"언제?"

"한 시간 전에요."

"어디에서?"

"이곳에서 10리쯤 떨어진 곳에서."

우르수스의 아치 모양 이마에 주름이 잡혔는데, 철학자의 감정을 표시하는 날카로운 눈썹의 형태였다.

"죽은 여자라고! 행복한 여자군! 아기를 그곳에, 그 눈 속에, 내버려 두었어야지. 그곳이 편했을 거야. 어느 쪽이었지?"

"바다 쪽이에요."

"다리를 건너서 온 거냐?"

"예."

우르수스는 뒤쪽의 창을 열고 밖을 살폈다. 날씨는 조금도 나아지지 않았다. 눈이 촘촘히 그리고 우울하게 내리고 있었다.

그가 창을 다시 닫았다.

그는 깨진 유리창에 넝마 한 조각을 덧대어 구멍을 막았다. 그런 다음 난로에 이탄을 조금 더 넣었다. 그러고는 곰의 모피를 고리짝 위에 가능한 넓게 펴고, 한구석에 있던 두꺼운 책 한 권을 베개로 사용하기 위해 머리맡에 놓은 다음, 잠든 아기의 머리를 그 위에 올려놓았다.

그가 아이를 돌아보며 말했다.

"여기에 누워서 자거라."

아이는 시키는 대로 순종적으로 아기 옆에 몸을 쭉 펴고 누웠다.

우르수스는 곰의 모피로 두 아이를 함께 감싼 다음, 남는 자락을 그들의 발밑으로 접어서 넣었다.

그는 선반 위로 손을 뻗더니, 외과용 의료 기구와 묘약이 들어 있는 주머니가 달린 띠 하나를 꺼내 허리에 둘렀다.

그런 다음 천장에 걸려 있던 귀머거리 초롱을 내려서 불을 붙였다. 불이 붙었지만 아이들은 여전히 어둠 속에 있었다.

우르수스가 조용히 문을 열면서 말했다.

"밖에 나갔다 오마. 무서워하지 마라. 곧 돌아올 테니. 어서 자거라."

그러고는 디딤대를 내리면서 외쳤다.

“호모!”

부드러운 으르렁거림이 그의 부름에 대답했다.

우르수스가 손에 초롱을 들고 내려간 뒤, 디딤대는 다시 올려지고, 출입문이 다시 닫혔다. 아이들만 남은 것이다.

밖에서 목소리 하나가 들려왔다. 우르수스의 목소리였다.

“내 저녁거리를 다 먹어 치운 녀석! 아직 안 자냐?”

“예.”

아이가 대답했다.

“좋아! 혹시 아기가 칭얼대면 남은 우유를 먹여라.”

쇠사슬이 풀린 소리와 사람이 걸어가는 소리, 짐승의 발걸음 소리가 섞여서 들리더니 그 소리도 점점 멀어졌다.

잠시 후 두 아이는 깊게 잠들어 있었다.

설명할 수 없는 두 숨결의 뒤섞임이었다. 그것은 순결 이상의 무지였다. 성에 눈뜨기 전의 혼례 후 초야였다. 어린 소년과 여자 아기가, 벌거벗은 채로 나란히 누워, 그 어둠 속에서 조용한 시간에 천사의 동침을 이루고 있었다. 그 나이에 꿀 수 있는 다양한 꿈들이 둘 사이를 날아서 오갔다. 그들의 꼭 감은 두 눈 밑에는 아마 별빛이 빛나고 있었을 것이다. 여기에서 결혼이란 말이 어울리지 않는다면, 그들은 천사들의 세계에서 온 신랑과 신부였다. 어둠 속의 순진무구함, 포옹의 순결함, 그러한 천국의 예견은, 오직 아이들이기에 가능하며, 어느 거대함도 아이들의 이러한 위대함에는 미치지 못한다. 모든 심연 중에서 가장 으뜸인 심연이 바로 이것이다. 삶의 영역 밖에서 사슬에 묶인 사자(死者)의 무시무시한 영속성도, 난파선에 들러붙는 대양의 거대한 가차 없음도, 매장된 형체를 모두 뒤덮어 버리는 눈의 광막한 백색도, 비장함에서는 깊이 잠들어서 신성하게 맞닿아 있지만 그 만남이 아직 입맞춤이 아닌, 아이들의 두 입술에는 비교조차 할 수 없다. 그것은 약혼일 수도 있고, 또한 대재앙일 수도 있다. 그 둘의 사이를 알 수 없는 존재가 짓누르고 있다. 그들의 모습은 매혹적이지만 그것이 무시무시한 것이 아닐지 누가 알 수 있으랴? 그저 심장이 죄어들 정도로 조마조마할 뿐이다. 순수함은 미덕보다 더 숭고한 것이다. 순수함은 신성한 미망(迷妄)으로 이루어졌다. 그들은 잠들어 있었다. 그들은 평화로웠고 그들의 품은 따뜻했다. 뒤엉킨 두 육체의 벌거벗은 상태가 두 영혼을 결합되게 했다. 그들은 마치 심연의 보금자리에 있는 것 같았다.

6. 깨어남

아침은 음산하게 시작된다. 슬픈 하얀 빛이 오두막 안을 비추었다. 얼음처럼 찬 새벽이었다. 밤에 의해 유령처럼 새겨진 사물의 부조를 음울한 현실로 그려내는 미명도 깊이 잠든 아이들을 깨우지는 못했다. 오두막 안은 따뜻했다. 교차되는 두 아이들의 두 숨결이, 평화로운 두 물결 소리처럼 들렸다. 밖에는 더는 매서운 바람이 불지 않았다. 새벽녘의 선명함이 서서히 수평선을 물들이고 있었다. 별들도, 하나하나 차례로 꺼지는 촛불들처럼 사라지고 있었다. 몇몇 굵은 별들의 저항만이 있을 뿐이었다. 무한의 깊이 있는 노래가 바다로부터 흘러나오고 있었다.

난로의 불은 아직 조금 남아 있었다. 어렴풋함이 점점 환한 빛으로 변하고 있었다. 어린 소년은 어린 계집아이보다 잠이 적었다. 그의 내면에는 무의식적으로 숙직자와 보호자가 자리 잡고 있었다. 유난히 밝은 햇살 한줄기가 유리창을 통과했고, 그 바람에 아이가 눈을 떴다. 어린아이의 잠은 망각으로 귀결된다. 그는 반쯤 깬 상태에서, 자신이 어디에 있는지, 자신의 곁에 무엇이 있는지조차 몰랐다. 천장을 바라보며, '철학자, 우르수스'라고 쓰여진 글자들로 애매한 꿈들을 구성하면서도, 기억을 되살리려 애쓰지 않았다. 글자들을 곰곰히 살펴보았지만 무슨 뜻인지 알 수 없었다. 읽을 줄을 몰랐기 때문이다.

열쇠를 자물쇠에 꽂는 소리가 들리자 아이가 목을 벌떡 세웠다.

출입문이 열리고 디딤대가 내려졌다. 우르수스가 돌아온 것이었다. 꺼진 초롱을 손에 들고 그가 디딤대 세 계단을 올라왔다. 동시에 네 개의 발이 디딤대를 마구 짓밟는 소리를 내며, 잽싸게 올라왔다. 우르수스를 따르던 호모도 함께 집으로 돌아왔다.

아이는 잠이 깨어 소스라치게 놀랐다.

시장기를 느꼈을 늑대가 아침 하품을 했고, 그 바람에 이빨이 몽땅 드러났다. 늑대의 이빨은 매우 희었다.

그는 반쯤 올라와서 두 앞발은 오두막 안으로 들여놓고, 두 앞다리 무릎은 설교사가 팔꿈치를 강단 끝에 걸치는 것처럼 문턱 위에 올려놓았다. 그는 평소와는 다른 방식으로 고리짝에 다른 사람이 있는 것을 발견하고, 멀리 떨어져서 열심히 냄새를 맡았다. 문의 틀 속에 자리 잡은 늑대의 흉상이, 밝은 아침 햇살 위에서 까맣게 부각되고 있었다. 늑대는 드디어 결심을 한 듯, 집 안으로 들어왔다.

아이는, 늑대가 오두막 안으로 들어오는 것을 보자 곰의 모피에서 빠져나와 벌떡 일어서더니 아무것도 모르고 잠들어 있는 아기 앞을 막아섰다.

우르수스는 초롱을 천장의 못에 다시 걸었다. 그러고는 의료기기 주머니가 달려 있는 띠의 고리를 조용히 그리고 기계적으로 느릿느릿 풀어, 그것을 선반에 다시 올려놓았다. 그는 어디도 바라보지 않았고, 또 아무것도 보이지 않는 것 같았다. 그의 눈동자는 유리에 가려져 있는 듯했다. 무엇인지 모를 심오

한 것이 그의 뇌리에서 움직이고 있었다. 이윽고 평소처럼 그의 생각이, 갑자기 튀어나온 그의 말에 실려 모습을 드러냈다. 그가 소리 높여 말했다.

"정말 운이 좋은 여자야! 죽었어, 완벽하게 죽었어."

그는 몸을 굽힌 채 이탄 한 삽을 퍼서 난로에 넣고, 부지깽이로 불을 쑤시면서 다시 소리쳤다.

"겨우 그녀를 찾을 수 있었어. 미지의 심술이 그녀를 2피에 깊이의 눈 속에 숨겨 놓았지. 지성으로 보는 크리스토퍼 콜럼버스에 못지않게 코로 잘 보는 호모가 없었다면, 나는 아직도 그곳의 눈 더미 속을 헤매며, 죽은 여인과 숨바꼭질을 하고 있을 거야. 디오게네스는 손에 등을 들고 남자를 찾아다녔다지만, 나는 등을 든 채 한 여인을 찾아다녔어. 그는 비아냥거림을 만났지만, 나는 슬픔을 만났어. 몸뚱이가 얼음장 같았지! 그녀의 손을 만져 보니 돌덩이었어. 눈 속에 있는 그녀의 그 고요함! 뒤에 아이를 남겨 놓고 죽다니, 어찌 그리도 멍청할 수 있을까! 이제 이 상자 속에서 셋이 지내려면 불편할 거야. 이 무슨 기왓장이란 말인가! 이제 나에게도 가족이 생겼어! 딸과 아들이."

우르수스가 그렇게 말하는 동안, 호모가 난로 가까이로 미끄러지듯 다가왔다. 잠든 아기의 손 하나가 난로와 고리짝 사이로 늘어져 있었다. 늑대는 아기의 손을 핥았다.

괭장히 부드럽게 핥았기 때문에, 어린것은 잠에서 깨어나지 않았다.

우르수스가 호모를 돌아보며 말했다.

"그래, 호모. 나는 아버지, 너는 삼촌이 된다."

그러고는 혼잣말을 계속하면서, 불을 돋우는 일을 이어 갔다.

"입양은 결정됐어. 게다가 호모도 원한다고."

그가 다시 몸을 일으켰다.

"나는 과연 누가 이 죽음에 책임이 있는지 알고 싶어. 인간들일까? 혹은……."

그의 눈이 천장 너머의 허공으로 향했다. 그의 입이 우물거렸다.

"당신입니까?"

그의 이마는 어떤 무게에 짓눌린 것처럼 숙여졌고, 그는 다시 중얼거렸다.

"밤이 그 여자를 죽이는 수고를 했군."

다시 그의 시선이 위를 향하면서, 그의 말을 듣고 있던 깨어 있는 아이와 마주쳤다. 그는 아이에게 무뚝뚝하게 물었다.

"왜 웃는 거지?"

아이가 즉각 대답했다.

"웃지 않았어요."

우르수스가 흠칫 하더니, 한동안 그를 조용히 뚫어지게 바라보다가 말했다.

"그렇다면 너는 무서운 놈이구나."

밤에는 오두막 안이 너무나 어두웠기 때문에, 우르수스는 아직 아이의 얼굴을 자세히 보지 못했다. 날이 환하게 밝아 와서야 비로소 아이의 얼굴이 그에게 보였던 것이다.

그는 두 손바닥을 아이의 양어깨 위에 얹고, 점점 더 비탕한 표정으로 얼굴을 들여다보다가 다시 말했다.

"웃지 말라니까!"

"전 안 웃었어요."

아이의 대답이었다.

우르수스는 머리끝부터 발끝까지, 온몸에 극심한 전율을 느꼈다.

"너는 웃고 있어, 확실해."

그러더니 비록 연민 때문은 아니었을지라도 아이를 껴안으며 격렬한 어조로 물었다.

"누가 너에게 이런 짓을 했어?"

아이가 대답했다.

"무슨 말씀인지, 저는 잘 모르겠어요."

우르수스가 다시 물었다.

"언제부터 그렇게 웃었느냐?"

"항상 이랬어요."

아이가 대답했다. 우르수스는 고리짝 쪽으로 돌아서며 중얼거렸다.

“저런 일은 이제 더는 하지 않는다고 생각했는데.”

그는 베개 삼아 아기의 머리 밑에 놓아 주었던 책을, 아기가 깨지 않도록 조심하면서 가만히 집어 들었다.

“어디 ‘콘퀘스트’를 좀 보자.”

그가 중얼거렸다.

그가 집어 든 것은, 부드러운 양피지로 표지를 만든 2절판 책이었다. 그는 책자를 뒤적이다가 어느 한곳에서 멈추더니, 난로 위에서 책을 활짝 폈다. 그리고 소리 내어 읽기 시작했다.

“…… De Denasatis(코 제거술에 관해), 여기군.”

그는 계속해서 읽었다.

“Bucca fissa usque ad aures, genzivis denudatis, nasoque murdridato, masca eris, et ridebis semper(귀까지 찢어진 입, 드러난 잇몸과 으깨어진 코, 너는 이제 가면을 쓸 것이며, 영원히 웃으리라). 바로 이거야.”

그러고는 중얼거리면서 책을 선반 위에 다시 올려놓았다.

“너무 깊이 파고들면 위험해져. 여기에서 멈추자. 웃어라, 아들아.”

아기가 잠에서 깨어났다. 아기는 우는 것으로 아침 인사를 대신했다.

“어서, 유모, 젖을 물려.”

우르수스가 말했다.

어린것이 누운 자리에서 몹시 칭얼거렸다. 우르수스가 난로 위에 있던 유리병을 집어 아기의 입에 물렸다.

그 순간 태양이 떠오르고 있었다. 태양은 수평선 표면에 있었다. 붉은 햇살이 유리창 안으로 들어와, 태양 쪽을 향해 있는 아기의 얼굴을 정면으로 비추었다. 태양을 향해 고정된 아기의 눈동자는, 마치 두 개의 거울처럼, 그 붉은빛을 반사하고 있었다. 눈동자는 움직임이 없었다. 눈꺼풀 역시 마찬가지였다.

"저런, 앞을 보지 못하는군."

우르수스가 중얼거렸다.

(2권에 계속)

옮긴이 백연주

프랑스에서 언론학을 전공하던 중 해외통신원 활동을 계기로 언론계에 입문했다. 현재 프랑스에 정착하여 정치, 문화, 스포츠 등을 전문으로 다루는 다수 언론사의 게스트 에디터 겸 방송번역가로 활동하고 있다.

큰글씨 웃는 남자 1

초판 1쇄 펴낸 날 2018년 9월 20일

지은이 빅토르 위고
옮긴이 백연주
펴낸이 장영재
펴낸곳 (주)미르북컴퍼니
자회사 더클래식
전 화 02)3141-4421
팩 스 02)3141-4428
등 록 2012년 3월 16일(제313-2012-81호)
주 소 서울시 마포구 성미산로32길 12, 2층 (우 03983)
E-mail sanhonjinju@naver.com
카 페 cafe.naver.com/mirbookcompany

(주)미르북컴퍼니는 독자 여러분의 의견에
항상 귀 기울이고 있습니다.

파본은 책을 구입하신 서점에서 교환해 드립니다.
책값은 뒤표지에 있습니다.